Allan Stratton

Dark Dogs

dtv

Allan Stratton

Dark Dogs

Aus dem Amerikanischen von Heike Brandt

dtv

Ausführliche Informationen über unsere Autoren und Bücher
www.dtv.de

Von Allan Stratton ist außerdem bei dtv junior lieferbar:
Im Fadenkreuz der Angst

FSC MIX Papier aus verantwortungsvollen Quellen FSC® C083411

Deutsche Erstausgabe
2018 dtv Verlagsgesellschaft mbH & Co. KG, München

Titel der amerikanischen Originalausgabe: ›The Dogs‹,
2015 erschienen bei Andersen Press Limited, London

Umschlaggestaltung: buxdesign, München
Gesetzt aus der Goudy Old Style
Satz: Fotosatz Amann, Memmingen
Druck und Bindung: CPi Ebner & Spiegel, Ulm
Gedruckt auf säurefreiem, chlorfrei gebleichtem Papier
Printed in Germany · ISBN 978-3-423-74038-8

Für meinen Stiefvater Alex, den besten Vater der Welt

EINS

Es ist zehn Uhr abends. Mom steht am Wohnzimmerfenster und starrt auf das Auto auf der anderen Straßenseite. Seit einer Stunde macht sie das. Von draußen kann sie keiner sehen, weil bei uns im Haus kein Licht brennt.

Ich bin im Keller im Hobbyraum und spiele *Zombie Attack*. Ohne Ton. Mom soll nichts merken, aber ich glaube, sie weiß es sowieso. Je länger diese Stille im Dunkeln anhält, desto unheimlicher wird mir.

Mom bildet sich das ein.

Aber wenn nicht? Ich konzentriere mich auf die Zombies. Die Stille dröhnt.

»Ist bestimmt nichts!«, rufe ich nach oben.

»Psst. Sei leise!«

»Ich bin unten im Keller, Mom. Meinst du, man kann mich von draußen hören?«

»Sei still, Cameron. Mach das Spiel aus und geh ins Bett ...«

»Manno ...«

»Cameron.«

Ein Zombie springt hinter einem Baum hervor und reißt mir den Kopf ab. Danke, Mom. Das war echt hilfreich. Ich schalte das Spiel aus und gehe nach oben ins Wohnzimmer.

Mom umklammert ihr Handy. »Ich ruf die Polizei.«

»Warum?« Ich gebe mir Mühe, ganz normal zu klingen.

»Dauert doch ewig, bis die kommen. Bis dahin ist der längst weg, wer immer das ist.«

»Das ist nicht Wer-immer. Sondern er. Das weiß ich.« Sie tippt schon die Nummer.

»Mom, das da ist eine Straße. Da parken Leute ihre Autos.«

»Aber nicht, wenn sie da nicht wohnen. Und nicht immer genau gegenüber demselben Haus, drei Nächte hintereinander. Es ist nur eine Frage der Zeit, bis er was macht. Hallo? Ist da die Polizei?«

Das Atmen fällt mir schwer. Ich gehe nach oben und putze mir die Zähne, während Mom ihren Namen und ihre Adresse einem Polizisten durchgibt, der schwerhörig sein muss. Und beruhigen kann er sie auch nicht, sie wird immer wütender.

Geh ins Bett. Alles in Ordnung.

Moms Zimmer geht nach vorne raus. Ich schleiche zu ihrem Fenster und gucke runter. Das Auto steht auf der anderen Straßenseite, im Schatten der Bäume. Sitzt wirklich jemand drin?

Und selbst wenn? Der könnte auf einen Freund warten.

Die ganze Nacht?

Ist doch nicht verboten, in einem Auto zu sitzen.

Darum geht's doch gar nicht.

Hör auf. Du redest wie sie.

Das Auto fährt weg, genau wie gestern Abend und den Abend davor. Ich gehe in mein Zimmer und krieche unter die Decke. Zwei Stunden später kommt die Polizei.

Mom ist außer sich. »Ich habe vor Stunden angerufen! Wir könnten längst tot sein.«

»Tut mir leid, Ma'am. War viel los heute Abend. Haben Sie das Kennzeichen?«

»Nein. Habe ich nicht. Er stellt sich immer unter die Bäume, wo es dunkel ist. Soll ich vielleicht rausgehen, um die Nummer aufzuschreiben? Da wartet der doch bloß drauf!«

Die Polizisten stellen noch mehr blöde Fragen. Ich stecke mir die Finger in die Ohren und bete, dass es schnell vorbeigeht.

Die Polizisten ziehen ab. Mom knallt die Haustür zu. Und schon sitzt sie an meinem Bett und hält meine Hand. »Cameron, mein Schatz. Wir müssen weg. Pack dein Zeug zusammen.«

»Weg? Was? Jetzt?«

»Ich weiß nicht, wie viel Zeit wir haben.« Sie steht auf und geht zur Tür. »Er könnte überall sein, gleich um die Ecke, was weiß ich. Vor allem kommt er wieder, darauf kannst du dich verlassen. Und die Polizei wird zu spät kommen.«

»Mom ...«

»Es gibt Dinge, die verstehst du nicht, Cameron.«

Ach ja? Ich verstehe eine Menge, Mom. Auf jeden Fall verstehe ich, dass ich Angst habe. Aber warum? Weil er uns gefunden hat? Oder weil du verrückt bist?

Meine Klamotten sind bereits in einem Koffer, der unter dem Bett steht; ich musste schon vor zwei Tagen packen, für alle Fälle. Im Auto ist Platz für unsere Koffer und Taschen, ein paar Mäntel und Jacken, eine Kiste mit Geschirr, etwas Bettwäsche, ein paar Handtücher und einen kleinen Fernseher. Den Rest werden meine Großeltern bei sich im Keller unterstellen; viel ist es sowieso nicht, wir mieten immer möbliert. Am liebsten wäre ich zu Grandma und Grandpa gegangen, aber Mom meint, das geht nicht. Sie sagt, da würde er zuallererst suchen.

Er – der Typ in dem Auto: Dad.

Mom lässt unseren Wagen rückwärts auf die Straße rollen. Ich werfe einen letzten Blick auf das Haus, an das ich mich im Laufe des letzten Jahres gewöhnt hatte. Genau wie an die Stadt. In der Schule hatte ich sogar Freunde gefunden. So viel dazu.

Langsam fahren wir los, ohne Licht.

ZWEI

Mom hat Dad verlassen, als ich acht war. Sie sagt, dass er sich eigentlich schon immer sonderbar verhalten hätte. Ich habe ein paar Erinnerungsfetzen an ihn, weiß aber nie genau, was wirklich war, was ich geträumt oder was ich bei Gesprächen zwischen meiner Mom und meinen Großeltern aufgeschnappt habe.

Jedenfalls ist Mom mit mir weggezogen, weit weg; Dad hat sich ein paarmal mit mir getroffen, unter Aufsicht, in einer Behörde. Dann sind wir plötzlich wieder umgezogen. Weil Dad Dinge getan haben soll, von denen Mom mir später erzählen wird, wenn ich älter bin. Aber, Mom – wann bin ich denn älter? Das ist jetzt unser fünfter Umzug und es hat sich nichts geändert, außer dass ich noch kaputter bin.

Mom sagt, jede Veränderung ist eine Chance: »Nutze sie!« Das ist so was wie ihr Motto. Das heißt, sie plant unsere Flucht schon, bevor wir überhaupt ausgepackt haben. Sie erkundet von vornherein, wohin wir »im Notfall« fliehen könnten. Daher wundert es mich kaum, dass sie genau weiß, wohin wir fahren.

Als wir anhalten, tanken und Donuts kaufen, zeigt sie mir auf dem Laptop unser Ziel. »Ein perfekter Ort. Achthundert Meilen weit weg – ideal zum Untertauchen – die Miete ist geschenkt und das Haus ist möbliert. Was meinst du?«

»Rate mal.«

»Bitte, gib dir Mühe.«

»Mom, das ist ein Bauernhof!«

Sie tut so, als hörte sie mich nicht. »Der Makler sagt, der Besitzer lebt auf dem Hof nebenan, falls es irgendwelche Probleme geben sollte. Er nutzt die Äcker, die zu unserem Hof gehören, hält sich aber ansonsten fern. Wir sind also ungestört, aber sicher. Ist das nicht toll? Denk mal an die frische Luft, die Natur ringsum. Stell dir vor, was für einen Spaß es dir machen wird, den Wald hinter den Feldern zu erkunden.«

»Und wie soll ich da Freunde finden?«

»Ganz in der Nähe ist eine kleine Stadt, direkt an einem See, es gibt einen Freizeitpark und eine neue Schule und ...«

»Hallo! Ich habe keinen Führerschein. Ich muss gleich nach der Schule mit dem Bus nach Hause fahren.«

»Viele Kinder fahren mit dem Schulbus.«

Ich wende mich ab.

»Cameron. Du musst es versuchen.«

»Schön. Mach ich. Hat der Bauer nebenan Kühe? Dann kann ich mich ja mit denen anfreunden.«

Mom klappt ihren Laptop zu. »Ich weiß, dass das schwer ist. Aber wenn wir auf dem Land leben, ist die Chance kleiner, dass wir Leuten begegnen, die jemanden kennen, den er kennt. Und er kann sich nicht so leicht unbemerkt anschleichen.«

»Ja, klar, schon gut.«

»Cameron, guck mich nicht so an. Bitte. Du weißt, was er auf Facebook gemacht hat. Wir können gar nicht vorsichtig genug sein.« Sie drückt sich die Serviette an die Augen.

»Bitte, Mom.«

»Tut mir leid. Ich kann's nicht ändern.«

Mom geht aufs Klo und macht sich frisch, holt sich noch einen Kaffee und dann fahren wir in den nächsten Tag hinein. Ich will mich auf der Rückbank ausstrecken, aber ich bin nicht mehr so klein wie früher, also zocke ich. Mom sagt, das ist schlecht für meine Augen, wegen des Gewackels beim Fahren, aber ich habe meine Ohrstöpsel drin und tu so, als hörte ich sie nicht.

Irgendwann schlafe ich doch ein. Ich wache auf, als die Sonne untergeht. Schummriges Licht, überall Maisfelder. »Kannst du mal anhalten? Ich muss pinkeln.«

»Kleinen Moment. Wir sind gleich da!«

Was? Hier sollen wir wohnen?

Zehn Minuten später tauchen aus dem Nichts eine Schule und ein Footballplatz auf. Ein paar Hundert Yards dahinter hält Mom vor einem alten Motel. Die Wände sind aus weißen Schindeln, im Anbau ist ein kleines Restaurant und am Bürofenster leuchtet ein rotes Schild: »Zimmer frei«.

Ein Stück vor uns sehe ich eine alte Eisenbrücke, die über eine Schlucht zu einem Ort führt. WILLKOMMEN IN WOLF HOLLOW steht auf einem Schild an der Straße.

Unser Zimmer ist ziemlich schäbig, alles in Beige und ramponiert, es gibt zwei einzelne Betten, ein Telefon, einen Fernseher und eine Kaffeemaschine.

Mom ruft Grandma und Grandpa von ihrem Handy aus an und sagt ihnen, dass es uns gut geht. Wir benutzen nie Hoteltelefone oder überhaupt irgendein fremdes Telefon. Auch das ist eine Regel: »Über die Motel-Nummer kann uns dein Vater finden, falls er Grandmas und Grandpas Telefon angezapft hat.« Mom hat unsere Rufnummern unterdrückt, sodass sie nicht auf dem Display erscheinen, wenn wir jemanden anrufen. Mein Handy muss ich immer bei mir haben, sagt Mom, das ist lebenswichtig. »Du musst Hilfe holen können, falls dein Vater plötzlich aufkreuzt.«

»Also, uns geht's gut«, sagt Mom zu Grandma und Grandpa. Sie hat das Telefon laut gestellt. »Wir sind in einem sehr hübschen Motel und ich habe schon einen Besichtigungstermin für ein fantastisches Haus. Morgen fahren wir mit dem Makler hin.«

»Oh, wie schön«, sagt Grandma. »Und wie geht's Cameron?«

Ich blicke von meinem Spiel hoch. »Cameron geht's gut. So gut wie nie.«

Mom blickt mich scharf an. Ich soll immer fröhlich klingen, wenn wir mit Grandma und Grandpa telefonieren, sonst machen sie sich Sorgen. Also, wenn ich an deren Stelle wäre, würde ich mir trotzdem Sorgen machen, zum Beispiel würde ich mich fragen: Wie kann's den beiden so gut gehen, wenn sie vor einem Verrückten davonlaufen?

»Ernsthaft, Grandma, ist super hier«, sage ich mit meiner *Ich bin so glücklich, dass ich es kaum glauben kann*-Stimme. »Ihr müsst uns mal besuchen kommen. Ich freu mich schon.«

»Vielleicht Weihnachten?«, meint Grandpa. Genau. Wer's glaubt, wird selig.

»Mal sehen, wie's im Herbst aussieht«, sagt Mom.

Selbst wenn wir über Skype reden, fühle ich mich bei solchen Gesprächen immer sehr einsam, denn alles, was wir sagen, ist falsch. Wir lügen, damit wir so tun können, als wäre alles gut. Ich meine, ich verstehe schon, dass Grandma und Grandpa sich keine Sorgen machen sollen, und ich verstehe, dass *wir* ihre Sorgen nicht spüren sollen. Aber gerade weil wir nicht ehrlich sind, machen wir uns alle doch nur noch mehr Sorgen. Wenn aus allem ein Geheimnis gemacht wird, wer weiß denn dann noch, was wirklich ist? Wir nicht.

Die Großeltern, an die ich mich erinnere, waren echte Menschen. Die, mit denen ich jetzt spreche, sind Pappfiguren. Je öfter ich mit den Pappfiguren rede, desto weniger erinnere ich mich an die echten Menschen.

»Wir rufen nächsten Sonntag wieder an«, sagt Mom.

Ende der Durchsage.

DREI

Mom sitzt auf dem Beifahrersitz, neben dem Makler Mr »Hallo-ich-bin-Ken« Armstrong. Er trägt Designer-Jeans und Cowboystiefel.

Cowboystiefel hat uns nach dem Frühstück abgeholt und will uns unser »neues« Zuhause zeigen. Mom sagt, es ist noch nichts entschieden, wir gucken erst mal, aber mir kann sie nichts vormachen. Ich hänge einfach auf der Rückbank ab und bin gespannt, wie weit raus der Typ uns wohl noch fahren wird.

Cowboystiefel ist superlaut und fröhlich, obwohl es so früh am Tag ist. Und obwohl wir in einem Auto sitzen. Er klingt wie ein Typ im Fernsehen, der einen Supersonderausverkauf anpreist. Aber bei Cowboystiefel ist das nicht bloß ein Zehn-Sekunden-Werbespot, der plappert ohne Ende. Und wegzappen kann ich ihn auch nicht.

»Die Stadt heißt Wolf Hollow«, sagt er. »Aber seit die ersten Siedler den Wald gerodet haben, gibt's hier keine Wölfe mehr. Kojoten schon, aber die werden Sie kaum zu sehen kriegen. Trotzdem – wenn Sie Haustiere haben, sollten Sie die lieber im Haus behalten.«

»Kein Problem, wir haben keine«, sagt Mom.

»Was Sie aber in jedem Fall zu sehen kriegen werden, ist Schnee.« Cowboystiefel grinst. »Meistens nicht vor November, aber manchmal schneit es schon Ende Oktober. Ganz wunderbar für Langlauf. Art Sinclair, der Vermieter, hat in der Scheune noch ein altes Schneemobil stehen. Das können Sie benutzen, hat er gesagt.«

Mom schenkt mir ein aufmunterndes Lächeln. »Wird dir bestimmt Spaß machen, mit so einem Ding zu fahren, oder?«

Sie klingt, als wäre ich fünf und sie wollte mich mit Karussellfahren ködern. Ich schaue aus dem Fenster. »Bestimmt.«

»Noch was, Cameron«, verkündet Cowboystiefel, »die Stadt hat eine neue Schule und ein Freizeitzentrum. Und einen See gibt es auch – der ist ziemlich kalt, aber im Sommer kann man da gut schwimmen.«

Ich seufze gerade so laut, dass Mom es zwar hört, aber mich nicht unbedingt ermahnen muss. »Ja, hab ich schon gehört.« Als würde sich Cowboystiefel für mich interessieren. Der will doch bloß bei Mom Eindruck schinden. Macht einen auf supercool, der Typ, mit seinen Stiefeln, der Lederjacke und den gebleichten Zähnen.

»Da sind wir!«, verkündet Cowboystiefel verheißungsvoll, als wäre Weihnachten. Wir biegen auf einen Schotterweg ab. Rechts und links ist der Mais so hoch gewachsen, dass ich nicht viel sehe, bis wir vor dem Haus anhalten und aus dem Auto steigen. Dann –

Boah! Hilfe! Was für ein schrottiges Teil! Es hat zwei Stockwerke, wie auf dem Foto, aber im richtigen Leben sieht man Sachen, die auf der Website nicht zu erkennen waren. Die Ziegel zum Beispiel sind nicht echt, sondern auf die Teerpappe gedruckt, die sich unterhalb der Regenrinne kringelt. An der Tür und an den Fensterrahmen blättert die Farbe ab. Und der Hof, der bis zu einem wackeligen Lattenzaun hinter dem Haus reicht, ist ein löchriger Sandplatz voller Steine und Fingergras. An der Scheune dahinter fehlen ein paar Bretter und ihr oberer Teil neigt sich nach links.

Ich werfe Mom einen *Echt, wir wollen doch nicht wirklich hier einziehen*-Blick zu. Sie antwortet sofort mit einem *Komm zur Vernunft Cameron*-Funkeln.

»An dem Haus müsste schon noch was gemacht werden«, sagt Mom höflich. »Wir wollen es ja nicht kaufen.«

»Art kümmert sich drum«, sagt Cowboystiefel schnell. »Sein Hof ist nebenan. Als er klein war, hat sein Vater den Hof hier übernommen und damit seinen Besitz verdoppelt. Ich glaube, später hat Art eine Zeit lang hier gelebt, aber vor ungefähr zehn Jahren, als seine Eltern starben, ist er wieder in sein ursprüngliches Zuhause gezogen. Wie Sie sehen können, hat er dann das Haus hier etwas vernachlässigt. Selbst die Scheune wird nicht genutzt.« Cowboystiefel grinst. »Deshalb ist die Miete so günstig.« Wenn der ein Restaurant hätte, würde er gegrillte Scheiße als Steak verkaufen.

Wir gehen über die Veranda und betreten eine riesige Küche mit Blümchentapete und getüpfeltem Linoleum, einem Metalltisch und sechs Stühlen mit karierten Vinylbezügen.

Links führt eine schmale Treppe nach oben und eine Tür in den Keller, rechts ein bogenförmiger Durchgang zum Wohnzimmer und eine Tür zum Bad. Uns gegenüber ist eine Spüle mit einem Fenster darüber, durch das man die Scheune sieht, sowie eine Tür nach draußen.

Irgendwas fehlt. Ein Geschirrspüler. Jetzt mal im Ernst. Wo ist der Geschirrspüler?

»Sehr geräumig«, sagt Mom. »Ich mag große Küchen.«

»Hier in der Gegend verbringen die Leute den größten Teil des Winters in der Küche«, erklärt mir Cowboystiefel, als ob mich das interessieren würde. »Wenn du genau hinguckst, sieht du, wo das Loch war, durch das früher die Schlafzimmer geheizt wurden. Mr Sinclair hat es zugemacht.« Er blickt Mom an: »Kommen Sie, ich zeige Ihnen den Rest.«

Die Räume im Erdgeschoss sind alle miteinander verbunden. Wir gehen quer durch die Küche nach hinten rechts zum Bad. Cowboystiefel macht viel Wind um die Badewanne mit den Klauenfüßen und die Waschmaschine mit dem integrierten Trockner. Mom braucht zum Wäschewaschen nicht mal in den Keller zu gehen. Durch eine zweite Tür kommen wir ins Schlafzimmer.

»Und – wie gefällt Ihnen das?« Er zieht das Rollo hoch.

»Tolle Aussicht«, sagt Mom. »Die Felder und dahinten der Wald!«

Cowboystiefel nickt. »Und tolles Licht!«

Hinter der Tür auf der anderen Seite des Schlafzimmers ist ein zweiter, schmaler Treppenaufgang und dahinter das Wohnzimmer. Mom gefällt der zweite Aufgang. »Ist schon gut, wenn man mehr als einen Fluchtweg hat ... falls es mal brennt«, meint sie. Aber ich weiß, was sie *wirklich* meint.

Im Wohnzimmer stehen alte Möbel und ein gigantisches Klavier. Die Sofakissen riechen muffig. Am anderen Ende ist der bogenförmige Durchgang zur Küche. Wir sind einmal im Kreis gegangen.

Mom und Cowboystiefel wollen sich das obere Stockwerk ansehen, ich bleibe lieber in der Küche. Ich glaube, Mom ist froh, dass ich mich ausgeklinkt habe. Wenn ich schlechte Laune habe, sieht man mir das sofort an. Mom ist das peinlich: »Du blamierst mich, und dich selbst auch.«

Ich gucke aus dem Fenster über der Spüle. Was kann ich sonst machen?

Vielleicht den Keller checken?

Ich mache die Kellertür auf und knipse den Lichtschalter an. Die Stufen knarren, die Decke ist niedrig, die Tapete zerfleddert. Es ist, als würde ich in eine Gruft hinuntersteigen. Sofort stelle ich mir vor, dass hier ein Irrer eine Leiche vergräbt.

Mom sagt, meine Angst kommt von meiner blühenden Fantasie. Wo ich die wohl herhabe? Egal. Falls hier unten wirklich ein irrer Killer sein sollte, kann ich Mom und Cowboystiefel rufen.

Der Keller ist kalt und feucht und geht über die gesamte Fläche des Hauses. Ich knipse auch noch die Glühbirne an, die von der Decke hängt. Schon tanzen die Schatten der Balken, der Heizungsrohre, des herumliegenden Gerümpels und der bis zur Decke hochgestapelten Pappkartons durch den ganzen Raum.

Ich stelle mir vor, dass hinter dem Schornstein Mutanten-Messies hocken und mich beobachten. Super. Jetzt muss ich da hingehen, um mir zu beweisen, dass ich kein Weichei bin.

Ich schiebe mich um einen rostigen Kinderwagen und krieche unter den Heizungsrohren auf die andere Seite durch, wo ich eine verriegelte Tür entdecke. Ich stelle mir vor, dass dahinter ein Totenschädel liegt und sich aus dem Boden eine Knochenhand reckt. Ich atme einmal tief durch, steige über eine Kiste mit Porzellanzwergen und über eine Spielzeugtruhe und lege meine Hand auf den Riegel.

Na los, mach auf.

Aber wenn dahinter nun wirklich ein Schädel ist?

Ist das dein Ernst?

Ich schlage die Tür auf. Dahinter ist ein winziger Verschlag, dunkel und dreckig. Vielleicht wurden hier Kohlen gelagert.

Meine Nackenhaare stellen sich auf. Hinter mir ist jemand, beobachtet mich.

»Mom?«

Stille.

Ich drehe mich langsam um. Niemand zu sehen. Aber hier unten ist jemand. Das spüre ich. »Wer ist da?«

Im Kohlenverschlag raschelt es. Ich stürze hinaus, verriegele die Tür, rase auf die Treppe zu und stolpere dabei über ein Dreirad.

»Cameron?«, ruft Mom aus der Küche. »Cameron, was machst du da unten?«

»Nichts.«

Plötzlich ist alles wieder normal. Die Augen, die mich angestarrt haben? Einbildung. Das Geräusch im Kohlenverschlag? Eine Maus vielleicht oder auch gar nichts.

Mom und Cowboystiefel kommen die Kellertreppe runter. »Cameron, du weißt doch, dass du solche Situationen vermeiden sollst.«

Super, Mom. Und du meinst, *ich* würde *dich* blamieren? »Tut mir leid.«

Mom entdeckt das Gerümpel. »O je!« Ich sehe, wie in ihr der dringende Wunsch aufkommt, ihre Hände zu desinfizieren.

Cowboystiefel reagiert sofort: »Ich werde Art bitten, das Zeug wegzuschaffen.«

»Gut.«

Cowboystiefel kichert: »Art ist schon ein eigenartiger Mensch. Überzeugter Junggeselle. Ich wette, einiges von dem Zeug liegt schon hier, seit seine Eltern das Haus gekauft haben.«

Was? Seit den Sechzigern? Ein geheimes Gruselkabinett!

»Cameron«, sagt Mom. »Oben gibt es zwei Zimmer. Du kannst dir eins aussuchen.«

Ich verdrehe die Augen. »Also werden wir wirklich hier einziehen?«

Mom nickt. »Das Haus hat was.«

Genau. Was zum Gruseln.

VIER

Mittwoch. Heute muss ich in die Schule.

Ich hasse den ersten Tag an einer neuen Schule. Der läuft immer ab wie so ein Albtraum, in dem man zu einer Prüfung muss, aber den Raum nicht findet. Bloß ist der erste Schultag kein Albtraum, sondern Wirklichkeit. Wo ist welcher Raum? Wer ist wer? Was will ich eigentlich hier? Schlimmer noch, es ist Oktober, da sind alle schon in irgendeiner Clique. Und die Leute hier sind wahrscheinlich schon seit dem Kindergarten in derselben Clique.

Doch das Schwierigste ist, den Überblick über meine Lügen zu behalten. Neue werden immer total ausgequetscht, aber ich darf ja nicht die Wahrheit sagen, weil Mom Panik schiebt, Dad könnte uns finden. Immerhin kann ich wegen meiner Schulakte meinen Namen behalten; Mom sagt, das ist okay, weil er sehr geläufig ist und weil Dad keinen Zugriff auf meine Akte hat. Aber alles andere? Frei erfunden.

Erst mal muss ich mir merken, was ich über meinen Vater gesagt habe. Damit es nicht zu kompliziert wird, sage ich immer, dass Dad gestorben ist. Nur kommen dann gleich die Fragen: Woran ist er gestorben? Wie war das für dich? Wie alt warst du? Wenn ich sage, es ist schon eine Weile her, wollen sie wissen, ob ich einen Stiefvater habe oder ob Mom einen Freund hat. Wenn ich sage, es ist vor Kurzem passiert, darf ich in den nächsten Monaten nicht lächeln oder irgendwie fröhlich sein.

So zu tun, als wäre Dad tot, ist ziemlich schräg. Wenn ich so tue, als wäre er tot, und er stirbt wirklich, werde ich dann ein schlechtes Gewissen kriegen, weil ich seinen Tod herbeigeredet habe?

Jedenfalls gehe ich die ganze Geschichte noch mal im Kopf durch, während ich an der Straße auf den Schulbus warte und dabei hin und her laufe. Mom hat mir angeboten, mich zu fahren, aber das kommt überhaupt nicht infrage. Da halten die mich ja gleich für ein Weichei.

Als ich in den Bus steige, glotzen alle neugierig. Die Mädchen vorne gucken zwar zur Seite, aber ich höre sie tuscheln, sobald ich an ihnen vorbei bin. Ich wette, es geht um den Pickel auf meiner Backe. Die Jungs in der letzten Reihe blasen sich auf. Der Typ auf dem Mittelplatz sieht ziemlich fies aus. Ich senke den Kopf und will mich auf einen der freien Fensterplätze setzen. Die Leute, die am Gang sitzen, tun so, als sähen sie mich nicht, vielleicht halten sie die Plätze für ihre Freunde frei. Schließlich finde ich zwei freie Plätze, ein paar Reihen vor den Jungs ganz hinten.

»Kommt der von Sinclairs Schrottplatz?«, fragt der fiese Typ, so laut, dass es alle hören können.

»Bestimmt«, sagt einer seiner Freunde. »Die Hunde, Cody. Vielleicht ist er Hundefutter.«

Cody lacht. »Klar, der ist Hundefutter. Genau.«

Offenbar ist das komisch.

Einfach ignorieren, dann geht's vorbei, sagt Mom. Das ist der blödeste Rat, den man sich denken kann. Ignorieren macht alles nur schlimmer. Hat sie nicht genau das über Dad gesagt? Egal. Mir bleibt ja gar nichts anderes übrig. Ich kann mich doch nicht mit einer ganzen Clique anlegen.

Beim nächsten Halt steigt ein pummeliger Junge ein. Sind alle freien Plätze für Freunde reserviert? Selbst wenn, der Typ gehört jedenfalls nicht dazu. Als er durch den Bus geht, quieken Cody und seine Jungs: »Komm, kleines Schweinchen, komm.«

Der Junge lässt sich auf den Platz neben mir fallen. Er riecht nach Schweiß und Milch. Ich halte mir so unauffällig wie möglich die Hand vor die Nase. »Wenigstens gibt es in meiner Familie keine Verrückten«, murmelt er. Ich sage nichts. Er blickt mich an und zwinkert. »Hey, du bist ja ein Neuer.«

Nein, ich fahre schon seit Ewigkeiten mit diesem Bus, aber ich habe Superkräfte, die mich unsichtbar machen. »Genau.«

»Ich bin Benjie. Benjie Dalbert.«

»Cameron Weaver.« Ich hoffe, hiermit ist das Gespräch zu Ende, und checke meine Fingernägel. Cody und seine Jungs machen immer noch Grunzlaute. Wenn die sehen, dass ich mich auf den Typen einlasse, gehen die bestimmt wieder auf mich los.

Warum bin ich so ein Feigling?

Feigling? Ich kenn doch den Typen gar nicht. Wieso soll ich da nett zu ihm sein? Er stinkt. Und mich haben sie Hundefutter genannt, da hat auch keiner was gesagt.

Genau. Also soll ich das machen, was alle machen?

»Und – wo kommst du her, Cam?«, fragt Benjie.

»Cameron. Aus Calgary.« Stimmt nicht.

Benjie rückt näher. Zwischen seinen Zähnen stecken Reste von Cornflakes. »Ich habe einen Cousin in Calgary. Wo hast du denn gewohnt?«

Ich versuche, nicht zu atmen. »Na ja, mehr so außerhalb von Calgary, in einem kleinen Ort. Ich sage bloß Calgary, weil das alle kennen.«

Bitte halt die Klappe, Benjie. Hör auf, mit mir zu reden.

»Okay, aber wie heißt der Ort? Cochrane? Chestermere? Mein Cousin wohnt in Chestermere.«

»Cochrane.«

»Cool.« Ein Spuckekügelchen landet an Benjies Kopf. Die Clique lacht. Benjie dreht sich um. »Hört auf.«

»Warum denn, Schweinchen?«, höhnt Cody. »Was willst du machen?«

Benjie wird rot. »Arschlöcher«, flüstert er. »Die denken, die können über alle bestimmen. Cody Murphy ist das größte Arschloch. Geschieht dem ganz recht, was die alles mit ihm gemacht haben. Stell dir vor, seine Mom hat ihn weggegeben. Daran denke ich immer, wenn er mir was an den Kopf wirft, und sofort bin ich happy.«

»Was hat seine Mom gemacht?«

»Sie hat ihn weggegeben. Super, oder?« Benjie zwinkert wieder mehrmals. »Da war er acht oder so. Sein Vater ist gestorben, seine Mutter hat wieder geheiratet und ihn dann einfach aus der Stadt hierher zu seinen Großeltern abgeschoben.«

»Krass.«

»Nicht krass genug.« Benjie grinst. »Egal. Aber wie kommst du hierher? Ich meine, du bist doch nicht hier geboren. Und die Höfe rund um Wolf Hollow werden eigentlich nie verkauft. Haben sich deine Eltern getrennt? Wohnst du bei Verwandten?«

»Mom hat ein Haus gemietet.« Ich blicke aus dem Fenster.

»Du wohnst im alten Haus von Mr Sinclair?«

»Psst. Nicht so laut. Ja. Woher weißt du das?«

»Weil ich schon immer hier wohne und es das einzig freie Haus auf der Schulbusroute ist. Sag mal – spukt es da wirklich?«

Ich drehe mich zu ihm. »Was?«

»Also, ich denke, da müsste es spuken«, sagt Benjie. »Der Typ ist echt schräg.«

»Wer?«

»Sinclair. Wer denn sonst? Pass bloß auf, dass du nicht mit ihm alleine bist.«

»Wieso das?«

»Er hat in der Scheune eine Wurstmaschine. Damit kann der Hackfleisch aus dir machen.«

»Du spinnst ja!«

»Wird jedenfalls so erzählt. Sag nicht, ich hätte dich nicht gewarnt.«

Zwei Mädchen steigen in den Bus und setzen sich nach vorn zu ihren Freundinnen. Cody und seine Jungs kichern und buhen. Ich blicke aus dem Fenster und lasse die Felder an mir vorbeiziehen, während Benjie sich lang und breit über seinen Gesundheitsverein auslässt. Im Herbst gibt es Wettbewerbe für Jugendliche, die machen richtig Spaß, und ich soll doch mitmachen, sein Großvater war Vereinsvorsitzender, bis er durch einen Schlaganfall gelähmt wurde und in ein Heim kam. Bla, bla, bla. Immerhin hält das Benjie davon ab, mir noch mehr *Wer, wie, was? Wieso, weshalb, warum?*-Fragen zu stellen.

Der Bus fährt auf den Parkplatz vor der Schule. Benjie bleibt mit gesenktem Blick sitzen und lässt Cody und seine Jungs vorgehen. Dabei knallen »versehentlich« ein paar Sporttaschen an Benjies Kopf. Er tut so, als würde er es nicht bemerken.

Wir sind die Letzten. Als wir ausgestiegen sind, steht Codys Clique am Straßenrand und raucht.

»Sehen wir uns beim Mittagessen?«, fragt Benjie auf dem Weg zum Schuleingang.

»Klar, kann sein.« Super, noch ein Problem: Entweder ich enttäusche ihn oder ich gehöre schon gleich am ersten Tag zu den Losern. Tue ich ja sowieso.

Der Vormittag verschwimmt in einem Nebel aus Einweisungen im Sekretariat, einer Führung durch die Schule und den ersten beiden Unterrichtsstunden. An der Schule sind viel mehr Leute, als ich gedacht hatte: Wolf Hollow mag ja ein kleines Nest sein, aber die Schule ist für den ganzen Kreis, deshalb steht sie auch auf der anderen Seite der Brücke.

Mittags gehe ich in die Cafeteria und konzentriere mich so auf meine Infoblätter, dass ich Benjie locker übersehen kann, der mich zu seinem Tisch winkt. Die Typen, mit denen er da sitzt, riechen bestimmt genauso, wie sie aussehen. Ich setze mich in eine Ecke, mit dem Rücken zu allen anderen, und nehme mein Sandwich und meine Cola aus dem Rucksack.

In der Cafeteria ist es ziemlich laut. Stühle quietschen über die Fliesen. Aus dem Lautsprecher schallen Ansagen, über die alle hinwegbrüllen. Und irgendwo lacht jemand so schrill, als hätte er Helium eingeatmet. Wie lange muss ich diese Scheiße aushalten, bevor Mom und ich wieder umziehen?

Plötzlich bin ich von Codys Clique umzingelt. Er und ein Kumpel pflanzen sich auf die Stühle rechts und links von mir und glotzen mich herausfordernd an. Ich glotze zurück. Nicht besonders lang, aber lang genug, um ihnen zu zeigen, dass ich keine Angst habe, was natürlich nicht stimmt – und das wissen sie auch.

»Also, Cam«, sagt Cody. »Heißt du so, *Cam?*«

Cameron. »Klar.«

»Na dann, Cam, warum bist du nicht bei deinem Kumpel Schweinchen?«

Keine Ahnung. Warum bist du nicht bei deiner Mutter, Cody?

»Warum sollte ich?«, sage ich.

Codys Freunde kichern.

»Der stinkt, stimmt's?«, tönt Cody.

»Woher soll ich das wissen?«

»Du hast neben ihm gesessen.«

»Er hat neben *mir* gesessen.«

»Egal. Vielleicht riechst du Gestank ja gar nicht? Kann das sein? Schließlich wohnst du ja auf Sinclairs Schrottplatz, oder, *Cam*?«

Ich zwinge mich, nicht zu zittern. »Warum machst du das?«

»Was denn?«

»Ja, was denn?«, echot der Typ rechts von mir.

»Das weißt du genau.«

Cody legt seinen Arm um meine Schulter. »Du bist neu. Wir wollen dich kennenlernen, das ist alles. Ich bin Cody. Das hier sind Brandon, Mark, Stu, Dave. Wir wollen dir nur zeigen, wer wir sind und was Sache ist.«

»Schön«, sage ich und nicke, als würde das einen Sinn ergeben.

»Also, *Cam*«, sagt Cody, ganz leise, »was wir von dir wissen wollen ... hörst du die Hunde in der Nacht?«

»Was für Hunde?«

»Na, die *Hunde*.«

»Keine Ahnung.« Ich schlucke. »Erklär's mir.«

»Was? Hast du Angst, *Cam*?«

Seine Kumpels lachen, aber nicht so, als wäre irgendwas lustig.

»Nein«, lüge ich. »Wovor soll ich denn Angst haben?«

Cody presst mich kurz an sich. »Du wohnst auf Sinclairs Schrottplatz. Du wirst das schon rausfinden.« Er steht auf und latscht aus der Cafeteria. Seine Kumpels folgen ihm, lachen und bellen.

Alle Leute starren mich an. Finden die das auch zum Lachen? Ich schmeiße meinen Abfall in den Mülleimer, schließe mich auf dem Klo am Ende des Ganges ein und stelle die Füße auf den Klodeckel, sodass mich von außen keiner sieht.

Cody. Seine Clique. Mir ist schlecht. Aber mal ganz abgesehen davon: Was hat das mit Sinclair und den Hunden zu bedeuten?

Nichts hat das zu bedeuten. Cody wollte mir bloß Angst einjagen, mir zeigen, wer der Boss ist. Typen wie der machen so was.

Trotzdem …

FÜNF

Mein Handy klingelt. Mom. »Hab ich dich beim Mittagessen erwischt?«

»Na ja. Fast.«

»Wie läuft dein erster Tag?«

»Okay. Hör mal, ich bin gerade auf dem Klo ...«

Mom lacht. »Dann will ich dich nicht stören. Ich wollte dir nur sagen, dass ich vielleicht nicht da bin, wenn du nach Hause kommst. Ich bin mit Mr Armstrong verabredet.«

Was will sie denn bei Cowboystiefel? »Ziehen wir um?«

»Ach was, nicht doch. Ken will mir nur die Stadt zeigen, weiter nichts.«

»*Ken?*« Ich verdrehe die Augen. »Ist der jetzt dein Freund oder was?«

»Um Himmels willen, Cameron, er ist einfach hilfsbereit. Wenn man wissen will, wo eine Stelle frei wird und wann, braucht man Kontakte. Ich denke, ich bin gegen fünf zu Hause.«

Nach der Schule ist Moms Auto tatsächlich nicht da. Ich gehe ins Haus und will erst fernsehen, aber dann habe ich eine bessere Idee: Solange Mom nicht da ist, kann ich in Ruhe herumschnüffeln. In unserem letzten Haus habe ich Moms Zimmer durchsucht, weil ich dachte, sie hätte vielleicht eine Waffe, wegen Dad und so, aber nein, alles nur langweiliges Zeug, abgesehen von den Tabletten. Also mache ich mich jetzt lieber an die Kisten im Keller. Den habe ich ja schon auf Psychos und Mutanten gecheckt, warum also nicht. Lange wird das Zeug nicht mehr dableiben und vielleicht finde ich ja was Schönes.

Ich schlüpfe die Treppe runter ins Schattenland. Die Luft ist immer noch kühl. Die Spinnweben sind tropfnass. Wenn ich in die Stille lausche, kommen mir bestimmt komische Gedanken, also mache ich mich gleich an die Arbeit. Als Erstes gucke ich in die Kisten mit den Büchern. Nur Liebesromane und Bauernkalender.

Dann die Kisten mit den Klamotten. Hosen und lange Unterhosen sind darin, ein paar Babysachen – vermutlich von einem Jungen, denn sie sind alle hellblau – und jede Menge Wollpullover mit braunen Reiskörnern drauf. Nein, Moment mal. Das ist kein brauner Reis, das ist Mäusekacke. Ich wische mir die Hände an meinen Jeans ab – und stelle mir vor, wie es gewesen wäre, wenn ich wirklich in ein Mäusenest gefasst hätte.

Als Nächstes nehme ich mir die Spielzeugtruhe hinter der Heizung vor. Da finde ich noch mehr Jungssachen – einen ramponierten Hockey-Puck und einen abgegriffenen Basketball. Dazu ein Jo-Jo, einen Gummiball, der mit einem elastischen Band an einem Schläger befestigt ist, einen kleinen Spiegel, ein Vergrößerungsglas und ein paar Murmeln.

Ich wische den Staub vom Vergrößerungsglas und halte es vor meine Hand. Also hat hier ein Kind gelebt, denke ich, während ich meine Poren betrachte. Warum hat die Familie die Sachen nicht mitgenommen, als der Hof verkauft wurde? Ich überlege, was wohl aus dem Jungen geworden sein mag. Der wäre jetzt so alt wie Grandpa. Abgefahren.

»Was machst du denn hier?«

Ich fahre herum. Unter die Rohre geduckt steht ein alter

Mann und glotzt mich an. Er ist dürr, aus der Nase und den Ohren wachsen ihm Haare.

»Mom!« Ich weiche zurück.

»Die ist nicht da«, knurrt er.

Ich schiele zur Treppe. Wenn ich versuche abzuhauen, wird er sich mir in den Weg stellen. »Wer sind Sie? Was machen Sie hier?«

»Das ist mein Haus.«

»Sie sind Mr Sinclair?«

Er grunzt. »Du bist der Junge?«

Er streckt mir die Hand entgegen. Wenn ich sie schüttele, könnte er mich packen, tue ich es nicht, stehe ich da wie ein Feigling.

Ich gebe ihm die Hand. Seine ist groß und rau, hält mich einen Moment lang fest. Als Mr Sinclair loslässt, stolpere ich rückwärts. Er starrt mich an. *Mom, ich brauche dich.*

Ich will schlucken, aber meine Kehle ist zu trocken. »Wie sind Sie reingekommen?«

»Ich habe einen Schlüssel.« Er kneift die Augen zusammen. »Ich habe geklopft.«

»Ich habe Sie nicht gehört.«

»Du hast auch nicht gehört, wie ich die Treppe runtergekommen bin. Bist du taub oder was?« Er zieht ein Taschentuch aus der Tasche.

Ich stelle mir vor, dass er mich mit Äther betäubt und mich zu dem Fleischwolf in seiner Scheune schleift.

»Was wollen Sie hier?«

Er schnaubt in sein Taschentuch und steckt es zurück in seine Tasche. »Ausmisten will ich. Was von dem Zeug hier wegschaffen. Ich hab gehört, deine Mutter will das.«

»Wo sind Ihre Leute?«

»Warum soll ich jemanden bezahlen, wenn ich es selber tun

kann?« Mr Sinclair kommt unter den Rohren vor und hebt drei Kisten mit Büchern, als wäre das nichts.

»Da könnten Mäuse drin sein«, sage ich.

»Würde mich nicht wundern.« Er schleppt die Kisten die Treppe hoch.

Ich komme mir blöd vor, einfach nur danebenzustehen. »Soll ich Ihnen helfen?«

»Wenn dir danach ist«, ruft er, ohne sich umzublicken.

In der nächsten halben Stunde helfe ich ihm, den Lieferwagen zu beladen. Cowboystiefel hat recht, Mr Sinclair ist wirklich ein komischer Vogel. Sein Gesicht ist braun gebrannt und wettergegerbt, doch wenn er die Kappe abnimmt, um sich Luft zuzufächern, leuchtet sein Schädel rosa-weiß. Vom linken Ohr her ziehen sich einige wenige Haarsträhnen darüber, ansonsten ist er kahl. Außerdem schnalzt Mr Sinclair ganz oft mit der Zunge.

»Gibt's hier in der Gegend Hunde?«, frage ich, als wir ein paar zerbrochene Gartenstühle die Treppe rauftragen.

»Hunde? Fast überall gibt's Hunde.«

»Ich weiß, ich meine ... Also, in der Schule, da haben sie gesagt, hier gibt's Hunde. Und so, wie die das gesagt haben, na ja ...«

Mr Sinclair stößt die Hintertür auf. »Die Leute reden viel, wenn der Tag lang ist.«

Moms Auto kommt auf den Hof gefahren. Mr Sinclair geht zu ihr und stellt sich vor. Als Mom mich ansieht, entdeckt sie natürlich als Erstes einen Fleck auf meinem Hemd.

»Ihr Sohn hat mir geholfen, den Krempel aus dem Keller zu räumen«, sagt Mr Sinclair.

»Oh ... schön«, sagt Mom. Jetzt kann sie nicht mehr meckern.

»Hab schon eine volle Ladung. Ist mehr gewesen, als ich in Erinnerung hatte. Morgen oder übermorgen hole ich den Rest.«

»Keine Eile«, sagt Mom, dabei ist offensichtlich, dass sie das Zeug lieber gestern als heute weghaben will. »Cameron, hilfst du mir bitte mit dem Einkauf?«

Ich bringe drei Tüten rein. Mom macht sich ans Kochen und ich gehe raus, die restlichen Tüten holen. Mr Sinclair ist startbereit.

»Mr Sinclair, kann ich Sie noch was fragen?«

»Fragen kannst du. Heißt aber nicht, dass ich antworten muss.«

Ich stecke die Hände in meine Hosentaschen. »Kannten Sie den Jungen?«

»Welchen Jungen?«

»Hat hier nicht ein Junge gelebt, bevor Ihr Vater den Hof gekauft hat? Ich meine, im Keller waren Sachen, die einem Jungen gehört haben müssen. Ist ja eigentlich egal. Aber – ich bin schon oft umgezogen und musste immer Sachen zurücklassen. Und da hab ich darüber nachgedacht, warum der Junge seine Sachen hiergelassen hat und wer er war und so was.«

Mr Sinclair kratzt sich an der Nase. »Du machst dir zu viele Gedanken.«

»Das sagen alle.« Ich werde rot. »Jedenfalls habe ich gedacht, Sie könnten das wissen, weil Sie ja auf dem Hof nebenan groß geworden sind.«

»Ach ja?«

»Ja. Und – wissen Sie es?«

»Du stellst echt eine Menge Fragen.« Mr Sinclair schnaubt verächtlich, steigt in seinen Wagen und fährt los.

SECHS

Warum hat Mr Sinclair mir keine Antwort gegeben? Was für ein Geheimnis steckt dahinter?

Wer sagt denn, dass es ein Geheimnis gibt? Vielleicht konnte Mr Sinclair den Jungen nicht leiden und will nicht über ihn reden. Oder es hat gar keinen Jungen gegeben, die Sachen sind von dem Besitzer der Farm, als der klein war, und später ist er in ein Pflegeheim gekommen und das Zeug blieb einfach da.

Ich wälze das alles in meinem Kopf hin und her, keine Ahnung, wie lange, dann gehe ich ins Haus.

»Hast du dich verlaufen?« Mom lacht. Sie brät schon die Burger und macht gemischtes Gemüse warm. »Oh, und was ist mit den Tüten, die noch im Auto sind?«

»Sorry, gleich.« Das passiert mir immer. Wenn ich nachdenke, vergesse ich alles andere. Ich gehe raus und hole den restlichen Einkauf.

Ich decke den Tisch, Mom tut das Essen auf. »Und, wie war dein erster Tag?«

»Super«, lüge ich.

»Prima.«

Mom bringt unsere Teller zum Tisch. »Kannst du das ein bisschen genauer sagen? Was war denn so super?«

Ich seufze. »Super Unterricht. Super Schließfach. Super Cafeteria.«

»Und die Kinder?«

»Super.«

Mom wartet darauf, dass ich noch was sage, aber ich fange einfach an zu essen. Sie lächelt belustigt, wie immer, wenn sie mir sagen will: *Du bist komisch, wenn du so redest.* »Apropos ›super‹ – mein Tag heute war auch ziemlich super.«

»Viele Leute kennengelernt?«

»Noch besser. Ich habe einen Job.«

Ich verschlucke mich regelrecht. »Was?«

»Jedenfalls fürs Erste.« Mom strahlt. »Kens Sekretärin bekommt ein Baby. Sie wollte so lange arbeiten, bis er Ersatz für sie gefunden hat. Ich habe gesagt, dass ich Büroerfahrung habe, und tja, jetzt arbeitet sie mich bis zum Ende der Woche ein und ab Montag übernehme ich.«

»Du willst für diesen Makler arbeiten?«

»Mach nicht so ein Gesicht. Du kriegst Falten.«

Ich lehne mich zurück. Cowboystiefel. Jetzt wird sie mir jeden Tag von ihm erzählen.

Mom liest meine Gedanken. »Es ist ein Job, Cameron. Und er hat nicht mal nach Referenzen gefragt.«

Die Frage nach Referenzen ist für Mom der absolute Jobkiller. Denn wenn eine Firma ihre Vergangenheit überprüfen würde, würden die Leute in der alten Firma erfahren, wo sie jetzt arbeitet, und dann könnte auch Dad es rauskriegen. Und mal abgesehen davon – wer stellt schon jemanden ein, der seinen letzten Arbeitsplatz Hals über Kopf gekündigt hat?

»Toll. Glückwunsch.«

»Danke.« Moms Lächeln wird immer breiter. »Ich möchte nicht an deinem Image rütteln, aber das Angebot, dich zur Schule zu fahren, steht immer noch. Ich kann dich auf dem Weg zur Arbeit an der Schule absetzen und dich nach fünf auf dem Heimweg wieder einsammeln. Dann hättest du Zeit, bei einer AG mitzumachen oder deine Hausaufgaben in der Bücherei zu erledigen.«

Um fünf? Das heißt, wenn ich mit dem Schulbus nach Hause fahre, bin ich hier alleine – und Mr Sinclair hat einen Schlüssel. Aber wenn ich mit Mom fahre, denken die Typen im Bus, ich hätte Angst vor ihnen. Ich stell mir vor, wie sie mir an meinem Schließfach auflauern und sagen: Hey, Cammy, du Schisser! Wo ist deine Mommy, Cammy?

»Der Bus ist okay.« Ich kaue und schlucke, schmecke aber nichts. Ich bin unter Wasser, höre kaum, wie Mom mich fragt, ob alles in Ordnung sei. Ich höre auf zu essen und starre auf meinen Teller. Mom fragt mich noch einmal.

»Alles gut, Mom. Wirklich. Alles bestens.«

Mom neigt ihren Kopf zur Seite. »Cameron, das stimmt nicht. Das sehe ich dir doch an. Was ist los?«

Ich zucke die Achseln. »Du kannst doch nichts machen.«

»Ich kann dir zuhören.«

»Schön. Aber ich hab nichts zu sagen.«

»Ist es wegen meines Jobs?«

»Nein. Ich freu mich für dich. Echt.«

Wir bleiben noch eine Weile wortlos sitzen, dann räumt Mom meinen Teller ab und bringt mir eine Schale Eis zum Nachtisch. »Mach dir keine Sorgen«, sagt sie leise. »Das wird schon. Der erste Tag in einer neuen Schule ist immer hart. Ich weiß noch, wie ...«

Ich schalte ab. Sie erzählt mir von früher, als sie klein war und mit Grandpa und Grandma umgezogen ist und ihr in der neuen Schule ein Mädchen das Leben zur Hölle gemacht hat, die aber dann am Ende des Schuljahres ihre beste Freundin war. Damit will Mom mir zeigen, dass sie weiß, was ich durchmache, aber das tut sie nicht. Sie erreicht nur, dass ich mir blöd vorkomme, weil ich ja offensichtlich nicht zu wissen scheine, was ich fühle. Und außerdem – Hallo, Mom! – kannst du eine ganze Horde Jungs, die mich jederzeit zusammenschlagen könnte, nicht mit einer Mitschülerin vergleichen, die sich über deinen Pullover lustig gemacht hat.

Abgesehen davon, denke ich im Moment gar nicht an die Schule. Ich denke an Mr Sinclair und überlege, ob ich Mom erzählen soll, dass er einen Schlüssel hat und jederzeit ins Haus kommen kann. Ich meine, er könnte das mitten in der Nacht tun, wenn wir schlafen. Ich stelle mir vor, dass er am Fußende meines Bettes steht und mich anstarrt.

Hör auf, das ist verrückt.

Wirklich? Und wenn ich es Mom sage? Sie wird erst ausflippen, aber dann sagen: »Jeder Hausbesitzer hat einen Schlüssel, und ich hab ihn ja gebeten, den Keller leer zu räumen, also hab ich mir das selber zuzuschreiben. Keine Bange, ich werde ihm klarmachen, dass es Grenzen gibt.« Dann wird Mr Sinclair sagen: »Tut mir leid«, und Mom wird so tun, als wäre alles bestens. Von wegen. Mr Sinclair wird merken, dass ich Angst habe, und den Schlüssel wird er dann immer noch haben.

»... jedenfalls waren Marcia und ich am Ende des Schuljahres dicke Freundinnen.« Mom langt über den Tisch und legt ihre Hand auf meine. »Vertrau mir, mein Schatz, das wird schon. Irgendwann wird alles gut, immer.«

»Ach ja?« Ich ziehe meine Hand weg, bin so wütend, dass ich nicht denken kann. »Alles wird gut? So wie mit Dad?« Mom wird bleich. »Tut mir leid. War nicht so gemeint.«

Mom steht auf und stellt unser Geschirr in die Spüle. Sie stützt sich an den Küchenschrank.

»Mom. Es tut mir leid. Echt, tut mir wirklich leid.«

»Schon gut. Geh und mach deine Hausaufgaben.«

»Mom ...«

Sie hebt die Hand, nicht wütend oder so, eher wie eine Marionette. Und ich weiß genau: Egal, was ich sage, ändern kann ich nichts.

SIEBEN

Ich gehe hoch in mein Zimmer, es liegt gleich neben der Wohnzimmertreppe. Daneben sind ein kleines Bad und das große Zimmer über der Küche. Mom dachte, ich würde das große Zimmer nehmen, und das hätte ich vielleicht auch getan, wenn da nicht die Falltür in der Decke gewesen wäre, die mit Nägeln und Farbe versiegelt ist. Ich habe Mom gefragt, was wohl da obendrüber sein könnte.

»Ein Dachboden.«

»Klar, aber was ist auf dem Dachboden?« Sofort stellte ich mir eine vertrocknete, von Mäusen zerfressene Leiche vor. Ich meine, wer versiegelt denn einen leeren Dachboden? Jedenfalls ist das der Grund, warum ich mich nicht für das große Zimmer entschieden habe. Wenn ich die Falltür nicht sehe, muss ich nicht immer dran denken, was dahinter sein könnte.

In dem Zimmer, das ich mir ausgesucht habe, stehen ein Schreibtisch aus Eiche, ein Holzstuhl, ein Nachttisch mit Lampe und ein Bett mit Metallrahmen. Die Matratze ist neu, was man von der Tapete nicht sagen kann, die ist voller Flecken und am Fenster löst sie sich ab. Darunter sind andere Tapeten zu sehen, auf einer sind lauter kleine orangefarbene Kanarienvögel.

Das Beste an diesem Zimmer ist das Fenster vor dem Schreibtisch. Von dort kann ich die Scheune, die Felder und den Wald sehen. Nachts beleuchten die Sterne und das Licht der

Lampe vor dem Haus einen Teil der Scheune und die ersten Reihen des Maisfeldes.

Ich fange an, meine Hausaufgaben zu machen. Doch es dauert nicht lange, da gucke ich aus dem Fenster, schaue zu, wie die Sterne herauskommen, und versuche, mich abzulenken. Ich überlege, wer in diesem Moment noch alles den Mond anschaut. Und ob diejenigen, die es tun, sich diese Frage auch stellen?

Aus den Augenwinkeln nehme ich drüben an der Scheune eine Bewegung wahr. Als ich hingucke, ist da nichts. Moment mal. Da ist es wieder, am Maisfeld. Eine Bewegung, *etwas bewegt sich.*

Ich zähle bis zwanzig. Nichts. Ich entspanne. Dann – hat sich der Maisstängel da bewegt? Ich mache meine Lampe aus, damit der oder das da draußen mich nicht sehen kann.

Ist wahrscheinlich nur der Wind.

Oder Mr Sinclair. Oder Cody und seine Jungs.

Du spinnst. Wenn da was ist, ist es ein Tier. Ein Kojote oder ein Hund.

Die Hunde. Ich mache die Vorhänge zu. Wenn ich nicht hinsehe, wird das, was da draußen ist, verschwinden. Aber *nicht* rausgucken geht auch nicht. Ich riskiere einen kurzen Blick. Nichts. Moment mal. Neben der Scheune. Ist das ein Junge?

Ich kneife kurz die Augen zu. Der Junge ist weg.

Meine Augen suchen die Scheune ab. Oben, am Heuboden, fehlt ein Brett. Je länger ich dorthin schaue, desto klarer meine ich, den Jungen zu sehen, der aus dem dunklen Loch zu mir herüberstarrt. Er ist vielleicht zehn, sein Gesicht sehr blass, voller Sommersprossen, und er trägt eine Davy-Crockett-Mütze, die mit dem Waschbärenschwanz. Grandpa hatte auch so eine. Er hat mir Kinderfotos von sich gezeigt.

Du bist ja verrückt. Die Scheune ist viel zu weit weg, da kann man solche Einzelheiten nicht erkennen.

Das Gesicht verschwindet. Ich starre so lange dorthin, bis ich doppelt sehe. Das Gesicht taucht wieder auf.

Das ist so was von schräg. Ich mache die Augen zu und denke an den Schulbus und die Cornflakes zwischen Benjies Zähnen, damit ich einen klaren Kopf bekomme. Als ich die Augen öffne, ist alles normal. Kein Gesicht. Nichts. Nur die Nacht.

Und dabei bleibt es.

Ich mache meine Vorhänge endgültig zu, ziehe mich aus und krieche unter die Decke. Wie ich das hasse, wenn ich mich selbst verrückt mache. Es läuft immer gleich ab und ist immer blöd. Und je mehr Angst ich mir einjage, desto mehr rede ich mit mir selbst, was noch blöder ist.

Außerdem, selbst wenn da ein Junge in der Scheune gewesen wäre, warum sollte er mir Angst machen? Vielleicht ist es einfach einer, der auch so gerne rumstöbert wie ich. Trotzdem merkwürdig, dass er auf unserem Grundstück ist, noch dazu so spät. Wo der wohl wohnt?

Wer sagt denn, dass er irgendwo wohnt? Wer sagt denn, dass es ihn wirklich gibt? Welche Eltern lassen ein Kind in dem Alter nachts draußen rumlaufen?

Mom klopft an meine Tür: »Cameron?«

»Ja?«

»Kann ich reinkommen?«

»Klar.«

Ich weiß, sie würde mir gerne einen Gutenachtkuss geben, aber als ich zwölf war, habe ich ihr sagt, sie soll damit aufhören, also bleibt sie jetzt an der Tür stehen. »Ich weiß, dass du das nicht extra gemacht hast. Du hattest einen schweren Tag. Tut mir leid, dass ich überreagiert habe.«

Ich hasse es, wenn sie einen auf verständnisvoll macht. Da

komme ich mir noch bescheuerter vor. »Schon okay, Mom, mir tut es leid.«

»Ich weiß.« Sie hält inne. »Na dann, gute Nacht. Ich hab dich lieb.«

Ich möchte das mit dem Liebhaben auch sagen, aber das kommt mir doof vor, also sage ich nur: »Ich dich auch.«

Mom macht die Tür zu. Ich will das Licht ausmachen, aber dann muss ich an Mr Sinclair und die Hunde und den Jungen denken, den ich vielleicht in der Scheune gesehen habe. Wer oder was ist da draußen und schleicht um unser Haus, während wir schlafen? Was könnte es sein?

Ich lasse das Licht an.

ACHT

Der Donnerstag verläuft fast so wie der Mittwoch. Ich steige in den Bus und setze mich nach hinten. Codys Clique bellt mich an. Ein paar Minuten später steigt Benjie ein, die Jungs grunzen. Ich biete Benjie ein Tic Tac an, weil er nach Eiern stinkt; er versteht den Wink mit dem Zaunpfahl nicht. Mittags verstecke ich mich auf dem Klo und mache mir Gedanken. Dann ist die Schule aus und ich sitze wieder im Bus. Am Abzweig zu unserem Haus steige ich aus.

Es ist kalt und bewölkt. Der Wind lässt die Maisfelder flüstern. Ich kicke einen Stein den Weg entlang. Hinter unserem Haus sehe ich Mr Sinclairs Auto hervorlugen. Wahrscheinlich räumt er den Rest des Krempels weg.

Ich habe keine Lust, wieder mit ihm allein zu sein, also schlüpfe ich ins Maisfeld und gehe durch die Reihen, vorbei an unserem Hof und unserem Haus, bis ich den hinteren Zaun und die Scheune erreiche. Ich bin nicht zu sehen, kann aber wie ein Spion zwischen den Maisstängeln hindurchgucken.

Die hintere Tür des Hauses schwingt auf. Mr Sinclair kommt mit ein paar Kartons heraus. Er trägt sie zu seinem Lieferwagen, wirft sie auf die Ladefläche und geht wieder hinein.

Maiskolbenfäden kitzeln in meiner Nase, Blätter wedeln vor meinem Gesicht. Ich brauche einen besseren Ausguck. Ich blicke zur Scheune rüber. Das Loch, hinter dem ich den Jungen gesehen habe, wäre perfekt. Ich wühle mich durch das Maisfeld, hüpfe über den Zaun und sprinte zur Scheune. Innen ist es dunkel, nur durch die Ritzen zwischen den Brettern fällt etwas Licht. Vor mir ist eine Holztreppe, die auf einer kleinen zementierten Fläche steht. Ich kann auch Stellplätze für Kühe erkennen.

Ich steige zum Heuboden hoch, teste jede Stufe, ob sie auch hält. Der Heuboden ist leer, abgesehen von einem umgekippten Eimer und den Vögeln auf den Dachsparren. Wo Vögel sind, ist auch Vogelscheiße. Klar, dass ich mich nicht hinsetzen werde. Ich hocke mich vor das Loch. Mr Sinclair ist nicht zu sehen, wahrscheinlich ist er noch im Haus. Ich schaue hinüber zum Fenster meines Zimmers. Wenn meine Vorhänge offen wären, könnte ich direkt hineinschauen. Ich stelle mir vor, dass nachts ein Spanner hier sitzt und mich beobachtet.

Meine Vorhänge bewegen sich. Im Haus ist nur Mr Sinclair. Was macht der in meinem Zimmer?

Mr Sinclair kommt mit zwei Kartons aus der Hintertür. Das ist unmöglich. Er kann nicht zur selben Zeit draußen und in meinem Zimmer sein. Wer ist es dann? Mr Sinclair hievt die Kartons auf die Ladefläche, dann steigt er in seinen Wagen und lässt den Motor an.

»Mr Sinclair! Warten Sie! Bleiben Sie da! Da ist jemand in meinem Zimmer!«

Er hört mich nicht, fährt vor zum Weg. Ich stürze nach unten, rase zur Tür. Zu spät. Er ist weg. Was jetzt? Mom anrufen. Ich ziehe mein Telefon aus der Tasche.

Moment mal. Wenn ich ihr sage, dass ein Fremder im Haus ist, ruft sie die Polizei – aber wenn ich mich nun irre? Vielleicht habe ich nur gesehen, wie ein Wolkenschatten über die Fensterscheibe gehuscht ist.

Aber wenn ich mich nicht irre?

Immer mit der Ruhe. Ich mache mich bloß verrückt. Wer soll denn im Haus sein? Ein Dieb braucht nur einen Blick auf die Hütte zu werfen und weiß, dass hier nichts zu holen ist. Und wer würde wohl hier, mitten in der Pampa, zufällig vorbeikommen und mal eben einbrechen?

Und wenn der Typ nun gar nicht zufällig vorbeigekommen ist? Wenn es Dad ist? Er könnte an der nächsten Kreuzung geparkt haben und zu Fuß gekommen sein.

Jetzt tickst du schon so wie Mom.

Ich versuche, an alles Mögliche zu denken, nur nicht an den letzten Abend, an dem wir mit Dad zusammengelebt haben. Geht aber nicht.

Ich war acht. Es war nach dem Abendessen. Ich kann mich nicht daran erinnern, wie es angefangen hat, jedenfalls haben sich Mom und Dad wieder gestritten. Sie wollten, dass ihre Streitereien geheim blieben. Bei Dad sollte vieles geheim bleiben. Zum Beispiel, wie er mir Schwimmen beigebracht hat und dabei meinen Kopf unter Wasser drückte, bis ich dachte, ich würde ertrinken. »Das gehört zum Unterricht, Kumpel.«

Bei dem letzten Streit hat Dad Sachen kaputt gemacht. »Nicht vor Cameron«, hat Mom gesagt. Ich bin wie immer nach oben in mein Zimmer gerannt, habe mich unter der Bettdecke verkrochen, mir die Finger in die Ohren gesteckt und gebetet, dass ich nicht einpullern würde, wie mir das früher öfter passiert ist, wenn sie sich gestritten haben. Das wäre mir oberpeinlich gewesen. »Aber nicht Dad sagen«, habe ich Mom immer gebeten, und dann hat sie mich umarmt und es mir versprochen.

Der letzte Streit aber war so heftig, dass ich die beiden hören konnte. Dad brüllte dasselbe wie immer: »Wer ist es? Wie heißt er?«

»Es gibt keinen ›er‹. Da ist niemand«, schrie Mom zurück.

»Hältst du mich für blöd? Es ist der Typ aus der Drogerie,

stimmt's? Lüg mich nicht an. Ich hab genau gesehen, wie ihr euch angeguckt habt. Ich weiß Bescheid.«

Das Geschrei hörte überhaupt nicht auf. Ich habe laut gesungen, damit ich es nicht hören musste. Dann kam die Polizei. Ich wurde in eine Notunterkunft gefahren, wo mich eine Frau in ein Zimmer brachte und mir einen Teddy gab. Dafür war ich eigentlich viel zu alt, aber das war mir egal. »Wo ist Mom?«, fragte ich. »Wo ist Dad?« Sie sagten nur: »Deiner Mom geht's gut.« Immer wieder kam jemand, um nach mir zu schauen, bis mich am nächsten Tag Grandma und Grandpa holten.

»Mach dir keine Sorgen«, sagte Grandma. »Wir haben dich lieb. Alles wird gut.« Sie sagten, Mom habe einen Unfall gehabt und sei im Krankenhaus und Dad sei geschäftlich unterwegs. Dann brachten sie mich in eine Wohnung, in der wir einen Monat lang blieben, bis es Mom besser ging. In der Zeit durfte ich sie nicht sehen. Als ich fragte, warum, kamen Grandma die Tränen und sie verließ das Zimmer.

»Wann kommt Dad zurück«, fragte ich, und als ich mutiger war: »Warum war die Polizei da?«

»Zerbrich dir nicht den Kopf«, sagte Grandma. »Denk lieber an was Schönes.«

Aber in der Nacht, als sie meinten, ich schliefe, hörte ich, wie Grandma sagte: »Dieser Mann ist ein Monster. Sie kann nicht zu ihm zurück. Beim nächsten Mal schlägt er sie tot.«

Beim nächsten Mal. Hatte es schon andere Male gegeben? Wann? Waren das die Tage, an denen Mom im Bett blieb, im dunklen Zimmer? An denen sie sagte, sie hat Kopfschmerzen oder Grippe? An solchen Tagen war Dad immer sehr nett. Er brachte Blumen und Spielsachen mit, bestellte Pizza oder chinesisches Essen nach Hause und wir sahen zusammen fern.

Danach habe ich Dad nur noch bei überwachten Treffen im

Amt gesehen. Ich erinnere mich an blaue Wände und an einen Teller mit Keksen und an Kameras und an die Sozialarbeiterin in der Ecke.

Beim ersten Mal hatte ich Angst vor der Begegnung mit Dad. Ich dachte, irgendeinen Grund muss es geben, warum wir nicht allein zusammen sein durften. Aber er war jedes Mal sehr freundlich. Wenn ich vor ihm zurückwich, machte er ein langes Gesicht und ich kam mir gemein vor. Ich erinnere mich daran, wie ich ihm schließlich erlaubte, mich auf den Schoß zu nehmen. Er legte seinen Arm um mich und ich weinte an seiner Schulter. Es war mir egal, dass jemand zuschaute.

Dad schaukelte mich. »Schon gut, mein Junge. Hab keine Angst. Es kommt vor, dass Leute Sachen über andere verbreiten, die nicht stimmen. Damit du es weißt: Ich liebe dich und deine Mom und ich würde keinem von euch beiden jemals etwas antun.«

»Aber was war an dem Abend?«

»Deine Mutter hat manchmal Sachen hinter meinem Rücken gemacht und wir waren beide wütend aufeinander. An dem Abend war sie so wütend, dass sie die Treppe raufgestürmt ist, dabei ist sie gestolpert, gefallen und hat sich verletzt. Es war ein Unfall, glaub mir.«

»Und warum sind wir dann nicht mehr zusammen?«

Dad wurde sehr still. »Deine Grandma und dein Grandpa, die mögen mich nicht. Sie sagen alles Mögliche über mich, stimmt's, Kumpel? Du weißt doch, wie leicht es ist, anderen was einzureden.«

Ich nickte.

Er wuschelte mir durchs Haar. »Und noch was. Seit dem Abend habe ich nicht einen Tropfen getrunken. Nicht einen. Das kannst du deiner Mom sagen. Kann sein, sie glaubt mir nicht, aber es ist wahr.«

Ich erinnere mich an mein letztes Treffen mit Dad, bevor Mom mit mir abgehauen ist. Dad hatte einen wirklich seltsamen Ausdruck in den Augen. Er wartete, bis die Sozialarbeiterin uns den Rücken zugedreht hatte. Dann drückte er mir ein Foto in die Hand, ein Foto von uns beiden am Strand.

»Das darf keiner sehen«, flüsterte er. »Deine Mom würde es dir wegnehmen. Sie will nicht, dass du dich an die schönen Zeiten mit mir erinnerst. Aber du und ich, wir beide, wir erinnern uns daran, stimmt's, Kumpel?«

»Klar.«

»Psst. Auf der Rückseite sind meine neue Adresse und meine Telefonnummer. Das bleibt unser Geheimnis, ja? Großes Indianerehrenwort?«

Ich nickte und schob das Foto in meine Hosentasche. Ich hatte Angst, es vor Mom zu verstecken. Aber Dad hatte recht, Mom würde wütend werden, wenn sie es sah. Zu Hause schob ich es hinter das Bild von Mom und mir mit den Großeltern, das auf meinem Nachttisch steht.

Das Komische ist, dass ich das Foto seitdem nicht mehr angeguckt habe. Ich fürchte, wenn ich es raushole, sehe ich Dads Telefonnummer und muss ihn dann unbedingt anrufen. Und das darf ich nicht. Niemals. Ich habe sogar überlegt, das Foto wegzuschmeißen, damit ich nicht in Versuchung gerate, aber das geht auch nicht. Was wäre, wenn ich mich eines Tages mal daran erinnern möchte, wie er ausgesehen hat? Also steht es nun neben meinem Bett, das geheime Foto: Dad ist unsichtbar, aber doch immer präsent, wie sonst auch.

Nachdem ich das Foto weggesteckt hatte, hat Dad mich zum letzten Mal umarmt. »Ich liebe dich. Deine Mom liebe ich auch. Wenn ich sie nicht so lieben würde, wäre all das nicht passiert, hätte mich das, was sie getan hat, nicht so verrückt gemacht. Glaub mir: Es gibt Dinge, die wirst du verstehen, wenn du älter bist.«

Genau das sagt Mom auch: »Es gibt Dinge, die wirst du verstehen, wenn du älter bist.« Tja, ich kann aber nicht warten, bis ich älter bin. Es gibt Dinge, die muss ich *jetzt* verstehen.

NEUN

Ich blicke durch das Loch in der Scheunenwand hinüber zu unserem Haus. Dad *kann* uns noch nicht gefunden haben.

Ach ja? Als wir abgehauen sind, stand er mit seinem Auto vielleicht gleich um die Ecke. Oder er hat einen Detektiv angeheuert. Oder einen GPS-Chip unter Moms Auto angebracht, während sie einkaufen oder arbeiten war.

Nein, ich mache mich bloß wieder verrückt. Dad ist weit weg, ganz alleine, sehnt sich nach mir, weiß aber nicht, wo ich bin. Oder? Ich brauche ja nur ins Haus zu gehen und nachzusehen.

Sei nicht blöd. Denk mal an die Filme, in denen der Babysitter was auf dem Dachboden hört und dann hingeht! Da sagen immer alle: »So ein Quatsch, wer würde denn so was machen?«

Das hier ist was anderes. Wenn niemand dort ist, bräuchte ich Mom nicht umsonst zu erschrecken. Aber wenn es Dad sein sollte, könnte ich Mom warnen. Ich habe ja ein Handy. Außerdem besteht für mich keine Gefahr; mir hat er noch nie was getan.

Hat er wohl.

Nicht oft, eigentlich nie, und vielleicht habe ich das nur geträumt. Egal, ich muss das jetzt machen, für Mom.

Ich laufe hinüber zum Haus, den Blick geradeaus gerichtet, Schultern straff, als hätte ich vor nichts Angst. Ich mache die Hintertür auf und gehe ins Haus.

»Hallo«, rufe ich ganz laut. »Ist da jemand?«

Stille.

»Wenn da jemand ist, ich wohne hier, klar? Also, ich gehe jetzt durchs Haus. Wenn Sie ein Einbrecher sind oder so – ich komme über die Wohnzimmertreppe nach oben! Sie können über die Küchentreppe abhauen, dann kriege ich Sie nicht zu sehen. Okay?«

Super. Ich klinge wie ein Volltrottel.

Ich gehe durch die Küche und durchs Bad in Moms Zimmer. Ich gucke unter ihr Bett – niemand da. Ich gucke ins Wohnzimmer – niemand da – und bleibe am Fuß der Treppe stehen.

»Das ist Ihre letzte Chance«, brülle ich. »Mom kommt jede Minute und sie hat ein Handy, also hauen Sie lieber sofort ab. Das ist mein Ernst. Klar? Also gut. Sagen Sie nicht, ich hätte Sie nicht gewarnt. Ich komme jetzt hoch!«

Ich gehe die Treppe hinauf, werfe einen Blick in das kleine Bad – niemand –, checke mein Zimmer – niemand. Vor der Tür zum großen Zimmer über der Küche bleibe ich stehen, dann stoße ich sie mit einem Schwung auf. Das Zimmer ist leer; die Falltür zum Boden ist versiegelt, wie immer. Jetzt muss ich nur noch den Keller überprüfen.

Ich gehe runter in die Küche. Die Kellertür steht offen. War sie geöffnet, als ich reinkam? Ich kann mich nicht erinnern. Aber wer sich verstecken will, lässt ja wohl nicht die Tür offen, oder?

Das erfährst du nur, wenn du runtergehst.

Ich hole mir die Taschenlampe aus der Schublade rechts von der Spüle. Ist zwar keine super Waffe, aber besser als nichts, wenn mich jemand angreifen sollte. Und ich bin gewappnet, falls – wie im Film – das Deckenlicht ausgehen sollte.

Ich blinke mit der Taschenlampe. »Dad? Dad, bist du hier

unten? Wenn ja, dann sag es mir bitte, damit ich mich nicht erschrecke. Außerdem möchte ich dich sehen. Du fehlst mir.«

Stille.

Als ich drei oder vier war, erinnere ich mich plötzlich, ist Dad mit mir in die totale Pampa gefahren, in irgendeinen Wald oder so was. Da war außer uns niemand und Dad hat sich hinter einem Baum versteckt. Ich habe gedacht, er wäre weggegangen und hätte mich ganz allein zurückgelassen. Ich wusste nicht, was ich tun sollte. Ich habe nur geweint und geweint. Dabei hat Dad mich die ganze Zeit beobachtet. Er fand das komisch.

Die Kellertreppe kommt mir mehr denn je wie der Eingang zu einer Gruft vor. Um mich zu beruhigen, zähle ich immer wieder bis zehn, und ehe ich mich versehe, bin ich unten.

Der Keller ist ausgeräumt, nur noch die Heizung steht da. Sobald ich um die herum bin, weiß ich, dass alles okay ist. Ich ducke mich unter den Rohren durch, ganz schnell, sodass einer, der sich dahinter versteckt hat, nicht außenrum rennen und mich von hinten packen kann.

Da ist aber niemand.

Und was ist mit dem Kohlenverschlag?

Ich starre auf die kleine Tür. »Dad?«

Stille.

Ich schalte die Taschenlampe an, reiße die Tür auf und mache einen Satz nach hinten, falls mir etwas entgegenspringen sollte. Tut es aber nicht. Ich leuchte hinein. Abgesehen von ein paar Kohlen in der Ecke ist der Verschlag leer. Auftrag erfüllt. Das Haus ist sicher. Die Phantom-Armee besiegt.

Als ich die Tür zumachen will, sehe ich, dass an der linken Wand etwas eingeritzt ist. Ich beuge mich vor, um besser sehen zu können: dreimal vier Striche, die von einem fünften durchkreuzt werden, und dann noch zwei einzelne Striche.

War hier jemand eingesperrt und hat die Tage gezählt?

Ich wische mir mit dem Handrücken über die Stirn. Dabei leuchtet meine Lampe auf eine staubige Mappe, die links von der Tür innen an der Wand lehnt. Kein Wunder, dass ich die vorher nicht entdeckt habe. Die kann schon ewig hier versteckt gewesen sein.

Ich hebe sie hoch; sie riecht nach Schimmel. Ein Schauer jagt mir über den Rücken. Ich stelle mir vor, wie Leichenfinger mich packen. Kaum bin ich die Treppe hoch in die Küche gerannt, ist alles gut – mal abgesehen davon, dass meine Hände schwarz sind. Mom dreht schon durch, wenn sie an meinen Schuhen auch nur die winzigste Spur von Schmutz entdeckt: »Du schleppst mir den ganzen Dreck ins Haus.« Wenn ich Kohlenstaub verbreite, kann ich mich gleich einsargen.

Ich stecke die Mappe in eine der Plastiktüten, die unter der Spüle liegen, und wasche mir die Hände. Dann schnappe ich mir ein paar Papiertücher und nehme alles mit hoch in mein Zimmer. Die Papiertücher breite ich auf meinem Schreibtisch aus, dann öffne ich die Mappe und ziehe den Inhalt heraus. Ein Stapel Kinderzeichnungen fällt mir entgegen, dazu Buntstifte, Bleistiftstummel und ein schwarz-weißes Hochzeitsfoto in einem Papprahmen.

Die Braut und der Bräutigam haben seltsam tote Augen. Auf der Rückseite steht in Schönschrift:

Mr und Mrs Frank McTavish. Der Herr segne und behüte Euch. Der Herr sei Euch gnädig. Der Herr lasse sein Antlitz über Euch leuchten und gebe Euch Frieden.
1. August 1948

Jemand hat einen Pfeil neben »Mrs Frank McTavish« gezeichnet und dazu »Evelyn, geborene Cartwright« geschrieben.

Unten drunter steht in Kinderdruckschrift: »Mutter und Vater«. Das wird wohl der Junge gewesen sein, der die Bilder gemalt hat, dessen Sachen im Keller waren. Bei allen Bildern steht in der rechten unteren Ecke »Jacky«. Also wird das Jacky McTavish gewesen sein.

Auf den Bildern, die ganz oben liegen, ist meist Jacky mit seiner Mutter und seinem Vater auf dem Hof zu sehen. Der Vater ist groß – sogar größer als die Scheune. Er hat riesige schwarze Augen, in denen kein Weiß zu sehen ist, und sein Mund ist voller gelber Zähne. Und er hat fast immer eine Mistgabel, einen Hammer oder eine Säge in der Hand. Jacky und seine Mutter sind sehr viel kleiner, meist eher am Rand, und sie halten sich an den Händen. Ihre Augen sind leere Kreise, die Mutter hat manchmal keinen Mund.

Aber was mir wirklich Gänsehaut macht, sind die Bilder von Jacky: Er trägt eine Davy-Crocket-Mütze.

Er ist der Junge, der gestern Abend in der Scheune war.

Nein. Gestern Abend war kein Junge in der Scheune. Und wenn da einer war, habe ich mir die Mütze eingebildet. Die hätte ich im Dunkeln gar nicht sehen können.

Wirklich?

Ja. Außerdem, wenn da gestern Abend tatsächlich ein fremder Junge auf unserem Grundstück war, dann nicht dieser hier. Der wäre inzwischen nämlich ein alter Mann.

Ich sehe mir die Bilder noch mal genau an. Außer den Familienbildern gibt es noch Zeichnungen von zwei Jungen, die in Bäumen herumklettern oder auf großen Steinen in der Mitte einer Lichtung spielen. Ich wette, die beiden sind in dem Wald hinter dem Feld. Jacky erkenne ich an seiner Mütze, aber wer ist der andere?

Mr Sinclair?

Das könnte passen; er wohnte ja auf dem Nachbarhof.

Aber wenn Mr Sinclair mit Jacky gespielt hat, warum redet er nicht über ihn?

Fragen über Fragen. Wenn ich nicht aufpasse, bin ich bald so paranoid wie Mom.

Ich gehe die übrigen Bilder durch. Jackys Mutter ist nicht mehr drauf. Aber der Vater schon. Auf einigen Bildern schießen Blitze aus seinem Kopf, wie in einem Comic, wenn ein verrückter Superverbrecher durchdreht. Auf anderen Bildern stemmt er Jacky mit einem Arm über seinen Kopf, als wäre der eine Puppe. Jackys Hände sind ausgestreckt. Schwer zu sagen, ob er winkt oder um Hilfe ruft.

Schließlich komme ich zu den Zeichnungen ganz unten im Stapel. Die sind anders: Nur noch ein Gekritzel aus lila und schwarzen und roten Strichen, die sich überlagern.

Ich sehe sie mir ganz genau an. Je länger ich die Bilder betrachte, desto mehr Formen entdecke ich, desto klarer treten sie hervor. Schwänze. Zähne. Pfützen aus Blut.

Mein Herz bleibt stehen. Hunde. Ein Rudel wilder Hunde reißt etwas auseinander.

ZEHN

Mom bringt was von KFC mit. Beim Essen frage ich sie, wie es in Cowboystiefels Büro gelaufen ist, und gebe mir Mühe, ihr zuzuhören. Aber die meiste Zeit denke ich an die Bilder von Jacky.

Die Hunde. Was war mit denen? Warum hat Cody gefragt, ob ich nachts Hunde höre? Er konnte doch nicht die Hunde auf den Bildern gemeint haben, oder? Diese Bilder sind fünfzig Jahre alt.

Und was ist mit Jacky? Warum hat er irgendwann aufgehört, seine Mutter zu zeichnen? Ist ihr was passiert? Und was haben die Mistgabel, der Hammer und die Augen seines Vaters zu bedeuten? Als ich an das Bild denke, auf dem der Vater Jacky über seinen Kopf hält, fällt mir ein, wie Dad mich herumgeschleudert hat, als ich klein war. Und wie Mom geschrien hat, er soll aufhören. Dann sehe ich uns auf dem Balkon: Dad hält mich an einem Bein und lässt mich über die Brüstung hängen. »Halt den Mund. Willst du ihn fliegen sehen?«

Nach dem Essen gehe ich in mein Zimmer und gucke mir wieder die Bilder an. In dem Gekritzel um die Hunde herum entdecke ich Arme, Beine und Köpfe. Ich gehe ins Bett und mache das Licht aus.

Es dauert ewig, bis ich einschlafe.

Ich bin in dem Maisfeld, es ist Nacht und ich renne. Die Hunde sind hinter mir her. Pfoten trommeln. Gebell dröhnt. Sie kommen näher. Ich falle, stehe auf, falle wieder. Hinter mir krachen Maisstängel. Sie kriegen mich. Hilfe.

»Die tun dir nichts. Ich passe auf.« Ein Junge. Wo ist er?

Ich blinzele, und schon bin ich in meinem Zimmer unter der Decke, im Dunkeln. Ich schwitze. Mein Herz wummert.

In meinem Zimmer ist etwas. Ist wer.

»Mom?«

Stille. Ich will mich bewegen. Geht nicht.

»Wer ist da?«

Ich bin's. Jacky.

Das war keine andere Stimme. Ich habe bloß mit mir selbst geredet.

Hab keine Angst.

»Ich habe keine Angst. Ich bilde mir deine Stimme nur ein. Weiter nichts.«

Nein. Ich bin Jacky. Ich bin froh, dass du da bist. Ich bin sehr einsam, seit Vater und Mutter weg sind.

»Hör auf. Lass mich in Ruhe. Ich bin Cameron. Cameron Weaver. Was immer du bist, dich gibt es nicht.«

»Warum machst du das?« Jackys Stimme. Nicht mehr in meinem Kopf. Sondern hier im Zimmer.

Ich kriege Panik. »Ich träume noch. Das ist es. Ich habe geträumt, dass ich aus einem Albtraum aufgewacht bin, aber das war bloß der Anfang von einem neuen Albtraum, von diesem hier. Also, jetzt wache ich aber richtig auf.«

»Was redest du da?«

»Wach auf!«, schreie ich. »Wach auf!«

»Schrei nicht so laut«, sagt Jacky. »Sonst kriegt deine Mutter Angst.«

Oh nein – ich bin immer noch da – wo immer das sein mag. Wie kann ich aufwachen?

»Ich dachte, du magst mich. Ich dachte, wir sind Freunde.«

»Hilfe!«

»Magst du mich nicht?«

»Wach auf! Hilfe!« Ich will die Lampe auf meinem Nachttisch anmachen, aber ich bin in mein Bettzeug eingewickelt wie eine Mumie. »Wach auf! Hilfe!«

Mom knipst das Licht an. »Cameron?«

Ich kann nichts sagen. Ich keuche, mir ist eiskalt, siedend heiß. Ich blicke rüber zum Schreibtisch. Da ist nichts. Ich blicke zum Schrank. Der ist zu. Ist er da drin? Nein – da drinnen ist nichts. Ich hatte einen Traum, nur einen Traum. Aber wenn das gerade ein Traum war, warum habe ich dann nicht das Gefühl, aufgewacht zu sein?

Mom sitzt auf meiner Bettkante. »Du bist ja pitschnass.« Sie fühlt meine Stirn. »Du hast Fieber. Ich hol dir was.«

»Nein. Geh nicht weg.«

»Alles ist gut.«

»Ist es nicht.«

»Das wird schon.« Sie streicht mir das Haar aus der Stirn. »Ich komm gleich wieder.«

»Mom ...«

Mom macht die Schranktür auf. »Im Schrank ist nichts«, sagt sie sanft. »Unter dem Bett ist auch nichts.«

»Weiß ich doch. Ich bin kein Baby mehr.«

»Ich weiß.« Mom kommt zum Bett zurück. »Cameron, du kannst nichts für deine Ängste. Dafür ist dein Vater verantwortlich. Nach jedem Umzug hast du Albträume. Aber die werden aufhören. Das war immer so. Und so wird es auch diesmal sein. Glaub mir.« Sie küsst mich auf die Stirn und geht ins Bad.

Mom hat recht. Sobald wir in einem neuen Haus sind, kriege ich Albträume. Das Schlimmste aber ist, dass ich jedes Mal das Gefühl habe, ich würde das alles wirklich erleben. Sobald ich so was wie Kindersachen im Keller sehe, blüht meine Fantasie, und schon bin ich reif für die Klapse.

Mom kommt sofort wieder. Sie steckt mir ein Thermometer in den Mund und betupft mein Gesicht mit einem kühlen Tuch. Sie liest die Temperatur ab. »Du hast Fieber, hab ich's mir doch gedacht.« Sie gibt mir eine Tablette, wickelt mich in einen Bademantel und eine Decke ein und wechselt meine Bettwäsche. Ich würde ihr helfen, aber ich zittere zu sehr.

»So«, sagt Mom. »Ab ins Bett.« Sie deckt mich bis zum Kinn zu. »Morgen bleibst du zu Hause.«

Was? Ich soll hier den ganzen Tag alleine sein? Nebenan Mr Sinclair und dazu Albträume, die mich überfallen, sobald ich die Augen schließe?

Mom liest meine Gedanken. »Keine Bange. Ich bleibe auch zu Hause. Ich sage Ken, dass du krank bist.«

»Nein, das ist doch peinlich! Ich komm schon klar.«

»Bist du sicher?«

»Natürlich bin ich sicher.« Bin ich nicht.

Sie blickt mich prüfend an. »Na gut. Aber tu mir einen Gefallen. Keine Zombie-Spiele. Die tun dir nicht gut.«

ELF

Als ich am Freitagmorgen aufwache, fühle ich mich so kalt und grau wie der Himmel draußen. Mom bringt mir ein Tablett mit Haferflockenbrei und Toast ans Bett, dazu ein belegtes Brot und einen Apfel fürs Mittagessen, und sie stellt mir einen Krug Wasser hin. Mom ist echt nett, wenn ich krank bin. »Ruf mich an, wenn irgendwas ist. Ich bin spätestens um fünf zurück.«

Kranksein ist langweilig. Erst denke ich immer, ist doch toll, ich kann fernsehen und Computerspiele spielen, so viel ich will, aber nach ein paar Stunden möchte ich doch irgendwas tun. Manchmal gehe ich einfach raus, aber heute geht das nicht. Mir ist nicht schlecht oder so, aber sobald ich mich bewege, fröstelt es mich.

Nach dem Frühstück nehme ich mein Tablet und checke auf Facebook, was meine alten Freunde machen. Ich bin supervorsichtig. Als wir das erste Mal abgehauen sind, hat Mom mir alles über Privatsphäre-Einstellungen erklärt, und wie ich ins Internet kann, ohne Spuren zu hinterlassen. Ihr wäre es lieber gewesen, ich wäre gar nicht bei Facebook, aber sie wusste, dass sie das nicht verhindern konnte, also hat sie mir alles ganz genau erklärt – so gründlich und rechtzeitig wie Grandma und Grandpa sie früher über Verhütung aufgeklärt haben.

»Du musst wissen, wie du dich schützen kannst, damit du

Bescheid weißt, wenn es so weit ist.« Ich vermute, dass ich nicht richtig aufgepasst hatte, denn sie packte mich an der Schulter. »Das ist wichtig, Cameron! Wenn du nicht aufpasst, kann dein Vater deinen Account hacken und rausfinden, wo wir sind, und das könnte unseren Tod bedeuten. Verstanden?«

Als ich zehn wurde, habe ich ein falsches Alter angegeben und einen Facebook-Account bekommen – mit falschem Namen und dem Bild eines Mutanten. Ich richtete alles so ein, dass nur ausgewählte Freunde meine Seite sehen konnten, dann suchte ich nach Kindern, mit denen ich früher gespielt hatte. Einige hatten geheime Accounts wie ich, andere hatten Seiten, die von ihren Eltern beaufsichtigt wurden. Ich schrieb ihnen in einer Nachricht, warum ich wegmusste, und bat sie, mich online Rob Booker zu nennen. Ich dachte, ich könnte alles sagen, wenn ich einen geheimen Namen hatte.

Aber dann hat sich doch jemand – sprich Dad – reingeschmuggelt. Er hat sich als »Cameron Weaver« angemeldet und Kindern, die mich kannten, Freundschaftsanfragen geschickt. Tommy Gee, der Idiot, hat auf »Annehmen« geklickt und dazugeschrieben: »Benutzt du jetzt wieder deinen richtigen Namen, ›Rob‹?« Und Cameron Weaver hat geantwortet: »Ja LOL.« Tommy hat gefragt: »Kommt ihr aus Wellington zurück?« Als ich Mom das erzählte, sind wir sofort umgezogen.

Eine Weile lang haben Freunde gepostet: »Viel Glück, Rob!«, und in meinem Postfach stapelten sich die Nachrichten, aber ich hatte Angst und antwortete nicht, nur Tommy habe ich geschrieben, dass er mir mein Leben versaut hat.

Ich habe Mom versprochen, nie wieder Facebook zu benutzen. Habe ich auch nicht getan, ich habe nur nachgesehen, was meine alten Freunde so machen. Tony zum Beispiel ist im Junior-Footballteam, was echt komisch ist, weil er immer der Kleinste war. Und Laurie, die meine »Freundin« war, weil wir eine Sekunde lang Händchen gehalten hatten, geht mit einem Typen, von dem ich noch nie gehört habe. Mich erwähnt niemand mehr. Vielleicht haben sie Angst, dass ich wieder Stress kriege. Oder sie haben eben einfach weitergelebt. Was auch immer, es ist beschissen. Es ist, als gäbe es mich nicht. Als wäre ich ein Geist.

Deswegen bin ich nicht mehr so oft bei Facebook. Und außerdem komme ich mir vor wie ein Stalker, wenn ich heimlich lese, was andere posten, und dann muss ich sofort an Dad denken. Werde ich so wie er? Ich sollte endgültig damit aufhören. Und wer braucht schon Freunde? Ich kann mich noch genau daran erinnern, wie das war, als Mom zu mir sagte, wir gehen nie wieder nach Hause zurück. »Und was ist mit Tommy und Tony und den allen?«, habe ich geschrien. »Du findest neue Freunde«, hat Mom gesagt. Klar. Nur, wenn ich welche finde, ziehen wir wieder um und es tut noch mehr weh. Es ist besser, keine Freunde zu haben. Wenn ich mit jemandem reden möchte, rede ich einfach mit mir selbst. Das ist wenigstens was, was ich gut kann.

Ich klappe mein Tablet zu, schließe die Augen und drifte in den Zustand, in dem ich weiß, dass ich träume, aber auch weiß, dass es Tag ist und ich in meinem Zimmer sicher bin. Deshalb macht es mir auch nichts aus, dass ich Jacky flüstern höre: »Tut mir leid, dass ich dir gestern Angst gemacht habe.« Er klingt ziemlich schwach.

»Schon gut.« Ich weiß nicht genau, ob ich das vor mich hin murmele oder nur denke.

»Alleinsein ist blöd.«

»Stimmt.«

»Ich bin alleine, seit Vater weggegangen ist.«

Ich stelle mir vor, dass er im Schneidersitz auf meinem Schreibtisch hockt. Er sieht aus wie der Junge, den ich in der

Scheune gesehen habe, sehr klein und blass mit hellen Sommersprossen auf der Nase. Und er trägt eine Mütze mit einem Waschbärenschwanz, wie in diesen alten Filmen.

Meine Augenlider zucken. Wenn ich die Augen öffne, ist Jacky weg, mache ich sie zu, ist er wieder da. Also döse ich nur. Gut. Ich lasse mich wieder ins Träumen fallen. Jacky spielt mit dem Schwanz an seiner Mütze.

»Wo ist denn dein Vater hin?«, frage ich ein bisschen gelangweilt.

Jacky blickt auf seine Schuhe. »Weiß nicht. Er war mit den Hunden unterwegs. Wo ist dein Vater?«

»Wahrscheinlich noch da, wo wir früher gewohnt haben.«

Jacky runzelt die Stirn. »Hat er geweint, als ihr weg seid?«

»Vielleicht. Ich weiß es nicht.«

»Vater hat nie geweint.«

»Warum nennst du ihn Vater. Warum nicht Dad oder Daddy?«

»Darum. Er ist eben Vater. Du stellst komische Fragen.« Er kräuselt die Nase. »Cameron ... hat deine Mutter einen Freund?«

»Sie hat viele Freunde. *Hatte* viele Freunde.«

»Ich meine nicht einfach einen Freund. Sondern einen *Freund*.«

»Du meinst, einen Mann?«

Jacky nickt.

Ich erinnere mich an die Streitereien zwischen Mom und Dad und an das, was Dad gesagt hat. »Ich weiß es nicht. Ich glaube nicht.« Und ich möchte auch ganz bestimmt nicht darüber nachdenken.

»Meine hat einen«, flüstert Jacky. »Vater hat gesagt, nur wegen ihm ist sie nicht mehr bei uns. Als sie weg war, hat Vater die Hunde angeschafft. Um böse Leute abzuschrecken. Leute, die mich wegholen wollen.«

»Die Hunde, die du gezeichnet hast?«

»Sie sind überall. Sogar da, wo du sie nicht sehen kannst. Wenn du nicht aufpasst, kommen sie ins Haus.«

Ich setze mich auf, hellwach. Vom Fenster her zieht es. Ich wickele die Decke fester um mich und schaue hinaus. Wolken fegen über den Himmel. Im Wind höre ich Hunde heulen. Falsch. Ich höre etwas, das klingt, als würden Hunde im Wind heulen. Denn hier gibt es keine Hunde, ich bilde mir das bloß ein. Jackys Hunde sind schon lange tot. Und der wirkliche Jacky ist auch kein Kind mehr. Er ist so alt wie Mr Sinclair.

Wenn er noch lebt.

Und warum sollte er nicht?

Leute sterben. Vielleicht ist Jacky ein Geist.

Quatsch.

Hör mal, wenn Jacky als Kind gestorben ist, würde er wie der Junge aussehen, den ich gesehen habe: Klein, blass, altmodische Klamotten und die blöde Mütze auf dem Kopf. Stimmt's?

Falsch. Ich weiß nicht, wie Jacky ausgesehen hätte. Ich habe ihn nur auf Zeichnungen gesehen.

Es sei denn, ich habe seinen Geist gesehen.

Hör auf mit dem Schwachsinn.

Schön. Dann höre ich auf. Aber ...

Ich nehme mein Tablet und öffne *Zombie Attack*. Jacky, ein Geist? Das ist ja noch blöder, als sich einzubilden, im Keller irrten Mutanten herum oder Dad wäre in meinem Zimmer.

Über meinen Bildschirm laufen immer mehr Zombies. Sie springen so schnell aus Erdlöchern oder Gassen heraus, dass ich mit meinem Flammenwerfer nicht hinterherkomme. In zwei Minuten verliere ich drei Leben und muss noch mal von vorne anfangen. Beim nächsten Spiel komme ich zwar zu dem verlassenen Gehöft, denke aber nicht an den Zombie im Gefrierschrank und an die anderen hinter der Couch. Was ist los mit mir? Normalerweise bin ich echt gut.

Ich lege mein Tablet weg. Jacky kann kein Geist sein. Er sieht nicht mal krank aus.

Und wenn er einen Unfall hatte? Also, wenn er zum Beispiel durch das Loch in der Scheunenwand gefallen wäre und sich das Genick gebrochen hätte?

Dann hätte er den Kopf verkehrt rum auf dem Hals gehabt.

Oder wenn er vom Mähdrescher überrollt worden wäre?

Dann hätte er lauter Löcher.

Oder die Hunde hätten ihn umgebracht?

Dann hätte er lauter Bisswunden.

Okay. Und wenn er nun ermordet wurde?

Ermordet?

Genau. Wenn sein Vater ihn umgebracht hat? Kann man sich doch vorstellen. Denk an die Bilder. Der Hammer, die Mistgabel, wie der Vater ihn gepackt hat.

Nein. Der Jacky in meinem Traum hat gesagt, sein Vater ist weggegangen. Das heißt, er hat noch gelebt, als sein Vater ging.

Nicht, wenn er ermordet wurde. Er hätte seinen Vater weggehen sehen, aber sein Geist wäre dageblieben.

Ich muss aufhören, sonst werde ich noch verrückt.

Und wenn ich es schon bin?

ZWÖLF

Cool bleiben kann man nur, sagt Mom, wenn man sich auf alles gefasst macht, und dazu muss man die Fakten kennen. Den Rest des Tages verbringe ich mit Googeln.

»Wolf Hollow + Hunde« ergibt eine Menge Treffer, aber alles nur Tierärzte oder Verkaufsanzeigen für Welpen. Bei »Wolf Hollow + Mord« finde ich Geschichten über ein Pärchen aus dem Ort, das 2005 in Mexiko ermordet wurde. Ich versuche noch diverse andere Kombinationen mit »McTavish«, »Sinclair« und »1960er«. Aber ich finde nichts Verdächtiges. Ein Glück.

Als Mom nach Hause kommt, habe ich mich gefangen. Es läuft immer gleich ab. Erst mache ich mich total irre, dann lässt der Druck ohne ersichtlichen Grund nach, als würde eine Blase in sich zusammenfallen, und ich bin ganz ruhig – bis mir was Neues einfällt und sich der Druck wieder aufbaut. Das passiert meistens direkt hinterher, wie jetzt, als ich zum Essen die Treppe hinuntergehe.

Es spielt überhaupt keine Rolle, dass du bei Google nichts gefunden hast. Die großen Zeitungen stellen ihre Nachrichten online, aber die Lokalblätter in kleinen Orten? Neues – vielleicht. Aber was vor vielen Jahren geschehen ist, bewahren sie woanders auf.

Ich kann diesen Irrsinn nur stoppen, wenn ich herausfinde, was wirklich mit Jacky geschehen ist. Aber wie? Ich male mir aus, wie ich in das Büro der *Wochenpost* marschiere:

Ich: Hallo. Hat in Ihrer Zeitung mal was über einen Mord an einem Jungen gestanden, der auf dem Hof lebte, auf dem ich jetzt wohne?

Empfangsdame: Ein Mord? Wann?

Ich: Keine Ahnung. Vor einem halben Jahrhundert vielleicht?

Empfangsdame (verdreht die Augen): Geht's ein bisschen genauer?

Ich: Eher nicht.

Empfangsdame: Wer wurde ermordet?

Ich: Ein Junge, Jacky McTavish, aber ich weiß nicht genau, ob er wirklich ermordet wurde.

Empfangsdame (die Augen fallen ihr aus dem Kopf): Also, du willst, dass unsere Zeitung sich auf die Suche nach einer Story macht, die wir *möglicherweise* vor über einem halben Jahrhundert veröffentlicht haben, und zwar über einen Mord, den es *möglicherweise* gegeben hat?

Ich: Genau. Bitte.

Empfangsdame: Und, wenn ich mir die Frage erlauben darf, wie kommst du darauf, dass es einen Mord gegeben hat?

Ich: Weil das den Geist erklären würde.

Empfangsdame: Den Geist?

Ich: Ja, ich habe einen Geist gesehen. Aber vielleicht war es nur ein Traum. Ach so, könnten Sie bitte auch noch nach Berichten über wilde Hunde gucken?

Empfangsdame: Junger Mann, weiß deine Mutter, dass du hier bist?

Ich setze mich an den Tisch. Mom hat Omelette gemacht, dazu gibt's Kartoffelbrei und Erbsen.

»Du siehst schon viel besser aus«, sagt sie.

»Danke. Mir geht's auch besser«, sage ich. Ich mag nicht essen, aber ich will nicht, dass Mom denkt, ich bin noch krank, mich noch mal zu Hause lässt und ich wieder durchdrehe, also esse ich einen Happen. Und plötzlich fällt mir ein, wie ich was über den Mord herausfinden kann.

»Mom«, sage ich. »Meinst du, die in dem Immobilienbüro wissen was über die Höfe hier in der Gegend? Also, ich meine, wer sie gekauft und verkauft hat?«

»Nein, aber das kann man leicht herausfinden. Das Grundbuchamt ist direkt neben dem Rathaus.«

»Gut. Würden die einem sagen, wenn auf einem Grundstück was Ungewöhnliches passiert ist?«

»Weiß ich nicht. Vielleicht, wenn es Termiten gab? Oder Asbestwände?«

»Und sonst noch?«

»Was denn?«

Ich spiele mit der Gabel in meinem Kartoffelbrei herum. »Och, na ja. So was wie, ob vielleicht jemand ermordet wurde?«

Mom blickt mich scharf an. »Ich weiß es nicht. Ich bin keine Maklerin. Könnte schon sein.«

»Super. Tust du mir einen Gefallen? Wenn du morgen Zeit hast, könntest du bitte herausfinden, ob hier auf diesem Hof so was in der Art passiert ist?«

Mom kaut langsam. »Warum?«

»Weil die im Grundbuchamt einem Kind bestimmt keine Auskunft geben.«

»Cameron, geht deine Fantasie wieder mit dir durch?«

»Nein.« Ich will es dabei belassen, aber Mom ist nicht blöd.

»Das ist für ein Projekt in Geschichte. Unser Lehrer will, dass wir was über die Geschichte der Stadt herausfinden und dann aufschreiben, was das für uns bedeutet. Weil ich neu bin, meinte er, könnte ich ja darüber schreiben, warum ich hierhergekommen bin.«

Erschrocken legt sie Messer und Gabel beiseite.

»Keine Sorge«, sage ich schnell. »Ich wusste, dass du was dagegen hast, wegen Dad und so. Deshalb habe ich vorgeschlagen, ich könnte was über die Geschichte dieses Hofes schreiben. Ich habe dem Lehrer gesagt, dass die mir was bedeutet, weil ich ja, seit ich hier wohne, ein Teil dieser Geschichte bin. Ich bin sozusagen das nächste Kapitel.«

Mom lächelt. »Ich wette, das hat ihm gefallen.«

»Hmhm.« Ich nicke, total ernst, als wollte ich unbedingt eine Eins bekommen. »Und ich habe gedacht, wenn's was richtig Aufregendes gäbe, so was wie einen Mord oder einen Selbstmord, dann würde das meinen Text viel spannender machen. Ist zwar unwahrscheinlich, aber trotzdem, könnte ja sein.«

Mom guckt belustigt. »Okay, ich versuche was rauszufinden. Vielleicht nicht gleich morgen, doch in den nächsten Tagen. Aber sei nicht enttäuscht, wenn hier alles ganz normal war.«

Ich lüge nicht gerne, aber wenn es sein muss, kann ich das ziemlich gut. Ich stopfe mir Kartoffelbrei in den Mund.

»Und denk bloß nicht, ich mach deine Hausaufgaben!«, fügt Mom hinzu. »Wenn ich die Namen von den Leuten rauskriege, denen der Hof früher gehört hat, und dazu die Daten, wann der Hof gekauft und verkauft wurde, und mir dabei irgendwas Auffälliges unterkommt – also ein Mord oder ein Selbstmord –, musst du mir versprechen, dass du den Rest selber recherchierst. Also zum Beispiel Mr Sinclair fragst. Ich bin sicher, der weiß eine Menge.«

Der Kartoffelbrei klebt mir im Hals. »Und wenn er nichts sagt?«

»Sei doch nicht albern. Was sollte der denn zu verbergen haben?«

Na ja, was über einen Mord zum Beispiel.

»Wer weiß? Als er den Keller ausgeräumt hat, hab ich ihn schon mal was gefragt, und da hat er ganz komisch reagiert.«

Mom lacht. »Der ist ganz schön schroff, was? Aber das hat bestimmt nichts mit dir zu tun. Er wollte bloß mit der Arbeit fertig werden. Wenn du möchtest, rufe ich ihn an.« Bevor ich sie aufhalten kann, ist sie schon am Telefon.

»Mr Sinclair? Hier ist Katherine Weaver ... Nein, nein, alles bestens. An Camerons Schule machen sie ein Projekt über die Geschichte des Ortes. Cameron möchte wissen, ob Sie ihm irgendwann mal was über den Hof hier erzählen könnten. Wie die Leute das Land gerodet, wie sie geerntet haben, wie ihre Freizeit aussah, so was eben. Im Moment ist Cameron ein bisschen erkältet, also an diesem Wochenende geht's nicht, aber vielleicht Anfang der Woche?«

Bitte sag Nein.

»Danke. Ich sag's ihm. Auf Wiedersehen.« Strahlend legt sie auf. »Du kannst am Montagabend nach dem Essen bei ihm vorbeikommen.«

Ich und meine große Klappe.

DREIZEHN

Sonntagnachmittag mache ich meinen wöchentlichen *Mir geht's prima*-Anruf bei Grandma und Grandpa, aber Montagfrüh geht's mir wirklich gut. Jacky – oder wer immer dieser Geist gewesen sein mag – ist nicht wieder aufgetaucht, also war er bloß in meinem Kopf, wegen des Fiebers. Jedenfalls hoffe ich das.

Draußen ist leichter Frost. Beim Warten auf den Bus stampfe ich zum Warmbleiben mit den Füßen auf und schaue dem Bauern zu, der auf der anderen Seite der Straße Mais erntet. Ich kann kaum erwarten, dass Mr Sinclair das auch macht. Sobald er seine Felder abgeerntet hat, brauche ich mir nicht mehr vorzustellen, was für finstere Typen oder Hunde sich zwischen den Maisstängeln verbergen könnten.

Der Bus kommt. Ich hole tief Luft, steige ein und stelle mich auf das Gebell von Cody und seinen Jungs ein. Aber diesmal bellen sie nicht, sondern reden so laut über mich, dass ich es schon ganz vorne im Bus hören kann.

»Seht mal, Hundefutter ist wieder da«, sagt Kumpel Dave. »Sieht so aus, als wär Hundefutter doch nicht gefressen worden.« Ha, ha, sehr komisch.

»Hundefutter?« Cody grinst. »Der ist wohl eher Hühnerfutter.« Seine Jungs gackern.

»Ich war krank«, rufe ich.

»Ohhh. Cammy war krank.«

Am liebsten würde ich mich ganz weit von ihnen wegsetzen, aber das wäre nur der Beweis, dass ich ein Feigling bin. Außerdem wollen diejenigen, die die Fensterplätze frei halten, mich genauso wenig neben sich haben wie ich Benjie.

Das laute Gegacker von Codys Jungs begleitet mich bis zu meinem Platz. Ich setze mich, schließe die Augen und warte auf Benjie. Als er sich schließlich neben mich fallen lässt, fragt er, wo ich am Freitag gewesen bin. Ich sage es ihm und er erwidert mit einem Augenzwinkern: »Hey, hauch mich nicht an, ich will nicht deine Bakterien abkriegen.«

Das musst gerade du sagen. Mit deiner Puste könntest du die ganze Schule killen.

Als der Bus auf den Parkplatz fährt, schaffe ich es tatsächlich zu sagen: »Benjie, ich hab ein Problem. An meinem ersten Tag hier im Bus hast du mich gefragt, ob es bei uns auf dem Hof spukt. Warum? Ist da mal jemand umgebracht worden?«

»Nein.« Er lacht. »Das war wegen der Hunde.«

»Was für Hunde?«

»Na, *die Hunde* – weswegen Cody dich anbellt.«

»Wovon redest du?«

Benjie zwinkert. »Vor vielen Jahren wurde der Mann, dem der Hof gehörte, von seinen Hunden getötet.«

»Echt wahr?«

Benjie grinst. »Cool, was? Sie haben ihn in Stücke gerissen und aufgefressen! Kannst du jeden fragen. Alle kennen die Geschichte.«

Die Bustür geht auf. Codys Clique schiebt sich durch den Gang. Benjie bleibt hocken, bis sie an uns vorbei sind.

»Wenn es stürmt, soll man sie hören können«, sagt er, als wir unsere Rucksäcke schnappen und hinter den anderen aussteigen. »Es gibt Eltern, die ihren Kindern mit den Hunden drohen. Aber alle wissen, dass es nur Kojoten sind, die man hört.«

Ich beruhige mich. »Also hast du wegen der Hunde gefragt, nicht wegen einem Mord?«

»Geht's noch? Bei uns wird doch keiner ermordet. Wir sind viel zu langweilig.« Er blickt rüber zu Cody und seinen Jungs auf der anderen Seite der Straße. »Aber sag das bloß nicht Cody.«

»Was soll ich ihm nicht sagen? Dass die Stadt langweilig ist?«

»Nein, dass auf eurem Hof keiner ermordet wurde.«

»Warum nicht?«

»Tu's einfach nicht.«

Cody guckt zu uns rüber. Benjie zieht Leine.

Ich wünschte, Benjie hätte das nicht gesagt. Warum denkt Cody, dass es einen Mord gab? Wie kann ich mit ihm darüber reden, ohne dass er ausflippt?

Den ganzen Tag lang denke ich darüber nach. Beim Abendessen höre ich Mom kaum zu, bis sie sagt: »Ist langsam Zeit, dass du rüber zu Mr Sinclair gehst.«

Ich ziehe meine gefütterte Jacke an.

»Wo sind deine Handschuhe? Und deine Mütze?«

»Mom!«

»Wir haben schon fast November, es ist kalt und du warst krank.«

»So lange werde ich nicht draußen bleiben.«

»Cameron, es wird schon dunkel. Ach so – ruf mich an, wenn du fertig bist, dann hol ich dich ab.«

»Was? Ich bin doch bloß beim Nachbarn.«

»Es gibt keine Straßenbeleuchtung. Man sieht kaum was.«

»Mom, hör auf damit.«

Mom seufzt. »Schön. Dann nimm wenigstens die Taschenlampe mit.« Sie fischt sie aus der Schublade und ich schiebe sie in meine Jackentasche. »Und vergiss nicht, auf der linken Straßenseite zu gehen, dem Verkehr entgegen.«

»Genau, ich bin ja so blöd und weiß das nicht.« Tatsächlich hätte ich nicht daran gedacht.

Als ich endlich gehen kann, hat mich Mom eingemummelt, als ginge ich auf eine Expedition in die Arktis. Sobald ich außer Sichtweite bin, ziehe ich Handschuhe und Mütze aus, aber es ist echt kalt. Ich ziehe beides wieder an und gehe schneller, damit ich nicht friere. Der Nachbar auf der anderen Seite hat die Hälfte seines Feldes abgeerntet. Es sieht aus wie geschoren, man kann ewig weit gucken. Ich gebe mir Mühe, nicht daran zu denken, was sich in Mr Sinclairs Feld zu meiner rechten versteckt haben könnte, und gehe noch schneller.

Mr Sinclairs Hof sieht besser aus als unserer. Bei ihm sind die Schlaglöcher mit Schotter gefüllt und sein Haus hat außen gelbe Ziegel und keine Teerpappe. Trotzdem ist es irgendwie seltsam hier. Alle Vorhänge sind geschlossen und ich sehe nirgends Licht, nur auf der Veranda brennt eine Lampe, dazu eine draußen an der Scheune.

Ich gehe über einen gepflasterten Weg zur Haustür. Wie soll ich Mr Sinclair dazu kriegen, über Jacky und dessen Familie zu reden? Wie frage ich, ob Jacky ermordet wurde?

Ich lasse den schweren Messingtürklopfer dreimal fallen. Stille.

Weißt du noch, was Benjie über Mr Sinclairs Fleischwolf und die Fleischpastete erzählt hat?

Hör auf mit dem Quatsch. Mom weiß, wo ich bin. Mr Sinclair kann mir nichts tun, ohne erwischt zu werden.

Es sei denn, er bringt Mom gleich nach mir um.

Genau. So was gibt's doch höchstens im Kino. Ich klopfe noch mal an die Tür. Nichts.

Nur im Westen ist noch ein tief purpurner Lichtschimmer am Himmel. Ich nehme meine Lampe aus der Tasche und gehe zur Rückseite des Hauses. Ich drücke mein Gesicht an eine Fensterscheibe und leuchte durch den Gardinenspalt. Ich sehe mehrere Sofas und lauter Nippsachen.

Wo ist Mr Sinclair? Er weiß doch, dass ich komme.

Und wenn er nun einen Herzinfarkt hatte? Wenn er tot da drinnen liegt?

Ich hämmere an die Hintertür. »Mr Sinclair?«

Vielleicht ist er nicht tot. Vielleicht stirbt er gerade.

Ich will Mom anrufen, da fällt mir die Lampe an der Scheune ein. Warum muss ich mich immer verrückt machen? Wahrscheinlich hat Mr Sinclair was in der Scheune zu tun.

Ich renne zur Scheune. Die sieht anders aus als unsere. Der Boden ist aus Zement und nicht aus Lehm und es gibt keine Stellplätze für Kühe. Weiter hinten sehe ich einen Raum, in dem Licht brennt, und ich höre ein Brummen wie von einer Maschine.

»Mr Sinclair?«

Keine Antwort. Vielleicht hat er mich nicht gehört. Ich gehe nach hinten. Mr Sinclair ist nicht da – aber, o Gott! Rechts sehe ich mehrere Kühlgeräte, links einen Tisch vor einer Wand, an der jede Menge Messer, Hackbeile, Fleischklopfer und Sägen hängen. Vor mir steht eine gusseiserne Wanne, in die aus einem großen elektrischen Fleischwolf Hackfleisch läuft.

Ich muss hier raus. Wirbele herum. Mr Sinclair versperrt mir den Weg.

Er macht einen Schritt auf mich zu. »Ich hab schon überlegt, wie lange du wohl brauchen wirst, bis du hierher findest.«

VIERZEHN

»Mr Sinclair … Ich …«

»Na, spuck's aus.«

Ich mache einen Schritt zurück. »Meine Mutter weiß, wo ich bin.«

»Ja, sicher. Sie hat mich doch neulich angerufen. Ich hatte keine Lust mehr, auf dich zu warten, und hab stattdessen das restliche Rindfleisch durchgedreht.« Er dreht sich abrupt um, läuft rüber zu einem Kühlschrank, holt einen Plastikeimer raus und geht damit zu der Wanne. Er nimmt eine flache Metallschaufel vom Tisch und schippt das Fleisch in den Eimer.

Mein Atem wird ruhiger. »Ich hab Sie nicht gesehen, als ich gekommen bin.«

»Ich dich auch nicht. Ich war nebenan, im Kühlraum.« Ich muss ziemlich ratlos aussehen, denn er fügt hinzu: »Da lasse ich das Fleisch abhängen.«

»Ach so.«

Er schnaubt. »Du gehörst wahrscheinlich zu denen, die denken, dass ein Burger einfach so in den Laden kommt? Dass die Eier auf Bäumen wachsen?«

»Nein, Sir.«

»Ich wette, du hast noch nie so einen Fleischwolf gesehen.«

»Stimmt.«

Mr Sinclair schiebt sich mit dem Arm eine Haarsträhne aus

der Stirn. »Das Ding ist richtig alt. Mein Vater hat es in den Fünfzigerjahren gekauft. Früher hat er für den Mann, der drüben auf eurem Hof gewohnt hat – Frank McTavish –, allerhand verarbeitet.«

Jackys Vater. Mein Herz rast. »Was denn so?«

»Neugier ist der Katze Tod.«

Ich hoffe, das soll ein Witz sein.

Mr Sinclair schaufelt den Rest des Fleisches in den Eimer. »Als ich klein war, kamen unsere Lebensmittel aus der Umgebung, vor allem hier bei uns auf dem Land. Jeder Hof hatte ein paar Felder, ein Hühnerhaus, vielleicht ein paar Schweine oder Milchkühe. Mein Vater hat manchmal für die Nachbarn Kühe geschlachtet und dafür Fleisch bekommen. Aus den Resten hat er Wurst gemacht.«

Er verschließt den Eimer und stellt ihn in den Kühlschrank. »Gemischte Landwirtschaft – gehört längst der Vergangenheit an. Aber es gibt immer noch ein paar Leute, die wissen wollen, was sie essen. Also, was soll's? Was kann ich zwischen dem Aussäen und Ernten schon anderes tun, als dem Mais beim Wachsen zugucken und mir Gedanken über das Wetter machen?«

Mr Sinclair blickt in meine Richtung. Ich zucke mit den Achseln, so als wollte ich sagen, ich wüsste auch nicht, was er sonst tun sollte.

»Komm, wir gehen ins Haus«, sagt er. »Ich habe ein Fotoalbum mit Bildern rausgesucht, die dich vielleicht interessieren könnten. Du hast doch nach dem Jungen gefragt.«

»Das wissen Sie noch?«

»Wieso denn nicht? Denkst du, ich bin plemplem?«

»Nein, Sir.«

»Ich hoffe, du hast recht.« Er wirft mir einen Blick zu. »Das war ein Witz. Du darfst lachen.«

»Ja, Sir.« Ich lächele, als würde ich das komisch finden.

Er schüttelt den Kopf und geht zum Haus. Drinnen ist alles voller Staub und es riecht, wie es eben bei alten Leuten riecht. Über dem Küchentisch hängt ein Fliegenfänger, der so aussieht, als hinge er seit dem Frühjahr dort.

Mr Sinclair setzt sich neben mich und schlägt das Album auf. Beim Blättern schnalzt er mit der Zunge, bis er endlich die Seite findet, die er gesucht hat. Er zeigt auf ein Bild. »Das Wichtigste zuerst. Weißt du, was das ist?«

»Boah! Unser Hof früher.« Als er noch nicht so runtergekommen war. Rechts und links am Küchenfenster ranken blühende Winden an einem Gitter und der Rasen ist gemäht. Drei Erwachsene sitzen an einem Gartentisch und schauen in die Kamera. Ich erkenne das Paar vom Hochzeitsbild, Jackys Eltern; keiner der drei lächelt.

»Der mit dem Strohhut, das ist McTavish, der Mann, von dem ich dir erzählt habe«, sagt Mr Sinclair. »Und die mit dem gepunkteten Kleid ist seine Frau.«

Ich deute auf die dritte Person auf dem Foto, eine pummelige Frau mit einem Baby auf dem Arm. »Wer ist das?«

»Meine Mutter.«

»Sind Sie das auf ihrem Arm?«

»Tja, der Papst ist es nicht.«

Ich finde es seltsam, Erwachsene als Babys zu sehen. Ich stelle mir gerne vor, dass sie mit ihrem Erwachsenenkopf auf die Welt gekommen sind, aber bei Mr Sinclair geht das irgendwie gar nicht.

»Und Ihr Vater?«, frage ich. »Macht der das Foto?«

»Du bist ja ein richtiger Sherlock Holmes.«

Ich werde rot. »Also waren Ihre Eltern mit den McTavishs befreundet?«

»Mein Vater war ihr Trauzeuge, wenn das deine Frage beantwortet. Ich nehme mal an, weil sie Nachbarn waren und es niemanden sonst gab, den McTavish hätte fragen können. Er war ein seltsamer Vogel. Meine Mutter mochte ihn nicht.«

Jackys Eltern blicken mich vom Foto an. Was mag ihnen da gerade durch den Kopf gegangen sein? Ich denke an Mom und Dad. Auch sie hatten Freunde, die zu ihrer Hochzeit kamen, die sie fotografiert haben. Wussten die Freunde von ihren Streitereien? Haben sie etwas gesagt oder getan? Was war mit den Sinclairs? Wussten sie von den Problemen der McTavishs, die Jacky aufs Papier gebracht hat?

Mir schießt ein anderer Gedanke durch den Kopf. Cody denkt, jemand wurde ermordet. Ich dachte, es wäre Jacky gewesen, aber wenn es nun seine Mutter war? Jacky hat gesagt, sie »ging weg«, aber welche Mutter verlässt ihren Mann ohne ihr Kind?

»Du bist ja auf einmal so still«, sagt Mr Sinclair. »Woran denkst du?«

»Nichts weiter. Ich habe bloß überlegt ... wo ist Jacky?«

»Jacky?«

»Hieß ihr Sohn nicht so?«

»Du bist ja bestens informiert.« Mr Sinclair lehnt sich zurück. »Was weißt du sonst noch?«

Meine Stirn prickelt. Wenn Mr Sinclairs Familie nun in den Mord verstrickt war? Ich hatte gedacht, er wollte mir was erzählen. Wenn er das nur vorgetäuscht hat, um zu erfahren, wie viel ich weiß?

»Nicht viel«, sage ich. »Bloß seinen Namen.«

»Wirklich?«

»Ehrlich.«

Mr Sinclair legt den Kopf zur Seite; er glaubt mir nicht. »Jacky war ein Jahr jünger als ich. Er wurde ein Jahr nach diesem Foto geboren.«

Er blättert eine Seite zurück. Die Bilder waren mal bunt,

sind inzwischen aber ausgebleicht. Ich sehe ein Foto, auf dem zwei Jungen spielen. Wie zwei Geister vor einem blassgelben Hintergrund. Einer hat eine Davy-Crockett-Mütze auf. Jacky. Habe ich dieses Gesicht gesehen, als ich die Augen zugemacht habe?

Ich deute auf das Kind, dabei kann ich kaum atmen. »Ist das Jacky?«

»Wie kommst du darauf?«

»Wegen der Mütze mit dem Waschbärenschwanz.«

»Wie kommst du darauf, dass Jacky so eine Mütze hatte?«

»Keine Ahnung. Hab ich mir so gedacht.«

»Tja, da hast du falsch gedacht«, sagt Mr Sinclair. »Der mit der Mütze bin *ich*. Als ich klein war, wollte jeder Junge so eine Mütze. Davy Crockett war ein Fernsehheld. Aber Frank McTavish hatte keinen Sinn für so was. Jacky war wahrscheinlich der einzige Junge, der keine Davy-Crockett-Mütze hatte.«

Was? Wenn Jacky keine solche Mütze hatte, habe ich mir das wirklich alles nur eingebildet. Es gibt doch keinen Geist.

»Aber die Sache ging letztlich gut aus«, fährt Mr Sinclair fort. »Als ich zwölf war oder so, da war das mit der Mode vorbei, also habe ich Jacky meine Mütze geschenkt. Er hat sie jeden Tag getragen. Junge, der war wirklich im siebten Himmel.«

»Haben Sie viel mit ihm gespielt?«

»Öfter. Damals gab's ja nicht so viele, mit denen man hätte spielen können. Nur die Kinder, die auf den Höfen in der Nähe lebten. Es gab kein Internet und nur ein Telefon für besondere Gelegenheiten, Festnetz natürlich.« Er blättert weiter. »Guck mal, hier. Jeden Winter hat mein Dad uns im Vorgarten eine Eislaufbahn gemacht. Jacky und ich haben uns einen Puck zugespielt. Jacky konnte allerdings nur schlittern, er hatte keine Schlittschuhe. Im Sommer haben wir mit einem Baseball gespielt oder sind auf dem Heuboden rumgeklettert. Er war ein seltsamer Junge. Wenn ich mich richtig erinnere, hat er gerne gezeichnet.«

»Was wurde aus ihm?«, frage ich in aller Unschuld.

»Keine Ahnung. Seine Mutter ist abgehauen und hat ihn mitgenommen. Ich hatte ihn schon fast vergessen, bis du neulich nach ihm gefragt hast. Hab keine Zeit für alte Geschichten, hab genug damit zu tun, neue zu erleben ... Das ist auch ein Witz.«

»Tut mir leid.« Ich kann nicht lächeln, weil ich so viel nachdenken muss. »Was wurde aus Mr McTavish?«

»Ach, das war furchtbar.« Mr Sinclair schüttelt den Kopf. »Als seine Frau und sein Junge weg waren, wurde McTavish noch seltsamer. Hat sich ein Dutzend Wachhunde gekauft. Wilde Viecher. Mein Vater hat mir gesagt, ich soll ihnen bloß nicht zu nahe kommen.«

Er schlägt die nächste Seite auf und zeigt auf ein Bild von dem Feld zwischen seinem Hof und unserem. Ein Rudel Hunde rennt über den kahlen Boden. »Nach ein paar Monaten sind die Hunde durchgedreht. Haben ihn in Stücke gerissen.«

Ich starre die Hunde an. »Wann war das?«

Mr Sinclair zuckt die Achseln. »Wer weiß? Es hat keiner gesehen.«

»Ich meine, in welchem Jahr?« Wenn ich das Datum weiß, kann ich zur *Wochenpost* gehen; ich kann nach Mr McTavishs Todesanzeige gucken und sehen, ob es in den Monaten davor irgendwas über einen Mord gibt.

»In welchem Jahr?« Mr Sinclair blickt mich an und grinst listig. »Wenn ich's nicht besser wüsste, würde ich meinen, du willst rauskriegen, wie alt ich bin. Sagen wir mal, es war Anfang der Sechziger.« Er wechselt das Thema und erzählt vom gemeinsamen Scheunenbau, von Herbstjahrmärkten und Erdbeerfestivals. Er erzählt mir vom Spielen auf dem Heuboden, von einem Mädchen, die in einen nicht genutzten Brunnen gefallen ist, und von einem Mann, der auf die Weide ging, um seine Kühe zu melken, und in einem Schneesturm erfroren ist.

Ich nicke, aber ich höre kaum zu. Ich muss die ganze Zeit an Jacky denken. An Jacky, an seinen Vater und an die Hunde.

FÜNFZEHN

Ich verabschiede mich und gehe nach Hause. Zum Glück habe ich die Taschenlampe mit. Mr Sinclairs Mais ragt über meinen Kopf hinaus, dunkel wie ein Wald. Das einzige Geräusch ist das Tappen meiner Füße auf dem Seitenstreifen der Straße.

Mein Gehirn läuft auf Hochtouren. *Wann wurde Mr McTavish von den Hunden getötet? Wo war Jacky? Mit seiner Mutter unterwegs oder tot und begraben?*

Im Feld knackt ein Maisstängel. Ich bleibe stehen. Was immer ich gehört habe, bleibt auch stehen. Hat sich da jemand versteckt?

Was soll's? Wahrscheinlich ein Karnickel oder ein Kojote, was auch immer, die haben Angst vor Menschen.

Ich gehe schneller. Wieder ein Knacken im Feld. Was immer da ist, hat keine Angst. Es folgt mir. Keuchende Laute. Hunde. Die Hunde. Ich renne los. Die auch. Sie brechen durch die Stängel neben mir.

Nein, da ist nichts, das ist alles nur Einbildung – das sind nur meine Ärmel, die an der Jacke reiben, die Füße auf dem Schotter, mein Atem.

Ich höre Jacky: »Ich hab's dir doch gesagt. Alles gut. Sie tun dir nichts. Ich passe auf.«

»Lass mich in Ruhe.«

»Aber du bist mein Freund.«

»Hör auf! Du machst mich verrückt. Geh weg!«

Ich renne und komme auf den Weg zu unserem Hof, auch hier rechts und links hoher Mais – ich sehe das Licht von unserem Haus über den Maisrispen leuchten – erreiche den Hof – rase zur Tür – stürze ins Haus.

Mom blickt von der Spüle hoch. »Was ist denn los? Du siehst aus, als hättest du ein Gespenst gesehen.«

»Alles gut.« Ich ziehe meine Jacke aus.

Mom grinst. »Vielleicht möchtest du beim nächsten Mal doch lieber mit dem Auto abgeholt werden, wenn du nachts unterwegs bist.«

»Nein, will ich nicht, und ich weiß überhaupt nicht, was du hast.«

»Cameron, ich mache Spaß. Wir beide wissen, dass deine Fantasie wieder mal mit dir durchgegangen ist.«

»Genau.« Muss sie mich daran erinnern, dass ich verrückt bin?

»Und – wie war das Gespräch mit Mr Sinclair?«

»Okay.« Ich schnappe mir eine Cola aus dem Kühlschrank und gehe die Treppe rauf.

»Hat er dir was erzählt, was du für deinen Aufsatz brauchen kannst?«

»Hmhm.«

»Ich freu mich schon drauf, ihn zu lesen.«

Soll das heißen, ich muss wirklich was schreiben? Echt? Sind alle Mütter so?

Ich setze mich an meinen Schreibtisch und gucke rüber zu dem Loch in der Scheunenwand, wo Jacky zum ersten Mal aufgetaucht ist. Mr Sinclair hat gesagt, dass Jacky eine Mütze mit Waschbärenschwanz hatte, bevor er verschwunden ist. Das passt zu dem, was ich gesehen habe, aber viele Kinder hatten so eine Mütze, also muss das überhaupt nichts bedeuten. Er hat auch gesagt, Jacky ist mit seiner Mutter weggegangen. Was ist nun wahr? Hat Jackys Vater ihn getötet? Oder ist Jacky einfach umgezogen?

»Jacky?«, flüstere ich. »Jacky?«

Stille. Was hab ich denn erwartet.

Ich muss mit Cody sprechen. Was weiß er oder was meint er zu wissen? Mein Herz schlägt schneller. Wie soll ich mit Cody reden, ohne dass der ausrastet?

Als ich aufwache, weiß ich die Antwort. Wenn ich Cody allein erwische, muss er sich nicht vor seinen Jungs aufspielen; und wenn ich ihm sage, dass ich auch glaube, dass es einen Mord gab, dann wird ihm das nicht peinlich sein, sondern er wird denken, ich wäre auf seiner Seite. Wer weiß, vielleicht mag er mich dann. Oder hackt wenigstens nicht mehr auf mir rum.

In der Mittagspause gehen Cody und seine Jungs zum Rauchen raus auf die Straße. Ich bleibe an der Eingangstür, warte und komme ins Schwitzen. Als sie langsam zurückschlendern, gehe ich ihnen entgegen. Sofort fangen zwei von den Typen an zu bellen.

Ich stecke die Hände in die Taschen, damit die Jungs mich nicht zittern sehen. »Genau, die Hunde, na und?«, sage ich, als wäre mir das völlig egal. »Ich hab die Geschichte gehört. Ich hab auch gehört, dass es hier Kojoten gibt. Da habt ihr echt was losgetreten. Und das mit dem Haus stimmt; ich will da weg – nur ein Freak würde da wohnen wollen.«

»Da sagste was«, bemerkt Cody, ohne das Gesicht zu verziehen. Er und seine Jungs gehen weiter.

»Warte mal.«

Cody fährt herum, als hätte er über Kopfhörer einen Befehl bekommen. »Hä?«

Ich blicke ihm in die Augen und gebe mir Mühe, nicht in die Hose zu scheißen. »Kann ich mal mit dir reden, bitte?«

Höhnische »Ohhs« von seiner Clique.

Cody legt den Kopf schief. »Worum geht's?«

»Was Persönliches.«

Cody winkt seine Jungs beiseite. Die treten ein Stück zurück. »Okay. Was gibt's?«

»Es geht um den Mord auf unserem Hof«, flüstere ich.

»Was für ein Mord?« Codys Stimme ist eiskalt.

»Du weißt schon, der Mord in den Sechzigern. Du glaubst doch, dass auf unserem Hof jemand ermordet wurde, oder?

»Wer sagt das?«

»Weiß nicht. Hab's einfach gehört.«

Er ballt die Fäuste. »Von wem? Was hast du noch gehört?«

»Ich weiß nicht. Nichts.«

»Wurde von meiner Uroma geredet?«

»Was? Nein!«

»Lüg mich nicht an. Wenn von dem Mord geredet wurde, dann auch von ihr.«

»Ich weiß nicht, was du meinst.«

»Lügner.« Cody stößt mich kräftig gegen die Brust. Ich mache ein paar Schritte zurück. »Von wem hast du das? Was weißt du noch?«

»Nichts weiter. Was soll das? Ich wollte dir nur sagen, ich glaube, dass es stimmt.«

»Geht's um meine Uroma?«

»Nein, um den Mord. Ich glaube, es gab wirklich einen.«

»Na klar.« Er schubst mich wieder. Ich falle hin. Er springt auf mich rauf. »Wehe, du lachst über meine Uroma. Wehe, du tratschst über meine Familie, du kleines Arschloch. Kapiert?«

»Mach ich doch gar nicht. Ich sage kein Wort, nicht über deine Mom, über niemanden.«

Er zieht meine Schultern hoch und rammt sie dann auf den Boden. »Wie kommst du jetzt auf meine Mutter?«

»Weiß ich nicht.«

»Warum hast du das dann gesagt?«

»Das wollte ich nicht. Tut mir leid.«

»Du hast doch keine Ahnung!« Er boxt mir ins Gesicht. Ich schlage sofort zurück. Er trommelt auf mich ein. Um uns bildet sich ein Kreis.

»Jungs. Das reicht.« Das ist Mr Abbot, Mathe.

Die anderen zerren Cody von mir runter.

»Ins Sekretariat. Alle beide. Sofort.«

»Warum?« Cody reibt sich die Knöchel. »Er hat angefangen.«

Mr Abbot bringt uns zum stellvertretenden Schulleiter. Er sagt ihm, dass hauptsächlich Cody geboxt habe, ich hätte aber auch zugeschlagen.

»Wer hat angefangen?«, fragt der stellvertretende Schulleiter.

»Er ist über meine Familie hergezogen«, sagt Cody. »Hat sich über meine Uroma lustig gemacht. Und über meine Mom.«

»Stimmt das, Cameron?«

»Nicht wirklich.«

Cody glotzt mich an. »Ich habe Zeugen.«

Der Schulleiter wirft ihm einen scharfen Blick zu. »Cody.« Dann sieht er mich über seinen Brillenrand an. »Was soll das heißen: Nicht wirklich?«

Wie kann ich ihm das erklären, ohne dass ich Benjie erwähne, ohne dass ich über den Mord rede und ohne dass ich völlig bescheuert klinge? Ich blicke auf meine Hände. »Ich weiß nicht. Ich bin nicht sicher. Das ist nicht so gelaufen, wie ich mir das gedacht hatte.«

Gewalt wird an dieser Schule nicht geduldet. Wir werden beide bis zum Ende der Woche vom Unterricht suspendiert:

drei Tage. Die Sekretärin ruft Mom an, dass sie mich abholen soll.

Die Fahrt nach Hause dauert ewig. Ich will Mom erklären, dass das alles ein Missverständnis war, aber sie hört mir nicht zu. »Man wird nicht so ohne Weiteres vom Unterricht ausgeschlossen.«

Ich will sagen, dass ich gemobbt wurde, aber das ist mir zu peinlich, und wenn sie mir glaubt, wird sie denken, sie muss was tun, und das macht alles nur noch schlimmer.

Außerdem, wie soll ich ihr erklären, worum es ging? Ich verstehe es ja selber nicht. Wie kann Codys Urgroßmutter was mit einem Mord zu tun haben, den es gar nicht gegeben haben soll? Und wieso ist Cody deswegen so ausgerastet?

»Eine Schlägerei«, sagt Mom leise. »So fängt es an.«

Mir ist kotzübel. Sie denkt, ich werde so wie Dad.

SECHZEHN

Nach dem Abendessen gehe ich in mein Zimmer und google Benjies Nummer. Es gibt nur drei Dalberts in der Gegend, die anderen beiden leben in der Stadt. Ich rufe ihn an.

»Ich hab dir doch gesagt, du sollst mit Cody nicht über den Mord reden«, sagt Benjie.

»Nein, hast du nicht. Du hast nur gesagt, ich soll nicht sagen, dass es *keinen* Mord gab.«

»Oh. Stimmt. Ich hätte das besser erklären sollen.«

»Ach ja?«

»Tut mir leid«, sagt Benjie.

»Egal, ich hab jedenfalls nicht gesagt, dass es keinen Mord gab. Und dafür bin ich verprügelt worden, aus der Schule geflogen, und Mom fängt an zu weinen, wenn sie mich sieht. Also, was steckt dahinter?«

»Also, als Erstes solltest du wissen: Codys Urgroßmutter ist neunzig und total neben der Spur. Vollkommen gaga.«

»Woher weißt du das?«

»Wir sind hier nicht in der Stadt. Hier kennt jeder jeden. Und alle wissen, dass Mrs Murphy mit ihrem Auto in die Presbyterianische Kirche gefahren ist. Na ja, nicht in die Kirche rein, aber sie ist an die Vordertreppe geknallt. Deswegen hat sie ihren Führerschein verloren, vor zwei Jahren war das. Mom sagt, es war höchste Zeit – Mrs Murphy hatte ihr Auto schon mal mitten auf der Straße geparkt und ist einfach weggegangen, völlig verwirrt.«

»Echt jetzt?«

»Warte, das wird noch besser. Letztes Jahr wollte sie ihr Haus abfackeln.«

»Was?«

»Na ja, gewollt hat sie das vielleicht nicht. Jedenfalls sind Codys Großeltern von ihrem Mittagsschlaf aufgewacht und da hat es in der Küche gebrannt, und wie. Die Urgroßmutter hatte angefangen, irgendwas zu brutzeln, und ist dann zur Scheune gegangen. Die Feuerwehr musste kommen und alles. Dann haben sie Mrs Murphy in ein Heim gesteckt. Sie wohnt auf derselben Etage wie mein Grandpa. Ich sehe sie jeden Sonntag und mittwochs nach der Schule, wenn wir Grandpa besuchen.«

»Und was hat das mit dem Mord auf unserem Hof zu tun?«

»Ach so. Der Mord.« Benjie hat so viel Stroh im Kopf, dass man damit ein ganzes Kopfkissen füllen könnte. »Okay. Also, die ganzen Sachen, die ich dir eben über Codys Urgroßmutter erzählt habe? Darüber haben sich die Leute in der Schule lustig gemacht, und Cody, der hat sich deswegen ganz oft geprügelt. Weil sie nämlich die Einzige in seiner Familie ist, die ihn aushält.«

»Okay, ich hab's, Benjie. Komm zur Sache.«

»Okay. Jedenfalls, als Codys Großeltern sie ins Heim gebracht haben, ist sie voll irre geworden. Hat wie verrückt mit ihrem Stock um sich geschlagen. Sie hat geschrien, sie wollten sie nur einschließen, weil sie zu viel über den Mord weiß. Mom hat mir erzählt, sie hat behauptet, in den Sechzigerjahren hätte der Mann, dem euer Hof gehört hat, mehrere Menschen getötet.«

»Du meinst den verrückten Typen mit den Hunden?«

»Genau. Aber die Polizei hat das überprüft und festgestellt, dass niemand irgendwen umgebracht hat. Dass sich Codys Uroma das alles nur eingebildet hat. Danach war sie jahrelang still. Aber jetzt ist sie alt und dement und nichts bremst sie mehr.«

»Sie redet immer noch von dem Mord?«

»Keine Ahnung. Ich geh ihr aus dem Weg. Ich hab sie manchmal im Aufenthaltsraum gesehen. Ihre Lippen sind ständig in Bewegung.«

In meinem Kopf tobt es: *Die Polizei hat das überprüft. Niemand hat irgendwen umgebracht. Wiederhole das. Glaube es.* Aber eins musste ich noch wissen. »Benjie, weißt du noch, wen der verrückte Typ umgebracht haben soll?«

»Warte. Ich glaube, seine Frau und ihren Freund.«

»Und wen noch?«

»Ach ja«, sagt Benjie, »seinen Sohn.«

SIEBZEHN

Wie soll ich denn danach einschlafen?

Als ich schließlich wegdrifte, lande ich in einer Welt voller Albträume. Jackys Vater stopft Menschen in Mr Sinclairs Fleischwolf. Dann wird er zu einem Hund und jagt mich durch die Maisfelder. Dann verstecke ich mich in einem der Kuhstände und Dad läuft mit einer Kettensäge herum und brüllt: »Hey, Kumpel, du kannst nicht für immer vor mir wegrennen.«

»Jacky«, flüstere ich, als Dad näher kommt. »Hilf mir.«

»Warum? Du wolltest doch, dass ich weggehe.«

»Tut mir leid.«

»Du glaubst ja nicht mal, dass es mich gibt. Du bist gemein.«

Dad steht über mir. »Jetzt hab ich dich!« Er macht die Kettensäge an.

»Jacky! Ich glaube, dass es dich gibt! Hilfe!«

Der Wecker klingelt. Ich bin in meinem Zimmer, mein Herz rast so schnell, dass es mir praktisch aus der Brust springt. Ich dusche mich, putze mir die Zähne, ziehe mich an und gehe nach unten.

Mom scheint sich beruhigt zu haben, trotzdem halte ich während des Frühstücks meinen Mund. »Sei brav«, sagt sie, als sie zur Arbeit geht.

Normalerweise würde ich sagen. »Bin ich doch immer.« Heute entscheide ich mich für: »Kannst dich drauf verlassen.«

Ich spiele *Zombie Attack* und zappe durch die Fernsehprogramme, dann gehe ich in mein Zimmer und nehme mir Jackys Bilder vor. Ich streiche mit den Fingern über das Papier. Vor einem halben Jahrhundert hat Jacky genau dieses Papier berührt, das jetzt vor mir liegt, hat gezeichnet, was ich sehe.

Wenn Codys Uroma nun recht hat? Wenn sein Vater ihn tatsächlich ermordet hat, hat Jacky was gemerkt oder war es im Schlaf? Ich überlege, ob Dad jemals vorgehabt hat, Mom und mich umzubringen. Was würde er tun, wenn er wüsste, dass Mom für Cowboystiefel arbeitet?

Hör auf mit dem Scheiß.

Ich schaue aus dem Fenster hinüber zu dem Loch in der Scheunenwand. Irgendwie wär's schon cool, wenn da wirklich ein Geist wäre. Da hätte ich wenigstens jemanden, mit dem ich reden könnte. Und Jacky, oder wer immer das gewesen sein mag, mit dem ich gesprochen habe, war doch immer sehr nett. Bisschen seltsam vielleicht, aber wer würde nicht seltsam sein, wenn er mitten in der Pampa mit einem irren Dad und all den Hunden aufgewachsen wäre? Außerdem, was ist daran so schlimm, wenn jemand seltsam ist? Mich halten auch eine Menge Leute für seltsam. Jacky ist bloß einsam. Uns verbindet eine Menge.

Ich überlege einen Moment, dann flüstere ich: »Jacky? Bist du da?« Mehr zum Spaß, aber ein bisschen Hoffnung ist auch dabei, wie damals in der sechsten Klasse, als meine Freunde und ich mit einem Ouija-Brett rumgealbert haben. Ich war zwar war froh, dass nichts Gruseliges passiert ist, aber irgendwie war ich auch enttäuscht.

»Jacky«, flüstere ich wieder. »Jacky?«

Stille. Na ja, was hab ich denn erwartet? Ich glaube doch nicht an Geister. Außerdem ist es mitten am Tag.

»Cameron?« Jackys Stimme kommt von der Tür. »Willst du wirklich, dass ich komme? Ich kann auch wieder gehen. Ich möchte dich nicht erschrecken. Ich will nur dein Freund sein.«

Ich versuche, ganz normal zu bleiben. »Alles gut, Jacky. Wirklich. Ich find's gut, dass du hier bist. Ich nehm zurück, was ich gesagt habe.«

»Gut.«

Ich drehe mich langsam um. An der Tür ist niemand, aber wenn ich meine Augen zumache, sehe ich ihn, schüchtern und unbeholfen. Alles scheint ganz real zu sein, wie in einem Traum, aber ich bin knallwach. Das ist wirklich das Abgefahrenste, Erstaunlichste, was mir je passiert ist.

»Also, wollen wir was machen?«, fragt Jacky.

»Was denn?«

»Keine Ahnung. In der Scheune spielen. Das macht bestimmt Spaß.«

»Bestimmt.«

»Na, dann komm.«

Ich mache die Augen auf und höre Jacky von der Küche her rufen: »Warum kommst du nicht?« Ich gehe nach unten, ziehe meine Jacke an und verlasse das Haus.

Ich stelle mir vor, dass Jacky in die Scheune schlüpft. Ich laufe ihm hinterher. Ich stelle mir vor, dass er im Dunkel neben einem Kuhstand sitzt.

»Ich habe den Kühen Namen gegeben«, sagt Jacky. »Hier stand Pfeffer. Sie war weiß mit schwarzen Flecken. Salz war schwarz mit weißen Flecken. Anderen Kühen habe ich Namen aus meinen Comics gegeben. Im Herbst brachte mein Vater ein paar Kühe rüber zu Artys Hof, wo sein Vater sie für uns geschlachtet hat. Das Fleisch aßen wir selber oder wir verkauften es in der Stadt. Als Vater Pfeffer weggebracht hat, habe ich geweint, aber Vater hat mir einen Klaps auf den

Kopf gegeben und gesagt, ich soll mich nicht so anstellen. Mutter hat gesagt, ich soll die Kühe nicht als Haustiere betrachten.«

»Das ist hart. Hattest du ein eigenes Haustier?«

»Nicht wirklich.« Jacky seufzt. »In der Scheune waren Katzen, aber die durfte ich nicht mit ins Haus bringen. Außerdem haben die gefaucht und sind weggerannt, wenn ich sie streicheln wollte. Deswegen mochte ich die Kühe. Die ließen sich streicheln. Aber reiten ging nicht. Einmal wollte ich auf Pfeffer steigen, aber das mochte sie nicht. Bin fast zertrampelt worden.«

»Und die Hunde?«

»Spinnst du?« Jacky blickt sich um, als könnte ihm jemand zuhören. »Ich hatte Angst vor den Hunden. Die haben schlimme Sachen gemacht.«

»Was denn?«

»Also, mit den Kaninchen zum Beispiel. Ich hab's durchs Fenster gesehen.« Jacky reißt vor Angst die Augen auf, er steckt die Finger in die Ohren und singt: »LALALALALALALA!!!« So wie ich das gemacht habe, wenn Mom und Dad Streit hatten.

»Jacky! Das ist doch vorbei!«

Aber Jacky ist weg; ich rede mit der Luft. Ich will gerade ins Haus zurückgehen, da höre ich ihn auf dem Heuboden. Als ich nach oben komme, fliegen ein paar Vögel von den Dachsparren auf. Ich blicke hoch und stelle mir vor, dass Jacky auf einem der Balken sitzt und mit den Beinen baumelt.

»Das ist mein Lieblingsplatz«, sagt er, als wäre alles gut. »Bevor wir die Hunde hatten, haben Arty und ich immer hier gespielt. Hier waren riesige Heuberge. Wir sind raufgeklettert und runtergerutscht. Das Heu hat gejuckt wie verrückt, aber das war uns egal.«

»Hört sich so an, als wären du und Mr Sinclair – Arty – gute Freunde gewesen.«

»Beste Freunde. Er hat mir seine Mütze geschenkt.« Jacky streicht über den Waschbärenschwanz.

»Das war kurz bevor du mit deiner Mom abgehauen bist, stimmt's?«

»Hä? Wer sagt, dass ich mit Mutter abgehauen bin?«

»Arty.«

Jacky schüttelt den Kopf. »Mutter ist ohne mich abgehauen. Arty weiß das.«

»Woher weiß er das?«

»Das ist geheim.«

»Warum?«

»Darum.« Er verschwindet.

»Jacky?«

»Hier drüben.«

Ich wende mich um und sehe ihn neben dem Loch in der Scheunenwand hocken.

»Hier unten hat Vater den Kuhdung gestapelt«, sagt Jacky. »Im Sommer hat die Sonne den Dung getrocknet, sodass er überhaupt nicht gestunken hat. Einmal, als wir noch klein waren, da hatten Arty und ich keine Lust mehr, vom Heu runterzurutschen. Wir sind durch die Öffnung hier geklettert und den Kuhdung runtergerutscht. Artys Eltern fanden das lustig, aber mir hat Vater den Gürtel verpasst.«

»Den Gürtel?«

»Du weißt schon, wenn der Vater den Gürtel abschnallt und einen damit verprügelt.«

»Dein Vater hat dich verprügelt?«

»Nur, wenn ich es verdient habe. Er wollte das nicht, aber das musste sein, damit ich lerne, brav zu sein. ›Das tut mir mehr weh als dir.‹ Das hat er immer zu Mutter und mir gesagt, wenn wir was falsch gemacht haben. Wenn Mutter brav gewesen wäre, wäre sie nicht weggelaufen. Dann hätte Vater nicht die Hunde geholt und alles wäre in Ordnung gewesen.« Jacky zittert.

»Was hast du?«

»Ich kann jetzt nicht reden. Ich höre Dinge. Ich sehe Dinge.« Er löst sich in Luft auf, aber seine Worte bleiben: »Ich höre Dinge, ich sehe Dinge.« Nur redet jetzt nicht er, sondern ich.

Ich halte den Mund. Es ist so still in der Scheune, dass ich mich nicht zu atmen traue. Als wäre ich in einer anderen Welt; jetzt und *nicht* jetzt, beides zugleich.

Was hat Jacky gesehen? Was hat er gehört?«

Ich sehe die Dinge doppelt, dreifach, vor mir verschwimmt alles und ich stelle mir vor, wie das Heu bis zu den Dachsparren aufgetürmt ist, stelle mir das Jucken vor und den Duft. Und auch die Ausdünstungen der Kühe, ihre Geräusche, ihr Schnauben und Stampfen in den Boxen. Jacky und Arty krabbeln die Heuberge hoch, das Heu gibt unter ihren Füßen nach. Lachend rollen sie runter.

Einmal blinzeln und ich sehe wieder klar. Cool. Dann hocke ich mich dahin, wo eben noch Jacky gehockt hat, und blicke zum Haus hinüber. Ich stelle es mir so vor, wie ich es auf Mr Sinclairs Fotos gesehen habe, frisch gestrichen und mit Petunien links und rechts des Scheunentores. Auf dem Vorplatz steht das Auto der McTavishs, ein Chevy aus den Fünfzigern, grün, mit Heckflossen.

Im Kopf höre ich Radiomusik und Jackys Mutter mitsingen. Plötzlich ertönt eine Männerstimme und es gibt Streit. Jackys Mutter schreit: »Du willst mich schlagen? Dann schlag mich so, dass man es auch sieht, du Feigling.«

Moment mal. Das war Moms Stimme. Mein Herz stolpert

und ich bin im Hier und Jetzt. Hat Mom das mal gesagt? Habe ich das mal gehört?

Ich muss an die frische Luft.

ACHTZEHN

Mom ist um fünf zurück. Sie ruft mich an den Küchentisch. Ich sitze da wie ein Gefangener, der auf seine Hinrichtung wartet. Kommt jetzt die *Ich bin enttäuscht-* oder die *Ich hab dich lieb-*Ansprache? Ich weiß, dass sie mich lieb hat. Ich weiß, dass sie enttäuscht ist. Warum muss sie mir das sagen?

Mom streckt ihren Arm über den Tisch und legt ihre Hand auf meine. »Cameron«, sagt sie leise. »Ich möchte mich entschuldigen.«

Was? Ich starre auf unsere Hände. Mom trägt immer noch ihren Ehering. Sie sagt, er soll Männer von ihr fernhalten, aber mich erinnert er an Dad. Ich würde gerne wissen, ob der Ring sie auch an Dad erinnert.

»Das, was ich gestern gesagt habe, dass alles mit einer Schlägerei anfängt, hätte ich nicht sagen dürfen«, sagt Mom. »Du bist nicht dein Vater. Du bist du. Und du bist ein guter, freundlicher, kluger junger Mensch, dem andere nicht egal sind.«

In meinem Innern zittert es. *Ich bin nicht gut. Ich bin nicht freundlich. Ich denke gemein über andere. Ich hintergehe dich. Ich lüge. Ich denke mir Sachen aus. Ich bin ein fürchterlicher Mensch. Ich bin …*

»Cameron?«

Ich wische meine Augenwinkel trocken. »Schon gut.«

Mom reicht mir ein Papiertaschentuch. Irgendwie hat sie immer ein Papiertaschentuch. »Ich möchte dir sagen, dass das, was du in den letzten Wochen durchmachen musstest, was du jetzt durchmachst, nicht deine Schuld ist.«

Geht's jetzt darum, dass in der Schule auf mir rumgehackt wird? Dass ich mein Mittagessen allein auf dem Klo esse? Oder habe ich im Schlaf Jackys Namen gesagt?

»Ich weiß nicht, was in deinem Kopf vorgeht« – zum Glück! –, »aber ich sehe die Anzeichen. Die Albträume. Deine Selbstgespräche.«

Ich möchte mich in ein Loch verkriechen.

»Das ist schon in Ordnung, Cameron, ich verstehe das.« *Tust du nicht.* »Das ist so, seit du ein kleines Kind warst. Sobald du ein Problem hast, verschwindest du in deine eigene Welt. Es ist, als würdest du nichts hören, wenn ich oder wer anders mit dir redet. Und seit unserem letzten Umzug ist das schlimmer geworden.«

Ich fürchte mich vor der Antwort, frage aber trotzdem: »Was ist mit meinen Lippen?«

Mom drückt meine Hand. »Ich weiß, dass du dir große Mühe gibst, sie nicht zu bewegen. Und wenn das nicht klappt, bedeckst du deinen Mund. Das machst du echt gut. Aber ja, sie haben sich bewegt, nicht immer, aber oft.«

»Bin ich laut?«

»Nein, nein. Sehr leise, manchmal ist überhaupt nichts zu hören.«

Mach ich das auch in der Schule? Wer hat das noch gesehen?

»Ich weiß nicht, mit wem du sprichst, aber manchmal ist es ganz schön heftig.«

»Mit mir selbst. Ich rede einfach mit mir selbst. Das machen viele Leute.«

»Ich weiß. Aber in letzter Zeit … in letzter Zeit hast du nicht mal bemerkt, wie ich dich dabei beobachte. Das macht mir Sorgen.«

»Warum?« Als wüsste ich nicht die Antwort.

»Weil das nicht normal ist, Cameron. Und es sind ja nicht nur die Selbstgespräche. Du runzelst andauernd die Stirn. Du kommunizierst nicht. Manchmal schlägst du dich selbst.«

»Wann?«

»Gelegentlich. Nicht oft. Ist auch egal.«

»Mir nicht. Wenn ich mich selber schlage, müsste ich das doch wissen.«

»Sollte man meinen«, sagt Mom vorsichtig. »Und dann deine Albträume. Du wachst schweißgebadet auf, und obwohl du weißt, dass ich da bin, scheinst du in einer anderen Welt zu sein.«

Ich schlucke. »Du denkst, ich bin verrückt?«

»Nein. Aber ich denke, du hast Probleme. Du bist verstört.«

Ich möchte was sagen, aber es gibt nichts zu sagen.

»Cameron, das ist nichts, wofür du dich schämen müsstest. Du hast Schreckliches durchgemacht. Aber du bist nicht allein. Ich möchte dir helfen.«

Kannst du nicht.

»Bitte, lass mich dir helfen.«

Wie denn?

Mom holt tief Luft. »Ich habe mit Ken gesprochen.«

Cowboystiefel? »Du hast mit ihm über *mich* gesprochen?«

»Ich habe nicht viel gesagt.«

»Der ist ein Idiot. Ein Angeber.«

»Cameron, er ist ein netter Mann, der mir Arbeit gegeben hat – Arbeit, damit du ein Dach über dem Kopf und Essen auf dem Tisch hast.«

»Und deswegen darf er alles über mich wissen?«

»Nein. Ich habe nur gesagt, dass du in einem Alter bist, in dem du vielleicht mit einem Mann reden möchtest. Die meisten Jungen haben einen Vater.«

Mein Magen brennt. »Ich habe einen. Nur lässt du mich nicht zu ihm.«

»Du bist ungerecht.«

»Was, weil ich einen Vater habe, den ich nicht sehen darf? Genau, das ist ungerecht.« Ich ziehe meine Hand weg.

Mom reißt sich zusammen. »Du musst nicht mit Ken reden, wenn du nicht willst. Aber wenn du willst, ist er für dich da.«

Ich gucke ihr in die Augen. »Gehst du mit ihm?«

»Was?«

»Ist das deine Art, dein ›Kind‹ vorzustellen?«

»Cameron, das geht zu weit.«

»Also habe ich recht.«

»Nein, du irrst dich.«

»Jedenfalls wird dieser Idiot niemals mein Vater sein können. Ich habe einen Vater. Und wenn ich mal mit einem Mann reden möchte, der nicht mein Vater ist, rede ich mit Mr Sinclair.«

»Schön.«

»Kann ich jetzt gehen?«

»Ja.«

Ich schiebe meinen Stuhl zurück, stehe auf und gehe die Treppe rauf.

»Cameron«, ruft sie mir hinterher. »Ich hab dich lieb.«

»Alles klar.« Ich drehe mich nicht um. Sie soll mich nicht weinen sehen, auf keinen Fall.

NEUNZEHN

Die ganze Nacht quält mich der Gedanke, dass Mom mich für verrückt hält. Sie hält auch Dad für verrückt. Hat sie recht? Sind wir beide irre? Und ich denke über Jacky nach. Mr Sinclair hat gesagt, er wäre mit seiner Mutter weggegangen. Jacky sagt, das stimmt nicht, dass Mr Sinclair ihn noch getroffen hätte, nachdem seine Mutter weg war. Wer sagt die Wahrheit? Warum sollte einer von beiden lügen?

Wie kann ein Mensch überhaupt was über einen anderen wissen? Wie kann irgendwer wirklich was über sich selbst wissen?

Eines aber ist sicher: Jacky ist ein Geheimnis, von dem ich niemandem erzählen darf.

Als ich aufstehe, ist Mom schon weg. Ich mache mir Toast mit Marmelade, nehme mir einen Becher Eis aus dem Kühlschrank, gehe zum Küchenfenster und schaue hinüber zum Wald hinter dem Maisfeld. Die Sonne scheint, der Himmel ist blau – ein wunderbarer Tag zum Rumstromern. Wenn ich keinen Schulverweis hätte, würde ich jetzt im Schulbus sitzen, Codys Jungs und Benjies Mundgeruch ausgesetzt, und hätte Schiss vor dem NaWi-Test heute. Ich sollte mich öfter rausschmeißen lassen.

Ich ziehe mich warm an und gehe raus. Den Wald kann ich nicht sehen – der Mais ist viel größer als ich – aber wenn ich stur geradeaus laufe, müsste ich direkt darauf stoßen. Nach den ersten Reihen Mais kann ich vor lauter Blättern kaum was sehen. Durch das Feld zu gehen ist schwieriger, als ich dachte. Das Schlimmste sind die Kolben, die mir ins Gesicht schlagen, und ihre Fäden, die mir in der Nase kitzeln. Aber der Geruch vom Mais ist schön, so süß und so frisch, dass ich ihn fast schmecke.

Ich komme voran, doch es dauert ewig. Ich gucke auf meine Uhr. Fünfzehn Minuten sind vergangen. Müsste ich jetzt nicht schon die Baumwipfel sehen? Vielleicht sollte ich umkehren.

Nein, das ist blöd. Ich muss doch fast da sein. Außerdem geben nur Weicheier auf.

Ich gehe weiter. Immer noch nichts vom Wald zu sehen. Gehe ich in die richtige Richtung? Bin ich im Kreis gegangen?

Drüben auf Mr Sinclairs Hof dröhnt ein Motor. Ich hab so damit zu tun, mir die Fäden der Maiskolben aus dem Gesicht zu halten, dass ich eine ganze Weile brauche, bis ich merke, dass der Lärm größer wird, nein, näher kommt. Warum sollte ein Motor näher kommen?

O Gott, *das ist nicht irgendein Motor. Das ist Mr Sinclairs Mähdrescher. Er erntet den Mais. Und ich bin mittendrin.*

Ich stelle mir vor, dass die Messer durch die Maisstängel fahren – und durch *mich*! Ich muss hier raus. Aber wohin? Wo muss ich lang?

Keine Panik. Krieg raus, wo Mr Sinclair ist, und geh in die andere Richtung.

Wie denn? Ich kann ihn nicht sehen. Der Mais ist zu hoch.

Na und? Wenn er näher kommt, spring einfach zur Seite.

Springen? Ich kann kaum gehen.

Dann schrei. Er wird dich hören.

Bei dem Lärm?

Ich versuche zu rennen. Aber je mehr ich mich anstrenge,

desto sperriger wird der Mais. Ich schiebe die Maisstängel mit beiden Armen beiseite, als würde ich brustschwimmen. Bringt auch nichts. Ich komme nicht voran. Ich japse nach Luft. Blätter und Fäden schlagen mir ins Gesicht, geraten mir in Mund und Nase. Ich schlage wild um mich, ertrinke. »Hilfe!«

Schon gut.

Jacky? Bist du das?

Atme.

Der Motorenlärm ist ohrenbetäubend.

»Mr Sinclair! Stopp!« Ich wedele mit den Armen.

Er kann dich nicht sehen, er kann dich nicht hören. Atme.

»Kann ich nicht.«

Kannst du wohl. Du bist fast am Wald. Guck nach vorne, nach rechts.

Plötzlich entdecke ich einen Pfad zwischen den Reihen. Warum habe ich den nicht vorher gesehen? Ich kann meine Gedanken nicht hören – nur die Stimme in meinem Kopf, die schreit: *Lauf!*

Ich schiebe mich zu dem Pfad. Sehe Baumwipfel über dem Mais, wühle mich durch, rase runter vom Feld, raus aus der Gefahr. Ich hab's geschafft. Ich bin am Waldrand.

Ich lasse mich auf die Knie fallen. »Jacky, du hast mir das Leben gerettet.« Er sagt nichts. »Jacky?« Er ist weg.

Ich schnappe nach Luft. Ich kann kaum glauben, dass ich noch lebe. Ich stehe auf und bürste mich ab. Wahrscheinlich sitze ich hier fest, bis Mr Sinclair aufhört.

Ich blicke am Saum des Waldes entlang. Fünf Höfe liegen an diesem Wald, aber ich weiß nicht, wie weit sie weg sind. Wenn ich am Waldrand entlanggehe, kann ich mich nicht verlaufen. Das fehlte mir noch, dass Mom einen Suchtrupp losschicken muss, obwohl ich der Schule verwiesen bin und zu Hause sein sollte.

Ein richtig großer Wald kann das nicht sein. Ich meine, ringsum sind Höfe, und Jacky und Mr Sinclair haben hier gespielt. Außerdem stehen die Bäume hinter den Büschen ziemlich weit auseinander. Einige sehen so aus, als wären sie gute Kletterbäume. Ich könnte bis in die Krone steigen, zu unserem Haus hinübergucken und Mr Sinclair beim Ernten beobachten. Ich denke an die Bilder von Jacky, auf denen die beiden Jungen in den Baumwipfeln sitzen. Was mögen sie gesehen haben?

Aber bevor ich auf irgendeinen Baum steige, möchte ich auf die Lichtung. Sie liegt direkt vor mir, ein riesiger, sonniger Platz. Auf dem Weg dahin sehe ich tote Äste, wie Tiergeweihe, auch umgestürzte Bäume, verfault und moosbedeckt. Einer ist ganz lang und hat eine große Wurzel, die hinauf zum Himmel zeigt.

Als Jacky seine Bilder gemalt hat, waren viele von den Bäumen hier noch nicht da. Die umgestürzten haben noch gestanden und die, die damals schon am Faulen waren, sind längst vergangen, und nichts deutet darauf hin, dass sie einmal existiert haben. Bäume sind wie Menschen. Wir leben, dann sind wir Erinnerungen, dann sind wir nicht einmal mehr das.

Mom sagt, das sind morbide Gedanken, aber so ist es doch. Ich habe keine Ahnung, wie meine Urgroßeltern ausgesehen oder wie ihre Stimmen geklungen haben, und von den Menschen vor ihnen bis hin zu den Höhlenmenschen weiß ich erst recht nichts. Eine eigenartige Vorstellung, dass sie einst waren, wie ich jetzt bin, mit Freunden rumgealbert haben, sauer auf ihre Eltern waren, brav, ängstlich, was auch immer. Aber sie sind nicht mehr da, und all die Menschen und Dinge, die ihnen wichtig waren, sind es auch nicht, und niemand weiß von ihnen oder interessiert sich überhaupt für sie. Warum also mache ich mir einen Kopf über Dinge, von denen später kein

Mensch mehr was wissen will? Wenn ich das wüsste, könnte ich vielleicht glücklich sein.

Als ich die Lichtung betrete, tauche ich aus dem Schatten des Waldes in strahlenden Sonnenschein. Die Blätter sind orange und rot gefärbt, ich sehe Büsche mit Beeren. Dort sind auch ein paar große Steine, in deren Mitte – mein Herz macht einen Satz – genau der Stein steht, den Jacky gemalt hat.

Ich stelle mir vor, wie Jacky und Mr Sinclair diese Steine in eine Burg verwandelt haben. Dann sehe ich Jacky allein, der sich in den Baumwipfeln versteckt und so tut, als würde sein Vater nicht existieren.

Ein Vogel zwitschert. Ich bleibe stehen und halte nach ihm Ausschau. Sonst höre ich nichts. Was ist mit der Erntemaschine? Ich habe das ungute Gefühl, dass mich jemand beobachtet. Ich blicke mich um.

Am Rand der Lichtung steht Mr Sinclair. »Wie kannst du mitten in der Ernte über ein Feld laufen? Wolltest du dich umbringen?«

»Tut mir leid. Ich war schon mittendrin, als Sie angefangen haben. Woher wussten Sie, dass ich hier bin?«

»Die Maisstängel haben sich bewegt. Zum Glück. Hab mir schon gedacht, dass du das bist. Ich bring dich jetzt nach Hause. Ich möchte deiner Mutter nicht erklären müssen, wieso du zermatscht zwischen meinen Maiskolben liegst.« Er schnaubt: »Vielleicht sollte ich dich einfach durch den Wolf drehen und sie glauben lassen, du wärst abgehauen.«

Ich lache, als wäre das ein Witz, aber er glotzt mich bloß an. Ich denke an Jacky und seine Mutter, die beide verschwunden sind. Ich höre auf zu lachen.

»Wieso bist du nicht in der Schule?«, fragt Mr Sinclair.

»Schulverweis. War aber nicht meine Schuld.«

»Wenn ich einen Dollar für jedes Mal kriegen würde, wenn

jemand behauptet, es wäre nicht seine Schuld ...« Der Satz bleibt in der Luft hängen. »Also, du wolltest dich mal im Wald umgucken. Was hast du erwartet?«

»Nichts. Ich wollte bloß sehen, wo Sie und Jacky gespielt haben.«

»Wer hat gesagt, dass wir hier gespielt haben?«

»Das hab ich mir so gedacht.«

»Du bist also einer, der sich Gedanken macht, was? Bist du einer, der denkt, er weiß was? Oder einer, der weiß, er denkt sich was aus?«

»Ich denke, ich weiß es nicht.«

Mr Sinclair bringt ein Lächeln zustande. »Du bist nicht so blöd, wie du aussiehst.« Er deutet mit dem Kopf zu den großen Steinbrocken. »Da hab ich Sachen für Jacky versteckt. Ein Vergrößerungsglas. Einen Beutel mit Murmeln. Sachen, die ich nicht mehr brauchte. Ich hab ihm gesagt, Elfen hätten das gebracht. Er wusste, dass ich das war, aber an Elfen zu glauben war schöner.« Mr Sinclairs Blick wird sanft.

»Überlegen Sie manchmal, was mit ihm passiert sein könnte?«

Er kneift die Augen zusammen. »Warum sollte ich?«

»Keine Ahnung. Sie waren Freunde. Ich denke an die Freunde, die ich zurückgelassen habe. Und ich hoffe, sie denken auch an mich.«

»Würde mich nicht drauf verlassen. Heutzutage denkt niemand an andere. Wenn du so alt bist wie ich, wirst du dich nicht mal dran erinnern, wie viele deiner Freunde verschwunden sind.«

»Wie Jacky?«

Mr Sinclair knurrt. »Der war einer wie du. Ist mit seiner Mutter abgehauen.«

Jacky sagt was anderes.

»Was denkst du?«

»Nichts«, sage ich.

»Niemand denkt nichts.«

»Okay ... ich habe überlegt, ob Jacky über seinen Vater gesprochen hat.«

»Warum sollte er? Redest du über deinen Vater?«

»Das ist was anderes.«

»Ach ja?« Mr Sinclair sieht, wie unangenehm mir die Frage ist. »Du bist hier nicht der Einzige, der sich Gedanken macht. Alle haben ihre Geheimnisse. Und da rührt man besser nicht dran. Komm jetzt, ich fahre dich zum Haus zurück. Ich hab zu tun.«

ZWANZIG

Es stimmt, was Mr Sinclair gesagt hat, alle haben ihre Geheimnisse. Mom, Dad und ich. Was für Geheimnisse hat Mr Sinclair? Oder Jacky? Als ich wieder im Haus bin, frage ich Jacky. »Warum hat deine Mutter dich nicht mitgenommen? Wie meine?«

Ich weiß, dass er mich hört. Ich spüre, dass er da ist, dass er hinter den Möbeln hockt und mich beobachtet, dass er sich in Schränken versteckt und unter dem Bett, aber er zeigt sich nicht. Spielt er ein Spiel? Was will er damit bezwecken?

Ich nehme mir seine Bilder vor und suche nach Zeichen, die ich beim ersten Mal übersehen haben könnte. Auf einigen Blättern ist ein schwarzer Schatten zu sehen. Ist das ein Loch, eine Höhle oder die Kohlenkammer? Vielleicht ist es bloß Gekritzel. Aber was ist mit dem Bild, wo seine Mutter auf dem Boden liegt? Schläft sie? Ist sie tot? Auf den Zeichnungen sind auch Dinge, die mir Albträume bereiten könnten – normale Dinge wie die Schaufel von Jackys Vater, die Axt, die Mistgabel.

Als ich auf die Bilder starre, verschwindet der Raum um mich herum. Ich spüre die Gegenwart in der Vergangenheit, die Vergangenheit in der Gegenwart: Über diese Dielen ging auch Jacky, er hat dieselben Türknaufe und Geländer angefasst wie ich. Er hat dasselbe Waschbecken, dieselbe Wanne, denselben Schreibtisch benutzt. Jacky ist überall. Er ist in der Luft, die ich atme.

Ich male mir aus, wie er hier oben herumgelaufen ist, und befinde mich plötzlich in dem großen Raum über der Küche und blicke hoch zur Falltür, die zum Dachboden führt. Warum ist sie versiegelt? Ich könnte die Farbe abkratzen und die Nägel herausziehen, aber das würde Dreck machen und Mom würde ausflippen.

Was ist auf dem Dachboden, Jacky? Welches Geheimnis steckt dahinter?

»Cameron?« Moms Stimme kommt aus der Küche.

»Ich bin oben«, rufe ich oberfröhlich. Wie lange ist Mom schon zu Hause? Hat sie meine Selbstgespräche gehört?

»Ich hab uns Pizza mitgebracht«, ruft Mom hoch, auch mit oberfröhlicher Stimme. »Mit doppeltem Käse, Peperoni und Pilzen. Muss nur noch eine Minute in die Mikrowelle.«

Mom lässt sich nicht anmerken, ob sie mich gehört hat. Gut. Tun wir eben beide so, als wäre nichts gewesen.

»Super. Danke. Ich komm gleich runter.«

Mom lächelt, als ich mich an den Tisch setze. »Wie war's heute?« Niemand würde vermuten, dass wir gestern Abend einen Megastreit hatten. Mom vergisst keinen Streit, aber sie kann ihn wegpacken wie Weihnachtsschmuck – aus den Augen, aber nicht aus dem Sinn.

»Wie mein Tag war? Ganz gut.« Ich nehme mir ein Stück Pizza. »Ich habe jede Menge Hausaufgaben gemacht.«

»Schön.« Mom macht eine Pause. Dann: »Hast du Lust, morgen mit mir in die Stadt zu kommen?«

»Hä?«

»Nach zwei Tagen alleine im Haus hast du bestimmt Hummeln im Hintern.«

»Was soll ich denn in der Stadt?«

»Da gibt es eine Bücherei, ein Freizeitzentrum. Oder bleib zu Hause und langweile dich. Deine Entscheidung.«

»Nein, ist vielleicht ganz gut.« Bestimmt.

Danach verläuft das Essen okay. Wir beschränken uns auf unverfängliche Themen, also zum Beispiel, wo wir uns zum Mittagessen treffen. Zum Glück ist die Schule auf der anderen Seite der Brücke, sodass ich in der Stadt von niemandem gesehen werden kann.

»Übrigens. Ich hab dein Projekt nicht vergessen«, sagt Mom, als wir mit dem Essen fertig sind, und holt einen dicken Packen Papier vom Küchenschrank. »Hier findest du, wer den Hof wann gekauft hat.«

»Danke.«

»Ken ist derjenige, dem du danken solltest. Er hat gesagt, wenn du noch was brauchst, kannst du ihn einfach fragen.«

Ich werfe ihr einen Blick zu. »Hatten wir das mit Ken nicht schon geklärt?«

»Nach unserem Gespräch habe ich ihm von deinem Projekt erzählt. Er hat gesagt, er muss heute zum Grundbuchamt und könnte die Sachen über unseren Hof raussuchen.«

»Schön. Ich will ihm bloß nichts schuldig sein oder so.«

»Bist du nicht. Ein Dankeschön reicht.«

»Ich will auch nicht, dass du ihm was schuldig bist.«

»Cameron.« Mom seufzt. »Es gibt Menschen, die tun anderen einfach einen Gefallen, ohne etwas dafür zu erwarten. Man nennt das Hilfsbereitschaft.«

Mom ist ziemlich schlau, aber von Männern hat sie überhaupt keine Ahnung.

Ich nehme den Packen Papier mit nach oben, setze mich im Schneidersitz aufs Bett und mache den Umschlag auf. Der ist prall gefüllt. Das war nicht nur einfach ein kleiner Gefallen, sondern eher so was wie: *Guck mal, Katherine, was ich toller Typ alles für deinen Sohn beschafft habe!*

Cowboystiefel hat was dazugeschrieben, auf dem Briefpapier seiner Firma, mit Foto von ihm und allem. Ich nehme einen Stift, schwärze ihm ein paar Zähne und ziehe seine Augenbrauen zu einer Linie zusammen.

Hallo Cameron,
hab von deinem Projekt in Geschichte gehört. Ich helf dir gerne dabei. Ich hab Arlene Cooper vom Grundbuchamt gebeten, dir ein paar Messblätter auszudrucken sowie die einzelnen Verkäufe und die jährlichen Steuerbescheide. Hier werden die meisten Höfe an die Söhne vererbt, daher sagen die Steuerbescheide mehr über die Besitzverhältnisse aus als die Verkäufe.
Deine Mutter hat gesagt, du möchtest wissen, ob es auf eurem Hof einen Mord oder einen Freitod gegeben hat. Ich würde das gerne bestätigen, damit dein Aufsatz ein bisschen spannender wird, aber ich habe nichts gefunden. Allerdings ist ein Besitzer des Hofes von seinen Hunden getötet worden. Vielleicht ist das ja auch schon was?
Sag mir Bescheid, wenn du noch Fragen hast. Und auch, wenn du Lust hast, einen Baseball zu schlagen oder ein paar Körbe zu werfen.
Ken

Einen Baseball schlagen? Körbe werfen? Geht's noch?

Die wichtigste Information ist, dass es keinen Mord gab. Was ist dann mit Jacky passiert? Warum ist er nicht mit seiner Mom mitgegangen? Hätte man ihn nicht finden müssen, nachdem die Hunde seinen Vater getötet haben?

Ich sehe mir die Karten an. Interessant. Auf dem Blatt von 1829 ist die Eisenbahnlinie zu sehen, die früher durch Wolf Hollow lief. 1838 ist noch die Hälfte der Umgebung Wald.

Der Packen mit den Steuerbescheiden ist fast zwei Zentimeter dick. Schon beim Anblick fallen mir die Augen zu. Ich schiebe ihn zur Seite und nehme mir das Blatt vor, auf dem die Verkäufe unseres Hofes vermerkt sind.

Seltsam. Der erste Eigentümer, Silas Henning, kaufte den Hof im Jahr 1839. Bis 1924 blieb der Hof in seiner Familie, dann wurde er an Henry McTavish verkauft. Und das war's. Der Hof wurde nie wieder verkauft. Das kann nicht stimmen. Wann haben ihn die Sinclairs gekauft?

Ich greife zu den Steuerblättern. 1952 werden die Steuern nicht mehr von Henry McTavish, sondern von Frank McTavish bezahlt. Da hat Jackys Vater den Hof übernommen. Und seitdem steht sein Name auf den Steuerbescheiden, bis zu diesem Jahr.

Das bedeutet, dass der Hof nicht Mr Sinclair gehört. Er gehört immer noch Jackys Vater. Einem toten Mann. Was verbirgt Mr Sinclair – über den Hof, über Jacky, über alles?

EINUNDZWANZIG

Ich zeige Mom, dass der Hof immer noch Mr McTavish gehört.

»Na, das ist ja eigenartig, oder?« Sie unterdrückt ein Lächeln. »Ich bin keine Immobilienmaklerin, daher weiß ich keine Antwort auf dieses Rätsel, aber ich kenne jemanden, der tatsächlich was von Immobilien versteht, und ich bin mir sicher, dass er dir gerne helfen würde, die Sache aufzuklären.«

Netter Versuch, Mom.

Aber sie hat recht. Ich muss mit Cowboystiefel reden. Mist.

Am nächsten Morgen fällt der Sonne das Aufstehen schwerer als mir. Als wir in die Stadt fahren, zieht Nebel über die abgeernteten Felder.

In der Nähe der Schule geht Mom vom Gas; auf dem Parkplatz wenden gerade ein paar Busse. Ich rutsche runter, sodass mich niemand sehen kann. Ein paar Sekunden später fahren wir an dem Hotel vorbei, in dem wir die erste Nacht verbrachten, und dann über die alte Brücke in die Stadt.

Ich blicke hinunter in die Schlucht, die dem Ort seinen Namen gegeben hat. Über dem Fluss staut sich der Nebel, es scheint, als führen wir über Wolken. Ich stelle mir vor, wie das früher war, als Wölfe durch den Nebel heraufkamen.

Hinter der Brücke wird die Landstraße zur Hauptstraße des Ortes. Sie wird von etwa zehn Straßen gekreuzt und rechts und links verlaufen sieben oder acht Parallelstraßen. Wir passieren einen Softeis-Drive-in, der bis zum Frühjahr geschlossen hat, sowie ein kleines Einkaufszentrum mit einem Burger-Imbiss, einem 7-Eleven, einer Tankstelle und dem Postamt. Es folgen ein paar runtergekommene zweistöckige Gebäude, oben Wohnungen, unten Restaurants und Geschäfte: *Zur Knorrigen Pinie*, *Mindys Gasthaus*, *Damenmode und Herrenbekleidung Walker*, wohl ein Laden für Leute, die vor einem Jahrhundert gelebt haben, die *Kleeblatt Bar* mit heruntergelassenen Jalousien, *Lucilles Nagelstudio*, ein *Waschparadies*, zwei Drogerien sowie das einzige Kino von Wolf Hollow, das *Capitol*, in dem es nur zwei Säle gibt.

Etwa in der Mitte der Hauptstraße wird es wieder ansehnlicher, hier sind das Rathaus, das Standesamt, die Polizeiwache, die Bücherei und das Büro der *Wochenpost*. Außerdem gibt es ein vollständig mit Schindeln gedecktes Haus, an dem bunt bemalte Holzschmetterlinge und das Schild *Kellys Kunsthandwerk* hängen, *Grabmale Huntley* mit lauter Grabsteinen im Vorgarten, noch ein Mini-Einkaufszentrum mit einem *Ein-Dollar-Laden*, *Minnies Mini-Markt* und die *Ken Armstrong Immobilien*. Schließlich eine weitere Tankstelle, für alle, die am Ortsanfang vergessen haben zu tanken. Danach kommen nur noch Bauernhöfe.

Um halb neun halten wir vor dem Maklerbüro. Cowboystiefel ist noch nicht da.

»Keine Sorge, der kommt gleich!«, sagt Mom. »Dann kannst du dein Rätsel lösen, im Freizeitzentrum schwimmen gehen und mich zum Mittagessen hier abholen. In der *Knorrigen Pinie* gibt es super Pommes. Und hausgemachten Kuchen. Das wird dir gefallen.«

Ich schwinge mir den Rucksack auf den Rücken und gehe hinter Mom ins Büro, wo ich Cowboystiefels Papiere auf ihrem Schreibtisch ablege. Dann gehe ich raus und betrachte die Fotos der angebotenen Häuser im Schaufenster. Alle sehen besser aus als unseres.

Bei *Grabmale Huntley* lärmt eine Bohrmaschine und durch den Nebel sehe ich einen gedrungenen Mann in Overall, Arbeitsstiefeln, Schutzbrille und Baseballcap, der einen Granitstein auf einem Picknicktisch bearbeitet. Das orangerote Kabel von seinem elektrischen Meißel kommt aus einer Garage aus Betonblöcken.

Ich gehe rüber, um mir das genauer anzuschauen. Der Mann hat so raue Hände, wie ich sie noch nie gesehen habe. Unter seiner Mütze kommt dünnes Haar hervor, das ihm bis in den Nacken reicht. Er macht sein Gerät aus und blickt auf: »Kann ich dir behilflich sein?«

»Nein, danke. Ich warte bloß auf Mr Armstrong. Äh, den von Ken Armstrong Immobilien? Meine Mom arbeitet bei ihm. Ich hab Sie arbeiten sehen und, na ja, ich hab noch nie gesehen, wie jemand einen Grabstein graviert hat.«

»Aha.«

Das sagt er so, dass ich nicht weiß, ob ich verschwinden soll oder was. Ich deute mit dem Kopf auf den Stein. »Ist der Mann gerade gestorben?«

»Vor einem Monat.«

»Oh.« Unangenehme Stille. »War er ein Freund von Ihnen?«

Hab ich das gerade gesagt? Was ist bloß los mit mir?

»Nein. Wie kommst du darauf?«

»Einfach so.« *Verschwinde. Verschwinde sofort.* »Was passiert eigentlich, wenn Sie einen Namen falsch schreiben?«

»Tu ich nicht. Noch was?«

Plötzlich habe ich einen Geistesblitz. Mr McTavish hat seine Hunde direkt nach dem Verschwinden seiner Frau gekauft. Wenn ich weiß, wann er gestorben ist, kann ich rausfinden, wann Codys Urgroßmutter McTavish den Mord vorgeworfen hat und in der *Wochenpost* nachlesen, was sie dazu gesagt hat.

Ich räuspere mich. »Machen Sie hier alle Grabsteine?«

»Die meisten.« Er reckt sein Kinn in Richtung des Schildes: *Grabmale Huntley seit 1926.*

»Dann hat Ihre Familie auch den Grabstein von Frank McTavish gemacht?«

Der Mann hält inne. »Wer soll das sein?«

»Das war der Bauer, der von seinen Hunden zerrissen wurde, in den Sechzigern.«

»Ach, der.«

»Genau. Ich möchte herausfinden, wann er gestorben ist. Das müsste ja auf seinem Stein stehen, oder?«

»Sicher. Aber das ist ja schon über fünfzig Jahre her. So lange heben wir unsere Unterlagen nicht auf. Und ganz bestimmt nicht die Inschriften.«

Warum nicht? Was soll das?

Der Mann beugt sich über den Stein, um weiterzumachen. »Wenn du das wirklich wissen willst, geh auf den Friedhof. Zweite Querstraße rechts, ganz am Ende, kurz vor dem See. Dort gibt es eine Karte, wer wo beerdigt wurde. Geh zu seinem Grab.«

Der Friedhof. Bin schon unterwegs.

ZWEIUNDZWANZIG

Doch in dem Moment kommt Cowboystiefel in seinem Auto angerollt und springt auf mich zu wie der trottelige Nebendarsteller aus einer Krimiserie: »Cameron! Hey, Mann, was geht?« Er nimmt die Hand hoch und scheint wirklich zu erwarten, dass ich ihn abklatsche.

Ich winke ihm flüchtig zu und versenke dann die Hände in meinen Hosentaschen. »Also, es geht um die Papiere, die Sie für mich besorgt haben. Wegen unserem Hof. Da ist mir was aufgefallen. Mom hat gesagt, Sie könnten mir das vielleicht erklären.«

»Kein Thema.« Er winkt mich in sein Büro.

Mom telefoniert; sie wirft mir einen *Benimm dich!*-Blick zu und haucht Richtung Cowboystiefel: »Kaffee, bitte.« Er zwinkert ihr zu und drückt auf einen Knopf an der Kaffeemaschine.

»Willst du einen Cappuccino«, fragt er mich.

»Gerne.«

Mom zieht eine Augenbraue hoch; sie weiß, dass ich keinen Kaffee mag. Ich werfe ihr einen *Blamier mich nicht*-Blick zu.

Cowboystiefel gibt Mom den ersten Kaffee und plänkelt dann mit ihr herum, bis die nächsten beiden Tassen fertig sind. Ich werfe vier Stückchen Zucker in meine, nehme die Papiere von Moms Schreibtisch und gehe hinter Cowboystiefel in dessen Büro. Der Raum ist ganz in Beige gehalten, eine durchsichtige

Gardine bedeckt das vergitterte Fenster zur Gasse hinter dem Haus. Überall an den Wänden hängen gerahmte Papiere – sein Hochschulabschluss, seine Maklerlizenz, knackige Sprüche wie: »Wenn nicht jetzt, wann dann?« – und Fotos von einem Jungen und einem Mädchen, vier oder fünf Jahre alt. Vor dem Bild, auf dem beide Kinder nebeneinander auf der obersten Stufe einer Veranda sitzen und Eis essen, bleibe ich stehen.

Cowboystiefel stellt sich neben mich. »Patrick und Kimberley.«

»Ihre Kinder?«

»Sie sind jetzt sieben und acht«, sagt er und nickt. »Sie sind bei ihrer Mutter, einige Hundert Meilen weit weg. Ich sehe sie nicht sehr oft.«

»Sie sind geschieden.«

»So gut wie. Sind noch ein paar Formalitäten. Aber, ja.« Für einen Moment klingt er nicht mehr nach Fernsehwerbung, sondern einfach wie ein Typ, der seine Kinder vermisst.

Cowboystiefel setzt sich in den Ledersessel hinter seinem Schreibtisch und bietet mir den Platz gegenüber an. Er pustet auf seinen Cappuccino. Ich nehme einen Schluck von meinem und bemühe mich, kein Gesicht zu ziehen.

»Bin gespannt auf deine Fragen. Deine Mom sagt, dass du dir ständig Gedanken machst, dass du ein richtig kluger Kopf bist. Kann ich von mir nicht sagen. Aber das hast du ja längst gerafft, oder?« Will der sich einschleimen? Heißt das, er weiß, dass ich ihn nicht mag?

»Ich bin gar nicht so schlau.«

»Veräppeln kann ich mich alleine!« Er lacht. »Zum Glück bin ich ein guter Makler. Und noch dazu bin ich es gerne. Wie auch immer, du hast eine Frage zu den Sachen, die ich dir geschickt habe?«

»Genau.« Ich reiche ihm die Blätter rüber. »Hier – bei den Verkäufen steht nirgends, dass die Sinclairs unseren Hof gekauft haben, und die Steuerbescheide laufen immer noch auf Frank McTavish, obwohl der doch von seinen Hunden getötet wurde.«

»Was?«

»Das wussten Sie nicht?«

»Nein.« Cowboystiefel runzelt die Stirn, nimmt sich die Seiten vor und überfliegt sie. »Ich habe Arlene nur gesagt, was ich brauche, sie hat alles ausgedruckt und ich hab's gleich an dich weitergegeben.« Er blättert hin und her. »Unglaublich.«

»Unglaublich. Genau. Ich meine, wie geht denn das?«

»Gute Frage.« Cowboystiefel lehnt sich in seinem Stuhl zurück. Alles kann ich ihn fragen, hat er gesagt, aber schon bei meiner ersten Frage muss er passen. Ich sehe, wie es hinter seiner Stirn arbeitet. Und zwar so sehr, dass er mir schon beinahe leidtut.

»Gut«, sagt er schließlich. »Aber das ist jetzt nur eine Vermutung. Wenn ich mich richtig erinnere, hat McTavishs Frau ihn verlassen, und zwar zusammen mit seinem Sohn. Kurz bevor McTavish starb. In seinem Testament wird er den Hof seinem Sohn überlassen haben.«

»Aber wenn der Sohn vermisst ist ...«

»... und Mr McTavish sonst keine Verwandten hat, hätte der Hof ohne Besitzer dagestanden. Unbezahlte Steuern würden sich häufen und irgendwann hätte die Gemeinde den Hof beschlagnahmt.«

»Es sei denn, jemand hätte die Steuern bezahlt«, sage ich. »Dann wäre die Gemeinde doch zufrieden gewesen, oder?«

»Bestimmt. Niemand würde was unternehmen wollen, solange es noch die Möglichkeit gibt, dass der Sohn eines Tages zurückkommt.«

»Wenn also die Sinclairs die Steuern bezahlen, können sie das Land nutzen, bis der Sohn zurückkommt.«

»Deine Mutter hat recht. Du bist schlau.«

»Aber der Sohn, dieser Jacky, ist nie zurückgekommen!«, rufe ich. Die Gedanken kommen schneller, als ich sie aussprechen kann. »Aber das ist keinem aufgefallen, weil die Steuern ja bezahlt wurden, und irgendwann ist das alles schon so lange her gewesen, dass sich niemand Gedanken gemacht hat.«

»So kann es gewesen sein.«

»Ist das legal?«

»Na ja, *illegal* ist es nicht. Vor allem nicht, wenn McTavish den Vater von Art Sinclair als Testamentsvollstrecker bestellt hätte.«

»Mr Sinclair hat gesagt, dass sein Vater und Mr McTavish gute Freunde waren.«

»Na bitte, da hast du's.« Cowboystiefel trommelt mit den Fingern auf den Schreibtisch. »Arts Vater konnte problemlos sagen, er kümmert sich um den Hof, bis McTavishs Sohn gefunden wird. Und nichts und niemand hätte ihn dazu bringen können, den Hof zu verkaufen.«

»Und dann stirbt Mr Sinclairs Vater, Mr Sinclair bezahlt weiter die Steuern, wie das seine Familie schon seit Ewigkeiten gemacht hat, und er kann das Land nutzen, ohne es je gekauft zu haben.«

Cowboystiefels Augen flackern. Er weiß, worauf ich hinauswill, und er weiß, dass das Konsequenzen haben könnte. »Denk dran, Cameron, das ist bloß eine Vermutung. Selbst wenn wir recht hätten, könnte Mr Sinclair möglicherweise Gewohnheitsrecht beanspruchen. Ich an seiner Stelle würde zum Gericht gehen und die Sache offiziell machen.«

»Aber dann könnte er das Land verlieren, oder? Vielleicht denkt er, warum das Risiko eingehen?«

Cowboystiefel lacht. »Ach, der ist bestimmt nur noch nicht dazu gekommen, so wie ich Art kenne. Bei mir würde das an erster Stelle auf meiner Liste stehen. Ich hasse Ungewissheiten.«

»Ich auch.«

Wir gucken uns an.

»Was?«, fragt er lächelnd.

»Was meinen Sie mit ›was‹?«

»Du willst mich was fragen.«

»Woher wissen Sie das?«

»Das sehe ich an deiner Haltung.«

»Sie sind ein ziemlich guter Beobachter.«

»Ich bin Verkäufer.« Cowboystiefel tippt sich an die Stirn.

»Okay.« Ich zögere. »Also, wenn das zu persönlich ist, dann sagen Sie es ... aber, wie ist das für Sie, wenn Sie Ihre Kinder nicht so oft sehen?«

Er blickt mir direkt in die Augen. »Das ist ein bisschen wie Sterben. Sie sind meine Kinder. Aber sie werden nie wieder bei mir leben. Und sie tun Dinge, an denen ich keinen Anteil habe. Schaffen Erinnerungen, die ich nicht mit ihnen teile. Das macht mich fertig. Ja. Das macht mich fertig.«

Geht es Dad genauso? Versucht er deswegen immer noch, mich zu finden?

»Wie oft sehen Sie Ihre Kinder?«

»An einem Wochenende im Monat. Eine Woche zu Weihnachten. Zwei Wochen im Sommer. Das ist nicht wie bei dir und deinem Dad.«

Ich erstarre. »Was hat Mom Ihnen erzählt?« Das klingt wütend, aber so meine ich das nicht. Ich weiß nicht, wie ich das meine. Mom hat einfach einem Freund was erzählt. Und der Typ scheint nicht so blöd zu sein, wie ich dachte.

»Cameron«, sagt er, als würden seine Augen meine Gedanken lesen, als würde seine Stimme mich umarmen. »Was immer da zwischen deiner Mutter und deinem Vater läuft – das geht nur euch drei was an. Damit habe ich nichts zu schaffen.«

»Genau.« Ich spüre, wie sich meine Gesichtszüge bemühen, nicht zu entgleisen.

»Und noch eins: Ich weiß, dass du einen Vater hast, und das bin nicht ich und das werde ich nie sein. Und ich will auch nichts dergleichen versuchen. Das verspreche ich dir. Ich bin einfach nur ich. Ken. Rede mit mir, rede nicht mit mir, deine Entscheidung. Wie auch immer, ich bin für dich da.«

»Okay.«

Wir scheinen beide zu wissen, dass das Gespräch vorbei ist. Seltsam. Wir gehen nach vorne zu Mom.

»Habt ihr das mit den Besitzverhältnissen geklärt?«, fragt Mom.

»Wir haben eine Menge geklärt«, sagt Ken.

Mom wendet sich an mich. »Jetzt ist es neun. Kommst du nach dem Schwimmen zum Mittagessen her?«

»Klar.« Wenn es auf dem Friedhof ein Schwimmbecken gibt. »Bis später.« Ich hänge mir den Rucksack über die Schulter und gehe zur Tür. Beide rufen mir »Viel Spaß!« hinterher.

Ich drehe mich nicht um. Ich möchte nicht wissen, ob er seinen Arm um sie legt. Ich weiß nur, dass ich ihn nicht mehr Cowboystiefel nennen werde. Von jetzt an ist er Ken.

DREIUNDZWANZIG

Der Friedhof. Ich kann an nichts anderes denken.

Ich gehe bis zur zweiten Querstraße und biege dann rechts ab, wie der Mann von *Grabmale Huntley* gesagt hat. An der Straße stehen alte Ziegelsteinhäuser. Jedes Haus hat eine Veranda, rechts und links davon Büsche, am Bürgersteig einen Baum und bei manchen sehe ich eine Vogeltränke aus Beton. Nach der vierten Kreuzung werden die Gebäude schlichter, die Wände sind mit verbeultem Blech verkleidet, aus den betonierten Wegen wächst Unkraut. Auf einem Grundstück steht ein verrostetes Klettergerüst. Danach kommt ein kleiner Park.

Je weiter ich gehe, desto dichter wird der Nebel; es ist, als durchquerte ich ganze Schichten von Spinnweben. Endlich gelange ich zur letzten Kreuzung. Auf der anderen Straßenseite ist ein schmiedeeiserner Zaun mit einem offenen Tor. Auf einem Holzschild steht: Wolf Hollow Friedhof, seit 1794.

Ich gehe durch das Tor und betrete eine Welt von Grabsteinen. Keine Ahnung, wie ich den Stein von Mr McTavish finden soll. Der Weg gabelt sich. Rechts geht es zu einem kleinen Gebäude, einer Garage und einem Geräteschuppen. Hinter einem Fenster brennt Licht. Ich klopfe an die Tür.

»Ja-ha«, höre ich von drinnen. Die Tür geht auf. Vor mir steht eine kleine, stämmige Frau in gelbem Regenmantel und Arbeitshandschuhen. »Was kann ich für dich tun?«

»Ich suche ein Grab.«

»Da bist du hier richtig.« Sie zwinkert. »Ein bestimmtes Grab?«

»Ja. Das von Frank McTavish. Der ist vor langer Zeit gestorben.«

»Und ich soll wissen, wo das ist?«

Jetzt mal im Ernst, was haben die Leute hier bloß?

Die Frau bittet mich in ein spärlich eingerichtetes Büro, das von einer Reihe LED-Leuchten erhellt wird. An der Wand hängt ein Heizgerät, auf dem Schreibtisch steht ein Computer, die Stühle sehen aus wie vom Flohmarkt. An allen Wänden: verblichene Fotos von Gärten oder Regenbögen sowie eine große Karte des Friedhofes.

»Jean Currie.« Sie gibt mir die Hand.

»Cameron Weaver.«

»Und du suchst also das Grab von Frank McTavish. Das ist doch der, der von den Hunden zerrissen wurde, oder? Da brauche ich den Computer nicht. Das mit den Hunden gehört zur Lokalgeschichte.« Sie zeigt auf die Karte. »Er liegt bei seinen Eltern in der Abteilung D, Platz 24. Du gehst den Hauptweg lang, bis zum zweiten Abzweig, den nimmst du. Nach einer Weile siehst du rechts einen großen Ahornbaum, dort biegst du in einem Winkel von achtzig Grad ab und schon bist du da.«

Ich komme mir vor wie ein kleiner Hund, der sich verirrt hat. Wahrscheinlich sehe ich auch so aus.

»Na gut. Ich bring dich hin«, sagt Ms Currie und seufzt, als würde dies ihre gute Tat für heute sein. »Muss sowieso in der Abteilung F ein Loch buddeln. Ein Herr aus dem Pflegeheim ist vorgestern gestorben, mit 96. Er hat gut zu Abend gegessen, und das war's dann. Wer will sich da beschweren.«

Moment mal. »Sie heben Gräber aus?«

»Ja. Ich bin Friedhofswärterin und Totengräberin.«

Ms Currie nimmt mich mit zur Garage, zu ihrem Schaufelbagger, und lässt mich neben sich aufsitzen. Wir fahren durch den Nebel.

»Du solltest kommen, wenn die Sonne scheint«, sagt Ms Currie. »Ist wunderschön hier. Im Sommer kommen Touristen und pausen sich die Inschriften auf den Grabsteinen der Pioniere ab.«

Bei dem Ahorn stellt Ms Currie den Schaufelbagger ab und läuft mit mir zum Grab der McTavishs. Da steht ein schlichter grauer Sandstein.

McTavish
Emily (Cole) McTavish
12. März 1899 - 24. April 1924

Geliebte Ehefrau von
Henry K. McTavish
18. Januar 1893 - 16. Februar 1952

Eltern von
Frank H. McTavish
24. April 1924 - Juni 1964

Seltsam. Auf allen Grabsteinen steht der Todestag, aber bei Jackys Vater nicht. Wenn nur der Monat seines Todes bekannt war, nicht der Tag, dann hätte er schon wochenlang tot sein können, bevor er gefunden wurde. Ich stelle mir vor, dass sein Körper auf dem Feld liegt und die Pflanzen über ihn wuchern. Ich stelle mir vor, dass die Sinclairs bei ihm an die Tür klopfen und sich wundern, warum er nicht aufmacht. Ich stelle mir vor, dass sie denken, er hat sich davongemacht, und dabei liegt er nur ein paar Hundert Yards weiter, von seinen Hunden zerfleischt. Wie viel von ihm war übrig, als er gefunden wurde?

»Alles okay bei dir?«, fragt Ms Currie.

»Doch, doch.« Nein. »Mir ist nur was aufgefallen. Die Mutter von Mr McTavish ist am Tag seiner Geburt gestorben.«

Ms Currie blickt auf die Daten. »Du guckst wirklich genau hin. Vermutlich bei der Geburt gestorben. Ist damals oft passiert.«

»Und hier steht nichts von einer zweiten Frau, also hat sein Vater nicht wieder geheiratet. Hatte er sonst keine Verwandten?«

»Nicht dass ich wüsste. Das ist eine Grabstelle für sechs Personen, es sind aber nur drei drauf.« Ms Currie hält inne. »Will ja nicht drängeln, Junge, aber ich muss mit dem Buddeln anfangen. Findest du alleine zurück?«

»Ja, danke. Ich gehe einfach den Weg da lang bis zum Hauptweg.«

»Genau.« Sie geht zu ihrem Schaufelbagger zurück. »Mach's gut!«

»Mach's besser!«, rutscht es mir raus. Das habe ich zum letzten Mal mit sechs zu meiner Grandma gesagt.

Ms Currie verschwindet im Nebel. Ich knie mich vor den Grabstein und lese noch mal die Inschrift von Jackys Vater. Er wurde 1924 geboren und ist 1964 gestorben. Da war er vierzig. So alt wie Dad. Das hier könnte Dads Grab sein.

Ich lege meine Hand auf den kalten Stein und schließe die Augen. Ich sehe das Foto, das Dad mir bei seinem letzten Besuch gegeben hat, das von ihm und mir am Strand, das Foto, das ich vor Mom und meinen Großeltern auf meinem Nachttisch verstecke. Sieht Dad noch so aus wie damals? Fragt er sich, wie *ich* jetzt wohl aussehe? Was ist, wenn er stirbt und ich ihn nie wieder sehe?

Hinter mir ist was. Ich drehe mich um. Durch den Nebel sehe ich neben einem Grabstein einen großen grauen Hund, der mich anstarrt.

Was will der von mir?

Hör auf zu spinnen. Das ist bloß ein Hund. Ein ganz gewöhnlicher Hund.

Wirklich?

Die Augen des Hundes sind eisblau. Ich presse mich mit dem Rücken an den Grabstein der McTavishs. Der Hund verschwindet im Nebel. Ich bleibe eine halbe Ewigkeit wie erstarrt an dem Grabstein stehen. Ich sehe nur noch Grabsteine, Engel und Kreuze. Ich stehe langsam auf und gehe auf den Ahornbaum zu.

Etwas folgt mir. Hinter den Steinen ist was.

Ich gehe weiter bis zum Hauptweg. Plötzlich ist er wieder da, direkt vor mir, blockiert meinen Weg: der Hund.

»Hau ab. Lass mich in Ruhe.«

Der Hund knurrt. Es ist niemand da, der mir helfen könnte. Ich denke an Mr McTavish. Dann höre ich eine weit entfernte Stimme: »Keine Angst. Der tut dir nichts. Ich passe auf.«

Der Hund läuft weg.

»Jacky?«, flüstere ich. »Bist du hier?«

»Nein. Ich bin auf dem Hof. Seit Mutter weggegangen ist, habe ich den Hof nicht mehr verlassen. Das habe ich dir doch schon gesagt.«

Ich schließe die Augen. Ich erwarte, dass ich ihn nun auf dem Heuboden oder im Wald sehe. Aber vor mir ist nur schreckliche Dunkelheit. Weil Jacky nur in meiner Einbildung existiert? Nein, er ist zu wirklich; er muss irgendwo sein. Ich fürchte mich.

»Jacky, wo bist du? Warum kann ich dich nicht sehen?«

»Darum.« Seine Stimme verändert sich, als würde er lächeln. Nur gibt es hier überhaupt nichts, was zum Lächeln wäre.

»Was ist los?«

»Nichts«, trällert Jacky. »Ich bin in meinem Geheimversteck. Da kann mich niemand sehen. Niemand.«

»Wo ist dein Geheimversteck? Wo ist es?«

»Frag Arty. Der weiß es. Er ist der Einzige, der es weiß.«

»Ich frage aber dich. Wenn du mein Freund bist, sag es mir.«

Er sagt nichts. Warum nicht? Hat er Angst? Spielt er mit mir?

Ich konzentriere mich. Wo ist es so dunkel, dass man nichts sehen kann? In der Kohlenkammer, wo ich die Zeichnungen gefunden habe? Irgendwo, wo er und Mr Sinclair gespielt haben? In der Scheune kann es nicht sein, da fällt Licht durch die Ritzen. Irgendwo im Wald?

»Jacky, gibt es bei den Steinen eine Höhle? Irgendein Loch im Boden? Ist das dein Geheimversteck?«

Neben mir knackt ein Zweig. Wer ist da? Was ist da? Ich will es gar nicht wissen.

Ich renne.

VIERUNDZWANZIG

Im Nu bin ich zurück auf der Hauptstraße. Überall Menschen und Autos. Alles ist wie immer, nur für mich nicht. Ich werde nicht mehr schlafen können, bis ich weiß, was mit Jacky passiert ist.

Ich gucke auf die Uhr. Jetzt ist es zehn. Also kann ich noch vor dem Mittagessen zur *Wochenpost* gehen. Ich weiß ja nun, dass Mr McTavish im Juni 1964 gestorben ist, und kann die entsprechenden Zeitungen aus dem Archiv bestellen. Ich werde bis zum März zurückgehen, dann werde ich etwa die Zeit erwischen, in der Jacky und seine Mutter verschwunden sind und Codys Urgroßmutter behauptet hat, Mr McTavish hätte sie ermordet.

Die *Wochenpost* befindet sich in einem alten gemauerten Gebäude mit Bogenfenstern. Als ich die Tür öffne, läutet eine Glocke. Vor mir ist ein riesiger Tresen, dahinter ein Gang, der den Raum in zwei Reihen mit Arbeitsplätzen teilt. Dahinter steht eine Druckmaschine und auf riesigen Regalen liegen Rollen von Zeitungspapier.

»Hallo? Ist da jemand?«

»Gehst du?«, ruft jemand von links.

»Hab zu tun, Gus«, ruft jemand von rechts.

»Du hast immer zu tun«, brummt Gus und schleppt sich zum Tresen. »Was kann ich für dich tun?«

Gus ist ziemlich mürrisch, hat eine Knollennase, einen dicken Bauch über tief sitzender Hose und aufgerollte Hemdsärmel. Seine Arme sehen aus wie riesige behaarte Würste. Sogar auf seinen Knöcheln sind Haare. Aus dem Zeug könnte man Perücken machen.

»Wir machen in der Schule ein Projekt in Geschichte. Ich würde gerne ein paar Zeitungen aus Ihrem Archiv ansehen.«

Gus glotzt, als wäre ich ein Außerirdischer. »Aus unserem Archiv?«

»Ja, bitte. Ich brauche die Ausgaben von März bis Juni 1964.«

»Sieht das hier aus wie ein Leseraum?«

Bitte? Muss ich mich hier von einem Typen abfertigen lassen, der in einen Zirkus gehört?

Ich setze das kitschige Lächeln auf, mit dem ich Mom immer in den Wahnsinn treibe. »Nein, Sir. Ich habe gedacht, hier wäre die *Wochenpost*. Und ich habe gedacht, die *Wochenpost* hätte Ausgaben von der *Wochenpost*. Denn ich habe gedacht, die *Wochenpost* veröffentlicht die *Wochenpost*. Oder liege ich da falsch?«

Gus stiert mich an, als wäre er total verkatert. »Da musst du in die Bibliothek.«

Die Bibliothekarin ist deutlich netter, vielleicht, weil ich seit Tagen der erste Mensch bin, den sie sieht. Sie führt mich nach hinten in den »*Wochenpost*-Raum«. Er besteht aus Regalen, die vom Boden bis zur Decke reichen. Die *Wochenpost*-Ausgaben eines Monats stecken in Holzrahmen und hängen reihenweise an den Wänden. Mitten im Raum steht ein großer Holztisch mit jeweils einem unbequemen Stuhl an jeder Seite.

Ms Browning – das steht jedenfalls auf ihrem Namensschild – findet das, was ich suche, in etwa zehn Sekunden. »Lass dir Zeit«, sagt sie fröhlich und blickt auf meinen Rucksack. »Nur zur Erinnerung: Bitte kein Essen und Trinken in der Bücherei. Und Handys bitte ausstellen, danke schön.«

Ich mache eine Riesenshow um das Ausschalten meines Handys und packe es in meinen Rucksack, in dem weder Essen noch Trinken ist. Ms Browning schwebt aus dem Raum, lässt aber die Tür offen. Ich weiß nicht, ob sie das tut, damit Luft reinkommt und ich atmen kann oder weil sie mich im Auge behalten will. Egal. Jetzt interessiert mich nur der Mord.

In den Sechzigerjahren hatte die *Wochenpost* nur zwölf Seiten. Aber von März bis Juni sind es trotzdem an die zweihundert Seiten, die ich durchsehen muss. Ich versuche, mich auf mein Thema zu konzentrieren, aber das ist nicht so leicht. Da gibt's zum Beispiel eine total abgefahrene Kolumne, die man heute so nirgends finden würde: »Was sonst noch geschah ...« Da geht's darum, wer in die Stadt kommt und Verwandte besucht, also zum Beispiel: »Was sonst noch geschah: Am Sonnabend, den 7. März, gibt Mrs Grace McKinnon ein Roastbeef-Essen für ihren Bruder Clyde Waterston, ihre Schwägerin Mrs Bess Waterston und ihre Nichten und Neffen Wilma, Bonnie und Fred Waterston, die aus Wolf Hollow stammen, aber nun in Spruce Grove, Iowa, leben.«

Dann die Anzeigen. Die Apotheke hat Brylcreem und andere Artikel für die Haare im Sonderangebot, *Kresge* bietet zwei Hula-Hoop-Reifen zum Preis von einem und bei der *Co-op* gibt's Traktoren, die man gesehen haben muss, um sie für möglich zu halten.

Nachdem ich mich ewig lang mit den ersten beiden Ausgaben beschäftigt habe, zwinge ich mich, nur noch die Überschriften zu lesen. Meistens geht's um Dinge wie: »Rollschuhbahn eröffnet Ende April«, aber auf der letzten Seite der dritten Märzwoche stoße ich auf eine Überschrift, bei der mir fast die Augen aus den Höhlen fallen:

Mann vermisst

Mrs Hannah Murphy hat ihren Cousin Mr Matthew Fraser als vermisst gemeldet. »Matthew ist vor zwei Wochen verschwunden«, hat sie der *Wochenpost* berichtet. »Aber der Polizeichef rührt sich nicht.« Der Polizeichef hat den Vorwurf zurückgewiesen. »Wir haben Mr Frasers früheren Arbeitgeber, die Wolf Hollow Klempnerei, kontaktiert«, sagte er der *Wochenpost.* »Mr Fraser hat seinen Arbeitgeber benachrichtigt, dass er die Stadt verlassen würde. Es ist zwar bedauerlich, dass er das seiner Cousine nicht mitgeteilt hat, aber doch kein Grund zu der Annahme, dass Mr Fraser irgendetwas zugestoßen sein könnte.«

Mrs Murphy! Das muss Cody Murphys Urgroßmutter sein.

In der nächsten Ausgabe ist Mrs Murphy auf der Titelseite. Sie steht vor der Polizeiwache auf einer umgedrehten Eierkiste, schreit in ein Megafon und hält ein Schild hoch, auf dem steht: »Gerechtigkeit für Matthew Fraser.« Sie sieht ziemlich verrückt aus, genauso wie Cody, als er mich geboxt hat, beide haben dasselbe eckige Gesicht, dieselben Wülste an den Augenbrauen. In dem Artikel darunter steht:

Falsche Anschuldigungen führen zur Festnahme

Am Sonnabend, den 28. März, wurde Mrs Hannah Murphy vor der Polizeiwache von Wolf Hollow wegen Erregung öffentlichen Ärgernisses festgenommen. Sie hatte polizeiliche Maßnahmen zur Auffindung ihres Cousins, Mr Matthew Fraser, gefordert, der Wolf Hollow vor etwas mehr als drei Wochen verlassen hatte.

Mrs Murphy hatte sich mit einem Megafon auf die Stufen der Polizeiwache gestellt und Mr Frank McTavish, Flurstück Nr. 4, beschuldigt, für das »Verschwinden« ihres Cousins verantwortlich zu sein.

»Auch McTavishs Frau und sein Sohn sind verschwunden. Wo sind sie?«, hatte Mrs Murphy wissen wollen. »Was hat McTavish mit ihnen gemacht?«

Nach der Festnahme von Mrs Murphy erklärte der Polizeichef den versammelten Bürgern, dass weder Mr McTavishs Frau noch ihr gemeinsamer Sohn als vermisst gemeldet seien. Mr Fraser habe die Stadt schon vor Wochen aus eigenem Antrieb verlassen.

Mrs Murphys Ehemann, Mr Reg Murphy, erfuhr erst durch die Polizei von dem öffentlichen Auftritt und der Festnahme seiner Frau. Nach einem Gespräch mit Polizeichef Cole ließ dieser die Anklage gegen Mrs Hannah Murphy fallen.

»Hannah ist wie von Sinnen, seit Matthew die Stadt verlassen hat«, erklärte Mr Reg Murphy der *Wochenpost*. »Wir warten darauf, dass Matthew sich meldet, und bitten darum, dass die Privatsphäre unserer Familie gewahrt bleibt.«

In der nächsten Ausgabe ist der Fall auf Seite zwei gerutscht.

Polizei überprüft McTavish-Hof

Am Donnerstagnachmittag statteten Polizeichef Andy Cole und ein weiterer Polizist Mr Frank McTavish auf seinem Hof im Flurstück Nr. 4 einen Besuch ab.

»Wir hatten keinerlei Grund zur Besorgnis«, sagte Polizeichef Cole, »trotzdem sind wir der Sache nachgegangen, weil wir diejenigen beruhigen möchten, die wegen der Vorgänge vor der Polizeistation in der letzten Woche Zweifel bekommen haben. Mr McTavish hieß uns auf seinem Hof willkommen. Er sagte aus, seine Frau, Mrs Evelyn McTavish, habe vor drei Wochen den Hof gemeinsam mit ihrem dreizehnjährigen Sohn verlassen. Er habe die beiden nicht als vermisst gemeldet, da sie in seinen Augen nicht vermisst seien. Nach einer Inspektion des Hofes übergab Mr McTavish der Polizei einen in Ramsay abgestempelten Brief, den ihm seine Frau zur Zeit ihres angeblichen Verschwindens geschickt hatte.

»Mrs McTavish schrieb, dass sie und ihr Sohn gemeinsam mit Mr Matthew Fraser unterwegs seien«, sagte Polizeichef Cole, »sie wollte aber wegen der Unstimmigkeiten zwischen ihr und ihrem Mann nicht sagen, wo sie sich aufhalte. Mit dem Einverständnis des Ehemanns respektieren wir diese Entscheidung.«

Mr McTavish erklärte der *Wochenpost*, dass er über den unglücklichen Schritt seiner Frau sehr erbost sei, aber nicht auf Scheidung dränge, da er auf Versöhnung hoffe.

»Was meinen Sohn betrifft – ich denke ständig an ihn«, sagte er, »aber ich meine, das Kind ist bei seiner Mutter am besten aufgehoben. Ich bin sicher, mein Sohn wird sich bei mir melden, wenn die Zeit dafür reif ist. Im Moment muss ich mich um den Hof kümmern, und ich habe weder Zeit noch Geld, den Jungen zurückzuholen und allein großzuziehen.«

Die *Wochenpost* hat auch mit Mr Sinclair gesprochen, dem Nachbarn der McTavishs. »In jeder Ehe gibt es Probleme«, sagte er. »Die McTavishs sind gute Freunde von uns und wir wünschen ihnen nur das Beste.« Mehr wollte er nicht sagen.

Die Polizei betrachtet den Fall als eine Familienangelegenheit.

Mir wird schwindelig. Wenn Mr McTavish seine Frau, Matthew Fraser und Jacky getötet hat, musste er ihre Leichen irgendwie verschwinden lassen. Der sicherste Ort wäre sein Hof gewesen. Wenn er es woanders getan hätte, hätte ihn jemand sehen können; außerdem hätte die Gefahr bestanden, dass Fremde die Leichen zufällig finden – in jedem Fall wären sie inzwischen zum Vorschein gekommen. Aber wenn er sie auf dem Hof begraben hätte, warum hat dann die Polizei nicht die frisch aufgeworfene Erde gesehen?

Also haben die Leute vielleicht doch recht. Vielleicht hat Mr McTavish sie nicht getötet. Vielleicht ist seine Frau einfach nur mit Jacky abgehauen, so wie meine Mom das mit mir gemacht hat. Ich meine, sie hat doch einen Brief geschrieben.

Aber warum sagt dann Jacky, dass seine Mutter ihn zurückgelassen hat? Warum sollte er lügen?

Ich fange an zu schwitzen. Vielleicht gibt es *ihn* gar nicht. Vielleicht gibt es Jacky nur in meiner Fantasie. In den nächsten *Wochenpost*-Ausgaben finde ich nichts mehr zum Thema. Dann schlage ich die letzte April-Nummer auf.

Hannah Murphy wegen Hausfriedensbruch und Widerstand gegen die Staatsgewalt angezeigt

Mr Frank McTavish entdeckte am Mittwochvormittag auf seinem Grundstück eine unbefugte Person und rief die Polizei. Der zu Hilfe eilende Polizist Angus Stebbing traf hinter Mr McTavishs Haus auf Mrs Hannah Murphy, die eine Schaufel mit sich führte. Als er die Frau vom Grundstück geleiten wollte, schlug sie mit der Schaufel auf ihn ein. Sie muss sich daher nicht nur wegen Hausfriedensbruchs, sondern auch wegen Widerstands gegen die Staatsgewalt verantworten.

Mrs Murphy hat gegenüber der *Wochenpost* geäußert, sie habe nach den Leichen von Mr Matthew Fraser, Mrs Evelyn McTavish und von Jacky, Ms McTavishs Sohn, gesucht. »Matthew war seit sechs Monaten mit Evelyn zusammen, und es ist mir völlig egal, wer davon erfährt«, sagte sie. »Er wollte sie aus einem Leben in der Hölle befreien, aber irgendetwas muss dazwischengekommen sein. Matthew und ich hatten keine Geheimnisse voreinander. Er hätte mit mir Kontakt aufgenommen. Er ist tot. Sie sind alle drei tot.«

Die Polizei ließ verlauten, dass der Hof von Mr McTavish gründlich durchsucht worden sei und es keinerlei Anzeichen für irgendein Verbrechen gegeben habe. »Mrs McTavish, ihr Sohn und Mr Fraser sind gemeinsam mit unbekanntem Ziel unterwegs, was ihr gutes Recht ist. Der Fall ist hiermit abgeschlossen.«

Gestern Abend wurde Mrs Murphy von ihrem Ehemann in das Wolf Hollow Sanatorium gebracht, wo sie sich jetzt erholt.

In der nächsten Ausgabe wird es richtig interessant. Es gibt zwei Artikel.

Frasers Auto gefunden

Die Polizei hat das Auto von Matthew Fraser gefunden, der vor sechs Wochen gemeinsam mit Mrs Evelyn McTavish die Stadt verlassen haben soll. Das Auto, ein 48er Pontiac, war nicht weit von hier abgestellt worden, und zwar in Ramsay, in der Elm Straße, unweit des Busbahnhofs. In Ramsay war auch der Brief abgestempelt worden, den Mrs McTavish an ihren Mann geschickt hatte.

»Mr Frasers Wagen ist beschlagnahmt worden. Mr Fraser hat einen Monat Zeit, seinen Anspruch geltend zu machen, ansonsten wird das Fahrzeug zum Verschrotten verkauft«, sagte Polizeichef

Cole. »Wir sind der Meinung, dass Mr Fraser mit seiner Begleitung nach Ramsay gefahren ist, um von dort aus mit dem Bus weiterzufahren, weil er fürchtete, in Wolf Hollow erkannt zu werden.«
Der Fahrkartenverkäufer Mr Harold Robinson meint, er habe die drei möglicherweise gesehen. Mit Sicherheit könne er das aber nicht sagen, weil in den letzten Wochen sehr viele Verwandte und Freunde durch Ramsay gekommen seien.

Neben dem zweiten Artikel ist ein ziemlich gruseliges Foto von Mr McTavish abgedruckt: Er steht vor seinem Haus und ist von einem Dutzend Kampfhunden umringt.

Bauer kauft Wachhunde

Am Freitagnachmittag sprach die *Wochenpost* mit Mr Frank McTavish auf seinem Hof im Flurstück Nr. 4. Mr McTavish war kürzlich das Ziel von haltlosen Anschuldigungen seitens Mrs Hannah Murphy gewesen, die sich gegenwärtig zur Beobachtung im Wolf Hollow Sanatorium befindet.
»Ich wusste mir nicht mehr anders zu helfen«, sagte Mr McTavish. »Meine Frau hat mich verlassen und meinen Sohn mitgenommen. Als wäre das nicht schon schlimm genug! Aber zudem werde ich noch von einer verrückten Frau verfolgt, die mich verleumdet und unerlaubt auf mein Grundstück eingedrungen ist. Damit das nicht wieder geschieht, habe ich mir die Hunde angeschafft.«
Auf die Frage, was er über Matthew Fraser wisse, den Mann, der mit seiner Frau und seinem Sohn unterwegs sei, antwortete er mit Worten, die wir in einer Familienzeitung nicht abdrucken können. Er sagte ferner: »Matthew Fra-

ser reist mit der Frau eines anderen Mannes durch die Gegend, und da wundert sich seine Cousine Hannah Murphy, dass er sich nicht bei ihr meldet. Dieser Mann hat doch weniger Schamgefühl als jeder Affe!«
Falls seine Frau die *Wochenpost* lesen sollte, möchte Mr McTavish sie hiermit wissen lassen, dass er ihr bei einer Rückkehr alles vergeben werde und dass er seinen Sohn Jacky liebe und vermisse. »Bis dahin werden meine Hunde mich trösten und beschützen.«

Im Mai und im Juni finde ich nichts. Aber Anfang Juli entdecke ich gleich auf der ersten Seite eine Überschrift.

Frank McTavish von Hunden getötet

Mr Frank McTavish, Flurstück Nr. 4, wurde von seinen Hunden getötet. Am Mittwoch wurde seine Leiche gefunden. Der Gerichtsmediziner vermutet, dass Mr McTavish irgendwann in der vergangenen Woche starb.
Mr Ian Sinclair, der Nachbar von Mr McTavish, hat den Mann identifiziert. »Da war nicht mehr viel zu identifizieren«, erklärte er der *Wochenpost*, »aber ich habe ihn an dem, was von seinem T-Shirt übrig geblieben war, erkannt. Seit seine Frau und sein Sohn ihn verlassen haben, hat Frank sehr zurückgezogen gelebt. Wir haben uns Sorgen gemacht, als unser Sohn Arty uns fragte, warum Franks Kühe nicht auf der Weide sind.«
»Wir hätten ihn ja angerufen«, sagte Mrs Sinclair, »aber Frank hatte sein Telefon wegen der vielen Drohanrufe abgemeldet. Und wegen der Hunde konnte niemand sein Grundstück betreten.«
Als McTavishs Hunde im Wald hinter ihren Feldern ih-

ren Sohn Art angriffen, alarmierten die Sinclairs die Polizei.
Die Polizei hat die Hunde sofort eliminiert und fand im Haus schließlich die Leiche von Mr McTavish. Es wird vermutet, dass die Hunde ihn totgebissen haben, als er das Haus verlassen wollte.
Mr Sinclair, der Nachlassverwalter von Mr McTavish, bemüht sich, die Witwe des Verstorbenen, Mrs Evelyn McTavish, sowie ihr Kind Jacky ausfindig zu machen. Beide hatten den Ort im März verlassen.
Mrs Hannah Murphy, deren Cousin vermutlich mit Mrs McTavish unterwegs ist, ist nach wie vor im Sanatorium und steht für einen Kommentar nicht zur Verfügung.
»Der arme Frank«, sagte Mr Sinclair. »Er hat sich die Hunde zu seinem Schutz angeschafft, aber niemand konnte ihn vor den Hunden beschützen.«

FÜNFUNDZWANZIG

Wer hätte gedacht, dass alte Zeitungen so spannend sein können? Unglaublich! Also echt! Ich würde alles dafür geben, mit Codys Urgroßmutter reden zu können, aber sie ist im Pflegeheim. Wie könnte ich es schaffen, sie zu besuchen, ohne dass ich deswegen Stress kriege?

Apropos Stress, wie spät ist es überhaupt? Ich blicke auf meine Uhr. Zwei Uhr. Ich bin so was von tot. Ich greife in meinen Rucksack. Auf dem Handy jede Menge SMS von Mom: 12:15 – ›Wo bleibst du?‹ – 12:30 – ›Wo bist du?‹ – 12:35 – ›Ruf mich an.‹ – 12:45 –›Du bist nicht im Freizeitzentrum.‹ – 1:00 – ›Du kannst dich auf was gefasst machen, Freundchen.‹ – 1:05: ›Cameron, bitte ruf an. Ich mache mir Sorgen.‹

Eine SMS schicken reicht nicht. Ich rase nach draußen und rufe sie an.

»Cameron!«

»Ich weiß ich weiß ich weiß ich weiß. Ich war in der Bibliothek. Da musste ich mein Telefon ausstellen. Und ich habe nicht auf die Uhr geguckt. Tut mir leid. Tut mir echt leid.«

»Bibliothek? Wieso warst du nicht im Freizeitzentrum?«

»Ich habe recherchiert. Und völlig die Zeit vergessen. Tut mir leid, dass ich dir das Mittagessen versaut habe.«

»Denkst du, ich konnte essen? Ich bin fast gestorben vor Sorge! Bist du noch in der Bibliothek?«

»Ja.«

»Bin sofort da.«

Die Knorrige Pinie ist eine Frittenbude mit Anspruch. Das Angebot besteht zwar im Wesentlichen nur aus Eiern zum Frühstück sowie Burgern und Tagesgerichten zum Mittag und zum Abend, aber auf den Tischen liegen karierte Baumwolldecken und Speisekarten mit Kunstledereinband. Mom und ich sitzen im hinteren Teil auf einer Eckbank mit rotem Vinylüberzug an einem Tisch mit einer ziemlich sauberen Ketchup-Flasche.

Ich weiß, dass Mom sich zusammenreißt, denn sie hat mich noch nicht angeschrien. Trotzdem fühle ich mich unwohl, denn sie ist viel zu still. Im Grunde hat sie noch gar nichts gesagt, sich nur meine endlosen Entschuldigungen angehört.

Mom bestellt sich das Hühnersalat-Sandwich, zu dem es Pommes und Cola gibt. Ich bestelle einen Cheeseburger mit Zwiebelringen. Denn Mom wird mir wie üblich ihre Cola und die Hälfte ihrer Pommes überlassen.

»Also«, sagt sie, als die Bedienung weg ist. »Was hast du in der Bibliothek recherchiert?«

»Was für meinen Aufsatz in Geschichte.«

Mom trinkt einen Schluck Wasser und stellt das Glas genau auf die Stelle mit dem Wasserring, von der sie es genommen hat – sie kann sich nicht besonders gut verstellen. »Ich weiß, dass du dich für die Eigentumsverhältnisse des Hofes interessierst«, sagt sie vorsichtig. »Du hast aber nicht über die Sinclairs recherchiert, oder?«

»Nein, nicht direkt.«

»Was heißt das, ›nicht direkt‹?«

Ich drehe mein Wasserglas zwischen Daumen und Fingern

hin und her. »In einigen Artikeln kamen die Sinclairs vor, aber eher zufällig.«

Das nimmt Mom mir nicht ab. »Mr Sinclair ist unser Vermieter. Warum der Hof in seinem Besitz ist, geht uns nichts an.« Sie sieht mich an, als müsste ich mich noch mal entschuldigen. Tue ich aber nicht. »Du willst das in deinem Aufsatz doch nicht erwähnen, oder?«

»Wahrscheinlich nicht.«

»Cameron. Versprich mir, dass du nichts über Mr Sinclair schreiben wirst«, sagt sie, und es folgt wie immer bei solchen Gelegenheiten eine Ansprache zum Thema »anständiges Benehmen«: Sie erklärt mir, warum ich nicht über die Sinclairs tratschen darf, warum ich immer dort zu sein habe, wo ich hatte hingehen wollen, und warum ich pünktlich sein soll. Es fallen jede Menge Worte wie Vertrauen, Respekt, Privatsphäre, Loyalität, Integrität und Verantwortungsbewusstsein, aber ich höre eigentlich nur *bla, bla, bla.*

Für mich ist das kein Problem, denn solange ich nicke und ein ernstes Gesicht mache, kann ich mich in meine Gedanken zurückziehen und über wichtigere Dinge nachdenken, zum Beispiel, ob ich wegen der Morde Polizeichef Cole oder Codys Urgroßmutter glauben soll.

Wahrscheinlich hat der Polizeichef recht. Matthew Fraser hat seinem Arbeitgeber gesagt, er würde die Stadt verlassen, und da Mrs McTavish vor einem gewalttätigen Ehemann floh, hatte sie allen Grund, niemandem zu sagen, wohin sie mit ihrem Kind ging. Außerdem sah Codys Großmutter wirklich so aus, als hätte sie nicht alle Tassen im Schrank.

Langsam. Klar, es ist ziemlich daneben, auf einen Polizisten einzuprügeln. Aber wenn ich denken würde, ein Cousin von mir wäre ermordet worden, würde ich dann nicht alles tun, um die Wahrheit rauszufinden? Und dabei vielleicht genauso verrückt aussehen?

Schön. Aber da ist ja noch der Brief von Mrs McTavish, dass sie ihren Mann verlassen hat, zusammen mit Jacky.

Na und? Mr McTavish hätte sie zwingen können, den Brief zu schreiben. Er hätte ja sagen können, er bringt sie um, wenn sie es nicht macht.

Hätte sie ahnen können, dass er das sowieso vorhat?

Wenn mir jemand die Pistole an den Kopf setzen würde, täte ich alles, um Zeit zu gewinnen. Außerdem kann es ja sein, dass er sie geschlagen hat, bis sie endlich den Brief schrieb, oder dass er ihr gedroht hat, Jacky umzubringen. Mom würde alles tun, wenn Dad drohen würde, mich umzubringen.

Gut. Also, sie schreibt den Brief, und als Matthew Fraser kommt, um sie und den Jungen abzuholen, tötet Mr McTavish alle drei.

Genau. Dann wartet er, bis es dunkel wird, und fährt Mr Frasers Auto nach Ramsay, lässt es dort in der Nähe des Busbahnhofs stehen, wirft den Brief in den Kasten und läuft nach Hause. Vor Sonnenaufgang ist er zurück. Und als das Auto gefunden wird, ein 48er-Modell, eine Schrottkiste, denken alle, die beiden haben es stehen gelassen und sind mit einem Bus weitergefahren.

Aber Mr McTavish hätte immer noch die Leichen am Hals.

Wenn er sie vom Hof weggebracht hätte, wären sie vermutlich längst gefunden worden. Aber die Polizei hat das Grundstück abgesucht und gesagt, der Boden sei unversehrt gewesen. Außerdem war es März, da war der Boden bestimmt noch gefroren. Wo hat er sie also hingebracht? Und was war mit Jacky? Er sagt, seine Mutter ist ohne ihn weggegangen und Art hat ihn danach noch gesehen.

Also hat sein Vater vielleicht nur seine Mutter und Mr Fraser getötet und Jacky am Leben gelassen.

Aber wenn Jacky am Leben war, warum wurde er nicht gefunden, nachdem die Hunde seinen Vater getötet hatten?

Selbst wenn die Hunde Jacky auch erwischt hätten, dann wären doch seine Knochen gefunden worden? Wenigstens seine Davy-Crockett-Mütze?

»Cameron?«, sagt Mom. »Mit wem redest du?«

»Was?«

Die Kellnerin stellt unser Essen auf den Tisch. »Bitte sehr! Guten Appetit!«

»Danke«, sagt Mom, ohne den Blick von mir zu wenden. Die Kellnerin verschwindet. »Ich habe mit dir gesprochen, Cameron«, fährt sie fort, beherrscht, angespannt. »Plötzlich haben sich deine Lippen bewegt, so wie neulich Abend, als wir miteinander geredet haben. Wo warst du? Mit wem hast du gesprochen?«

»Mit niemandem. Ich war hier. Ich habe zugehört. Du hast über Integrität und Verantwortungsbewusstsein gesprochen.«

»Und worüber noch?«

»Pünktlichkeit.«

Mom starrt mich an, als wäre sie meine Lehrerin und ich wäre gerade durch eine Prüfung gefallen und sie wäre sehr enttäuscht. »Du hast mit Mr Sinclair geredet, oder?«

»Nein.«

»Du hast ihn gefragt, wie er an den Hof gekommen ist.«

»Es hatte überhaupt nichts mit ihm zu tun.«

»Womit dann?«

»Du flippst aus.«

»Nein.«

Wirst du wohl. »Versprochen?«

»Versprochen.« Mom drückt ihre Hände auf die Tischplatte, damit sie auch wirklich nicht ausflippt.

»Okay. Aber denk an das, was du über Vertrauen gesagt hast.« Ich hole tief Luft. »Erinnerst du dich an den Jungen, der mich verprügelt hat?«

»Du hast dich mit *ihm* unterhalten?«

»Nein. Seine Urgroßmutter denkt, dass der Mann, dem unser Hof gehört hat, der Mann, der von seinen Hunden getötet wurde – sie denkt, dass der Mann seine Frau, seinen Sohn und den Geliebten seiner Frau getötet hat. Ich habe überlegt, ob er seine Frau gezwungen haben könnte, den Brief an ihn zu schreiben, bevor er sie getötet hat, und wo er die Leichen versteckt haben könnte und so was.«

Mom starrt mich an, als wäre ich ein Außerirdischer.

»Du hast versprochen, dass du nicht ausflippst.«

»Ich flippe nicht aus.« Mom drückt ihre Finger so fest auf die Tischplatte, dass ihre Nägel weiß werden. »Aber du weißt schon, dass das nicht so wirklich gesund ist, oder?«

»Du meinst, krank?«

»Gut, dann eben krank. Du stößt auf eine alte Geschichte, und statt darüber zu lachen – was normal wäre –, tust du so, als wäre sie wahr, malst dir Gewalt und Horror aus, statt dich im Hier und Jetzt an einem schönen Mittagessen zu erfreuen. Das ist beunruhigend, Cameron.«

Ich schlage mit der Hand auf den Tisch. »Siehst du, genau deswegen erzähle ich dir nie was. Du versprichst, dass du nicht ausflippst, und dann tust du es doch. Ist doch nicht meine Schuld, dass ich mir Dinge ausmale oder dass ich mit mir selber spreche. Wenn ich das ganze Zeug in meinem Kopf drinlassen würde, würde er platzen.«

»Cameron«, sagt Mom leise. »Bitte schrei nicht so. Die Frau zwei Tische hinter dir guckt schon.«

Ich drehe mich um. »Hey, habe ich mit Ihnen gesprochen?«

Die Frau beugt sich über ihren Kaffee, als würde ich sie gleich mit einem Löffel angreifen oder so was.

»Tut mir leid, das meint er nicht so«, sagt Mom zu der Frau und schießt sich dann wieder auf mich ein. »Cameron, wir müssen wirklich ernsthaft miteinander reden, aber nicht hier, nicht jetzt. Iss deinen Burger auf. Ich muss zurück ins Büro. Wir sehen uns um fünf. Sei pünktlich.«

SECHSUNDZWANZIG

Zehn vor fünf bin ich im Büro. Mom macht ihre Arbeit fertig, wir verabschieden uns von Ken und fahren nach Hause. Ich sage, dass mir das im Restaurant leidtut, vor allem, dass ich die Frau so angemacht habe, und sie sagt, gut, aber das dürfe nicht wieder vorkommen. Dann lächelt sie und sagt, sie freut sich, dass ich so fleißig für meinen Aufsatz arbeite. »Du gibst dir offenbar wirklich Mühe, aber bitte, achte das nächste Mal auf die Uhr.«

Ich lächele und nicke und sage irgendwas, bin aber hauptsächlich damit beschäftigt, die Gedanken an den Friedhof zu verscheuchen. Immer wieder sehe ich den Hund aus dem Nebel auftauchen und überlege, wo Jackys dunkles, geheimes Versteck sein könnte. Das geht den ganzen Tag so. Aber immer noch besser als das, was nach dem Schlafengehen passiert. Der Albtraum dieser Nacht ist so was von wirklich.

Ich träume, dass ich aufwache und jemand in meinem Zimmer ist.

»Wer ist da?«

»Psst. Alles gut, Kumpel. Ich bin's.«

Dad. Ich fahre hoch und sitze aufrecht im Bett. »Dad, was machst du hier?«

»Ich wohne hier.«

»Weiß Mom das?«

»Deine Mom ist weg.«

»Weg? Wohin?«

»Rate mal.« Stille, abgesehen von dem Geräusch seines Atmens. »Ich habe eine Überraschung für dich.«

»Was für eine Überraschung?«

»Wirst schon sehen.« Jetzt kommt Dads Stimme vom Flur. »Komm mit, Jacky.«

»Ich bin nicht Jacky. Ich bin Cameron.«

»Wie du willst, Kumpel.«

Auf meinem Nachttisch steht eine Kerze. Ich zünde sie an. Schatten tanzen durch mein Zimmer. Nichts von den Sachen hier gehört mir. An der Wand und an der Decke hängen Bilder von Hunden. Irgendwas kitzelt an meinem linken Ohr; es ist der Waschbärenschwanz von der Mütze auf meinem Kopf.

»Hier lang«, ruft Dad.

Ich nehme die Kerze mit in den Flur. Er ist lang und dunkel.

»Hier bin ich. Hab keine Angst, Kumpel, ich tu dir nichts.«

Ich folge Dads Stimme im Flur, eine halbe Ewigkeit lang. Schließlich komme ich zum großen Zimmer über der Küche und gehe hinein. Es ist leer. Die Falltür zum Boden ist offen. Darunter steht eine Leiter.

»Ich bin hier oben, Kumpel.«

Ich klettere hinauf ins Dunkle, mit der einen Hand halte ich mich fest, mit der anderen die Kerze. Als ich fast oben bin, packt mich Dad unter den Achseln, zieht mich hoch auf den Dachboden und schwingt mich im Kreis herum, immer wieder. »Ist das schön, Kumpel?« Meine Kerze geht aus.

»Dad! Hör auf!«

Er stellt mich ab. Eine Petroleumlampe leuchtet auf; er hält sie in der Hand. Aber es ist gar nicht Dad. Es ist Mr McTavish. »Überraschung!«

Ich schreie.

»Deine Mom hat dich gar nicht verlassen«, sagt Mr McTavish grinsend.

»Cameron!« Das ist Mom. Ihre Stimme ist hinter mir. Ich wirbele herum. Aber ich sehe nicht Mom, sondern Mrs McTavish. Sie ist in Plastik eingeschweißt und hängt mit einer Schlinge um den Hals an einem Balken.

»Cameron!«

Ich schreie wieder – denn es hängt noch ein Körper neben ihr, ein Mann.

»Cameron! Wach auf!«

Plötzlich bin ich in meinem Bett. Das Licht ist an. Mom schüttelt mich. »Wach auf, Cameron! Wach auf!«

»Mom!« Ich drücke mich an sie.

»Cameron!« Sie streicht mir übers Haar. »Was um Himmels willen hast du geträumt?«

»Ich weiß es nicht mehr.«

Das ist eine Lüge. Ich weiß es, aber ich kann es nicht *sagen*. Die Wahrheit ist zu gruselig. Was ich geträumt habe, war mehr als ein Traum. Es war eine Nachricht von Jacky. Er hat mir sein Geheimversteck gezeigt. Und er hat mir gezeigt, wie er und die anderen da hingekommen sind.

SIEBENUNDZWANZIG

Am Morgen ist mir alles glasklar. Mr McTavish hat herausgefunden, dass seine Frau ihn wegen Matthew Fraser, dem Cousin von Codys Urgroßmutter, verlassen wollte. Er wartete, bis Jacky in der Schule war, dann zwang er Jackys Mutter, den Brief zu schreiben, in dem sie ihm mitteilt, dass sie mit Mr Fraser und Jacky weggeht. Nachdem sie das geschrieben hatte, hat er sie umgebracht.

Als Mr Fraser kam, hat Mr McTavish auch ihn getötet. Er versteckte dessen Wagen in der Scheune, wickelte die Leichen in Plastik ein und hängte sie auf den Dachboden. Als Jacky nach Hause kam, sagte ihm sein Vater, seine Mutter hat sie beide verlassen. Und er, Jacky, darf ab sofort nicht mehr vom Hof gehen oder sich mit irgendjemandem treffen, sonst würde etwas Fürchterliches geschehen. Jacky hatte solche Angst vor seinem Vater, dass er gehorchte. An dem Abend fuhr Mr McTavish Mr Frasers Auto nach Ramsay, warf den Brief ein und war bei Sonnenaufgang wieder zu Hause.

Zwei Wochen später ist Codys Urgroßmutter durchgedreht. Um sie zu beruhigen, ist die Polizei zu Mr McTavish gefahren. Wirklich durchsucht haben sie seinen Hof aber nicht, denn sie dachten ja, alles wäre in Ordnung: Mr Fraser hatte seinem Boss gesagt, er würde die Stadt verlassen, und Mr McTavish konnte den Brief seiner Frau vorweisen.

Aber Codys Urgroßmutter hat nicht aufgegeben. Mr McTavish hat sich Wachhunde besorgt, um die Frau fernzuhalten, aber da musste er schon begriffen haben, dass er Jacky nicht für immer verstecken konnte – denn Jackys Freund Art wohnte ja auf dem Hof nebenan und Kinder können sehr neugierig sein –, also rief er Jacky zum Dachboden hoch, wo er ihn auch tötete. Jacky hat die Leichen von seiner Mutter und von Mr Fraser gesehen – das ist der Teil, über den Jacky nicht redet, das ist der Teil, den er ausschalten will.

Jedenfalls hatte Mr McTavish jetzt drei verpackte Leichen auf dem Dachboden, dem Geheimversteck von Jacky, wo es so dunkel ist, dass niemand was sehen kann. Mr McTavish versiegelte die Falltür mit Nägeln und Farbe. Das und die Plastikhüllen sollten dafür sorgen, dass von den Leichen kein Gestank ausströmt. Aber im Grunde brauchte sich Mr McTavish darüber keine Sorgen zu machen. Er war immer ein Einzelgänger gewesen – selbst seine besten Freunde, die Sinclairs, hielten ihn für seltsam – und wegen der Wachhunde kam ihn sowieso niemand besuchen.

Alles perfekt. Mr McTavish wird nicht erwischt. Aber eines Tages, als er die Tür öffnet, um aus dem Haus zu gehen, wird er von seinen Hunden getötet. Nach einiger Zeit wird Mr McTavishs Leiche gefunden und damit erklärt sich jeder Gestank auf dem Hof. Die Sinclairs schließen das Haus zu und beackern die Felder. Als Mr Sinclair in Jackys Elternhaus zieht, sind zehn Jahre vergangen und die Leichen sind vertrocknet.

Und damit hatte sich die Geschichte. Bis ich kam und Jacky begegnet bin. Aber wer würde mir schon glauben? Ich könnte die Tür zum Dachboden mit einem Hammer öffnen. Aber wenn ich mich nun irre? Mom hält mich so schon für verrückt. Vielleicht steckt sie mich in eine Anstalt, zu meinem eigenen Schutz, so wie sie es mit Codys Urgroßmutter gemacht haben.

Nein. Bevor ich irgendwas sage, muss ich tausend Prozent sicher sein. Und da gibt es eine Möglichkeit: Der Mann, der in meinem Traum neben Mrs McTavish hing, hatte eine hohe Stirn, einen schmalen Kiefer, einen dunklen Bürstenschnitt und hellblaue, vor Schreck weit aufgerissene Augen. In der *Wochenpost* waren keine Fotos von Mr Fraser; ich habe ihn nur in meinem Traum gesehen. Also, wenn er tatsächlich so ausgesehen hat, dann war mein Traum wahr.

Und wie soll ich das rausfinden? Genau, ich muss mit Hannah Murphy reden, Codys Urgroßmutter. Alte Leute vergessen leicht Sachen, die gerade passiert sind, aber an früher sollen sie sich gut erinnern. Mrs Murphy hatte eine sehr gute Beziehung zu ihrem Cousin, sie wird bestimmt noch wissen, wie er ausgesehen hat.

Aber wie kann ich sie fragen? Ich kann ja schließlich nicht einfach so in ihr Zimmer im Pflegeheim marschieren. Plötzlich weiß ich die Lösung: Benjie!

Als ich Montagmorgen in den Bus steige, bellen mich Cody und seine Jungs an, aber viel mehr machen sie nicht. Selbst Cody ist so schlau, nach dem Schulverweis nicht allzu viel zu riskieren. Als Benjie einsteigt, fragt er mich, wie ich meine freien Tage verbracht habe, und ich erzähle ihm, wie toll das war – nonstop fernsehen und Computerspiele spielen. Dann erkundige ich mich nach seinem Wochenende, weil ich weiß, dass er wieder von seinem Grandpa erzählen wird, den er sonntags im Pflegeheim besucht. Und so kommt es auch. »Ich will ja nicht gemein klingen, aber es war so was von langweilig und meine Sonntagshosen haben gejuckt.«

Ich nicke und atme betont anteilnehmend aus. Meinen

ersten Seufzer nimmt Benjie nicht wahr. Also seufze ich immer wieder, bis es klingt, als wollte ich mich für einen Oscar in der Kategorie *bester Darsteller von Betroffenheit* bewerben.

»Was hast du denn?«, fragt er.

Ich atme tief ein, als würde mir innen drin was wehtun, ich es aber tapfer ertragen. »Meine Mutter denkt, mein Großvater kann nicht mehr für sich selbst sorgen«, lüge ich. »Sie redet davon, dass sie ihn herholen und im Pflegeheim unterbringen will. Aber so wie das bei dir klingt …«

»Mann, das tut mir leid. Mach dir keine Sorgen. Das Heim ist okay. Echt.«

Ich zucke die Achseln, so richtig niedergeschlagen, und blicke auf meine Schuhe. »Du hast leicht reden.«

»Im Ernst. Guck's dir doch an.«

»Wie denn?«

»Bist du blöd oder was? Ich hab dir doch gesagt, ich gehe mittwochs nach der Schule zu meinem Grandpa und treffe mich da mit meinem Vater, wenn der von der Arbeit kommt. Wenn du willst, nehme ich dich mit und zeig dir alles. Deine Mutter kann dich ja dann abholen.«

»Echt? Du würdest mich mitnehmen?«

»Klar. Kein Problem.«

Mrs Murphy, ich komme.

ACHTUNDZWANZIG

In den nächsten Tagen bin ich drauf wie ein Toilettendeckel, mal oben, mal unten. Wenn ich wirklich ins Pflegeheim komme, wie werde ich dann Benjie los, damit ich mit Mrs Murphy reden kann? Was soll ich zu ihr sagen? Und wenn sie nun nicht allein ist? Oder - noch schlimmer - wenn Cody reinplatzt, während ich da bin?

Ich möchte mit Jacky darüber reden. Klappt aber nicht. Zwar beobachtet er mich überall im Haus, die ganze Zeit, aber ich kriege ihn nicht zu fassen. Zum Beispiel ist er an meiner Zimmertür, aber kaum blicke ich von meinem Schreibtisch auf, ist er weg. Vor dem Fernseher passiert genau dasselbe: Jacky ist hinter dem Ledersessel in der Ecke und starrt mich an, aber sobald ich zu ihm rübergehe, ist er weg.

»Was willst du denn, Jacky?«, flüstere ich so leise, dass Mom mich nicht hört. »Ich mach das doch für dich. Wenn du das nicht willst, warum hast du mir dann diesen Traum geschickt?«

Vielleicht bin ich zu direkt. Es muss schwer für ihn sein, sich das alles anzuhören, vor allem, wenn er sich der Wahrheit nur annähern kann, indem er sie mir als Traum schickt.

Am Dienstag fragt Mom mich, warum ich so nervös bin.

»Wieso? Mir geht's gut«, sage ich. Von wegen.

Schon komisch, das mit der Zeit. Erst scheint es bis zur Begegnung mit Mrs Murphy noch ewig zu dauern, aber plötzlich ist es Mittwoch, die Schule ist aus und ich bin mit Benjie auf dem Weg zu ihr. Er redet in einer Tour über Schule und Lehrer und Eltern und Mädchen, über einfach alles, was ihm gerade durch den Kopf geht. Er braucht bloß den Mund aufzumachen, schon strömen die Worte aus ihm heraus. Es ist gemein, aber ich wünschte, er würde die Klappe halten, damit ich mich auf das konzentrieren kann, was vor mir liegt.

Nachdem wir ein paar Straßen überquert haben, kommen wir zu einem großen Grundstück mit einer prächtigen Tafel davor: Wolf Hollow Seniorenresidenz, Pflege in Gemeinschaft.

»Also, hier ist es«, sagt Benjie.

Ich zögere. »Glaubst du, Cody könnte hier aufkreuzen?«

Benjie seufzt. »Entspann dich. Cody kommt meistens am Wochenende, zusammen mit seinen Großeltern. Denn wenn er alleine kommt, will seine Urgroßmutter, dass er sie mit nach Hause nimmt. Ich habe gehört, wie sie darum gebettelt hat, auf dem Flur und im Gemeinschaftsraum. Ganz schön peinlich. Und Cody muss jedes Mal weinen. Aber sag ihm bloß nicht, dass ich dir das erzählt habe, sonst bringt er mich um.«

»Cody weint?« Irgendwie hilft mir das, ich fühle mich besser.

Wir gehen die Auffahrt hoch. Das Heim ist mehr oder weniger modern, das heißt, es ist weder nagelneu und wie gelackt noch uralt und gruselig. Links vom Gebäude befindet sich ein umzäunter Garten mit Tischen und Stühlen, wo bei schönem Wetter Familien mit ihren Angehörigen sitzen können.

»Zum Türöffnen musst du einen Code eingeben, also, das gilt für alle Türen«, sagt Benjie. »Damit die Verrückten nicht abhauen.«

»Woher weißt du, welcher Code gilt?«

»Kein Problem. Der Code steht direkt daneben. Demente Leute raffen das nicht.«

Ich zittere. Ob ich jemals an einem solchen Ort leben werde?

Ich kann mir kaum vorstellen, zwanzig zu sein. Und was wird mit Mom? Mit Grandpa und Grandma?

Benjie tippt den Code ein. Die Glastüren gleiten auf und wir betreten die Eingangshalle. Nicht schlecht. Der Raum ist hoch, es gibt viel Licht, viele Pflanzen und eine mit Blumen geschmückte Empfangstheke, auf der ein schlafender, rostrot getigerter Kater liegt – Mr Muffin.

»Hi, Brenda«, sagt Benjie zu der Frau hinter dem Tresen und trägt sich in die Besucherliste ein.

»Du schon wieder«, neckt ihn Brenda. »Wie läuft's in der Schule?«

»Wie immer. Das ist mein Freund Cameron. Ich will ihn mit zu Grandpa nehmen, weil sein Grandpa vielleicht auch hierherziehen will.«

»Hier, dann nimm das mal für ihn mit«, sagt Brenda und reicht mir eine Broschüre.

»Danke.« Ich falte sie in der Mitte, stecke sie in meine hintere Hosentasche und will mich auch eintragen. Benjie streichelt Mr Muffin. Moment mal. Wenn nun Cody kommt und meinen Namen sieht und wissen will, was ich hier mache?

Als würde Cody die Besucherliste lesen. Sei doch nicht blöd.

Ob blöd oder nicht, ich kritzele meinen Namen jedenfalls so, dass niemand ihn entziffern kann. Dann gehen Benjie und ich einen Flur entlang, der so breit ist, dass zwei Rollstühle aneinander vorbeipassen. Wir überholen Leute, die an Stöcken oder Rollatoren gehen oder einfach dastehen und sich am Handlauf festhalten.

Eine Frau in getupfter Bluse und Trainingshosen, ungefähr so alt wie Grandma, kommt uns entgegen. »Die sind heute ganz schön munter, was? Aber was soll man machen?«, sagt sie und geht weiter.

»Margaret denkt, sie arbeitet hier«, flüstert Benjie.

Wir durchqueren einen großen, offenen Bereich. Alte Leute hocken auf Sofas und starren in die Gegend, sitzen an Tischen und spielen Karten oder hängen vor dem Fernseher neben dem Klavier.

»Hier gibt's Malkurse oder Singstunden«, sagt Benjie. »Oh, das hier ist die Tür zum Speisesaal und da drüben ist die Kapelle. Und hier ist die Station von Grandpa. Manche Leute sind klar im Kopf, andere nicht. Die Stationen sind gemischt, bis auf die Demenzstation, da sind nur Leute, die nicht mehr wissen, wie man spricht oder wie man geht.«

»Gruselig.«

»Stimmt. Aber alles andere ist doch nett, oder? Ich meine, wenn man alt ist. Mom sagt, am besten ist, dass es nicht nach Pisse stinkt.«

Wir gehen den Flur entlang. Es gibt hauptsächlich Einzelzimmer, nur ein paar Doppelzimmer. Neben jeder Tür hängt ein Schild mit dem Namen des Bewohners oder der Bewohnerin und eine kleine Glasvitrine mit Fotos und Nippsachen. Ich nehme an, damit die Alten ihr Zimmer wiederfinden. Wir kommen an Mrs Hilda Green vorbei. An Mr James Hardy. An Mrs Hannah Murphy.

Hannah Murphy. Mein Herz macht einen Satz. In ihrer Vitrine steht ein Foto von Cody und seinen Eltern. Im Vorbeigehen sehe ich eine winzige Frau in einem Morgenrock, die am Fenster steht und in den Hof hinunterblickt.

Ein paar Türen weiter sagt Benjie: »Hier ist Grandpas Zimmer.« In seiner Vitrine stehen Familienbilder, eine Plakette vom Gesundheitsverein und ein kleiner Traktor aus Messing.

Benjies Grandpa sitzt aufrecht in einem verstellbaren Krankenhausbett mit Gittern an der Seite. Benjie sagt Hallo, stellt mich vor und wir ziehen uns Stühle ran. Der Großvater hebt seine Hand ein paar Zentimeter und macht ein Geräusch, das vielleicht heißen soll: »Benjie, wie geht's dir? Schön, dass du da bist.« Schwer zu sagen.

Benjie nimmt seine Hand und redet mit ihm. Ich habe ein total schlechtes Gewissen: Weil ich so tue, als wäre ich Benjies Freund, und weil ich so fies über ihn gedacht habe. Er ist echt nett. Würde ich meinen Großvater zweimal in der Woche besuchen, wenn er hier wäre? Ich hoffe, ja, aber sicher bin ich mir nicht. Auch kein gutes Gefühl.

Nach einer Weile fällt sogar Benjie nicht mehr ein, was er noch sagen könnte. Wir sitzen neben seinem Großvater und gucken uns einfach an. Schließlich gibt der Großvater ein Geräusch von sich. »Fernsehen?«, fragt Benjie. Sein Großvater hebt einen Finger, was wohl ja bedeutet. Benjie nimmt die Fernbedienung vom Nachttisch und klickt in Richtung Fernseher, der hinter dem Bett steht.

Die Gelegenheit ist günstig.

»Ich glaube, ich geh dann mal«, sage ich zu Benjie. »Vielen Dank, dass du mir alles gezeigt hast.«

»Gerne«, sagt Benjie und zappt weiter. »Denk dran, dich auszutragen.«

»Mach ich.« Ich wende mich an seinen Großvater. »War schön, Sie kennengelernt zu haben, Mr Dalbert.« Der Großvater macht ein Geräusch. Ich verstehe nicht, was er sagt, also lächele ich nur und nicke. »Tschüss dann.«

»Ja, tschüss. Bis morgen«, sagt Benjie. Sein Blick klebt am Bildschirm, es läuft eine Sportsendung.

Ich verdrücke mich rückwärts in den Flur und schleiche zu Mrs Murphys Zimmer. Als ich vor ihrer Glasvitrine stehe, gerate ich in Panik. Was mache ich hier? Wenn das jemand rauskriegt?

Wer schon? Benjie hängt vor dem Fernseher. Und da wird er auch noch die nächste Stunde bleiben, bis sein Dad ihn abholt.

Und das Personal?

Ich habe mich eingetragen. Wer mich sieht, hält mich für einen Besucher.

Und wenn Mrs Murphy es jemandem sagt?

Wer sagt denn, dass sie sich überhaupt erinnern wird? Außerdem kann ich ihr ja einen falschen Namen sagen.

Und wenn Cody kommt?

Wie wahrscheinlich ist das denn? Benjie sagt, der kommt nur am Wochenende.

Woher weiß Benjie das? Der ist doch nicht jeden Tag hier. Jetzt mal im Ernst. Cody bringt mich um. Das ist es nicht wert. Bloß weg hier.

Nein. Nur so kann ich rauskriegen, ob der Mann in meinem Traum Mrs Murphys Cousin war. Wenn er es war, dann ist der Traum real und dann gibt es auf dem Dachboden Leichen. Das zu wissen ist nun wirklich wichtiger als alles andere.

Ich klopfe vorsichtig an und betrete Mrs Murphys Zimmer.

NEUNUNDZWANZIG

Mrs Murphy sitzt auf ihrem Stuhl und dreht sich um. Ihr Haar ist weiß und ihre Haut faltig, aber sie hat immer noch dasselbe eckige Gesicht und dieselben Wülste an den Augenbrauen wie auf dem Foto in der *Wochenpost*.

»Was willst du?«, faucht sie. Jähzorn scheint ein Familienmerkmal zu sein.

»Ich will gar nichts. Ich möchte nur mit Ihnen reden.«

Sie umklammert den Stock auf ihrem Schoß. »Wer sagt denn, dass ich reden will?«

»Ich bin ein Freund von Ihrem Urenkel Cody«, lüge ich.

»Cody.« Ein Licht geht an und Mrs Murphy strahlt über das ganze Gesicht. »Du bist ein Freund von Cody?«

»Ja. Ich soll Sie von ihm grüßen.«

»Ach so ... Na, dann komm mal rein.« Ihre Hand weist auf den Stuhl neben ihr.

Ich blicke mich um – ein ganzes Leben in einem Zimmer. Überall Familienfotos, auf dem Teewagen, auf dem Regal. An der Wand hängen ein Flickenteppich (hat sie ihn selbst gemacht?) und ein Gemälde von einem Bauernhof (war das ihrer?), auf ihrem Kissen liegt ein altes Plüschtier, ein gehäkeltes Lamm.

Mrs Murphy blinzelt mich an, als versuchte sie, sich daran zu erinnern, wer ich bin und warum ich hier bin, traute sich aber nicht zu fragen.

»Also«, sage ich und helfe ihr auf die Sprünge. »Ich soll Sie von Cody grüßen.«

»Cody. Das ist nett. Er ist ein besonderer Junge, nicht wahr? Mein kleiner Cody.«

»Mir gefällt das Foto von Cody, das Sie in Ihrer Flurvitrine haben. Ich wette, er ist hier auch auf vielen Fotos.«

»Oh ja, ich habe viele Fotos von Cody.«

»Kann ich sie mir mal angucken?«

Sie nickt und ich gehe dichter an die Bilder heran, tue so, als suchte ich Cody, dabei halte ich nach dem Gesicht Ausschau, das ich in meinem Traum gesehen habe, dem Gesicht ihres Cousins Matthew Fraser. Er könnte auf einer dieser körnigen, verblichenen Farbaufnahmen aus den frühen Sechzigern sein oder auf einem der Schwarz-Weiß-Fotos, als Kind, vielleicht zusammen mit anderen Kindern, Cousins und Cousinen bei einem Familienausflug. Wo auch immer, es wird schwer sein, ihn zu finden.

»Das sind tolle Bilder«, sage ich und setze mich wieder. »Ich mag die von Ihnen und Ihren Eltern, den Kindern und den Enkeln.« Ich habe keine Ahnung, ob solche Bilder dabei sind, aber ich bin mir ziemlich sicher. Und genauso sicher bin ich mir, dass sie mir nicht widersprechen wird, falls ich mich irre.

»So viele Kinder.« Mrs Murphy nickt zufrieden. »So viele Kinder.«

»Da hatten Sie bestimmt viele Cousins.«

»Oh ja.«

»Können Sie mir die zeigen?«

Sie überlegt einen Moment. »Ich fürchte, meine Augen sind nicht mehr so gut.«

Ich habe noch eine andere Idee. »Ich habe einen Lieblingscousin«, sage ich locker. »Hatten Sie auch einen Lieblingscousin?«

»Bestimmt.«

»Mein Lieblingscousin hieß Aaron. Wissen Sie noch, wie Ihrer hieß?«

»Ja.«

»Wie denn?«

Mrs Murphy hält inne. »Ach, na ja.« Sie zwinkert mir zu, als hätte sie mir einen Witz erzählt und ich müsste jetzt darauf reagieren. Warum sagt sie nicht Matthews Namen? Vielleicht hat sie ihn vergessen und möchte nicht, dass ich das merke.

Ich gebe ihr einen Tipp. »Ich habe gehört, Sie hätten einen tollen Cousin gehabt, der Matthew hieß.«

»Matthew.« Ihre Augen verdunkeln sich.

»Ja. Matthew Fraser.«

Mrs Murphy legt den Finger über ihre Lippen. »Reg sagt, ich komme nächste Woche nach Hause. Ich darf nicht über Matthew reden.«

Reg. Der Name ihres Mannes aus der *Wochenpost*. Ich bin ziemlich sicher, dass er tot it. Denkt Mrs Murphy, sie ist noch im Sanatorium?

»Reg hat recht, wir sollten nicht über Matthew reden.« Ich nicke ernsthaft. »Aber ich glaub schon, dass wir darüber reden können, wie er aussah.«

»Nun, Matthew hat wie Matthew ausgesehen.«

»Ich weiß. Aber könnten Sie ihn beschreiben?«

Mrs Murphy erstarrt. »Warum?«

»Einfach so.« Zeit für einen frohen Gedanken. »Ich kenne Ihren Urenkel Cody. Ihr Hof ist nur ein bisschen weiter außerhalb als unserer.«

»Du wohnst auf einem Hof in unserer Nähe?«

»Ja. Neben den Sinclairs.«

»Auf dem McTavish-Hof!« Mrs Murphy stößt mit ihrem Stock auf den Boden. »Frank McTavish hat Matthew umgebracht.«

»Psst, Mrs Murphy. Psst!«

Sie steht mit einem Ruck auf und hebt den Stock. »Sag nicht, dass ich still sein soll!«, schreit sie. »Ich weiß, was ich weiß.«

Ich springe auf und hebe die Hände. »Schon gut, Mrs Murphy. Ich weiß Bescheid.«

»Lüg mich nicht an! Denkst du, ich habe den Verstand verloren? Ich bin nicht verrückt.«

»Mrs Murphy, bitte!«

»Wer bist du überhaupt?« Sie macht einen Schritt auf mich zu. »Du bist kein Arzt.«

Ich weiche zurück. »Ich bin ein Freund von Ihrem Urenkel Cody.«

»Lügner!« Sie schwingt ihren Stock. »Cody ist ein Baby.«

»Mrs Murphy, bitte. Ich bin doch bloß der Junge, der auf dem Hof wohnt.«

»*DER EINZIGE JUNGE AUF DEM HOF IST JACKY! ER IST TOT! SIE SIND ALLE TOT!*« Wieder schwingt sie ihren Stock. Er stößt an die gerahmten Fotos auf dem Teewagen. Sie fallen zu Boden, Glas zersplittert. »*WER BIST DU? WER HAT DICH GESCHICKT?*«

»Niemand.«

»*LÜGNER!*« Mrs Murphy geht auf mich los. Ich rase auf den Flur. Rechts von mir starrt Benjie mit aufgerissenem Mund aus dem Zimmer seines Großvaters, hinter ihm kommen Schwestern und Pfleger angerannt. Von links kommen auch welche. Sie stürzen an mir vorbei in Mrs Murphys Zimmer.

Eine Schwester packt mich am Arm. »Was hast du da drinnen gemacht?«

»Nichts.«

Ich schüttele sie ab, sie fällt hin und ich flitze zum Gemeinschaftsraum, renne hindurch, rase den Flur entlang zum Ausgang neben der Empfangstheke.

»Vergiss nicht, dich auszutragen«, sagt Brenda fröhlich.

Keine Zeit. Die Schwester, die umgefallen war, ist wieder auf den Füßen und mir auf den Fersen. Ich sehe den Code neben der Tür, tippe ihn in die Tasten und bin raus, bevor die Schwester mich eingeholt hat.

»Halt! Komm zurück!«

Geht's noch?

DREISSIG

In null Komma nichts bin ich in Kens Büro.

»Was willst denn du hier?«, fragt Mom.

»Hatte keine Lust auf den Schulbus. Wollte mal Ken Hallo sagen.«

Die Vorstellung, ich könnte wegen Ken gekommen sein, macht Mom so glücklich, dass ihr gar nicht einfällt zu fragen, warum ich so schwitze. »Er ist unterwegs, eine Immobilie zeigen, aber er müsste gleich wieder da sein.« Sie überlegt einen Moment, als würde sie abwägen, ob das jetzt angebracht wäre, dann entscheidet sie sich und sagt: »Was hältst du davon, wenn wir Ken zum Essen einladen? Nichts Besonderes. Ich könnte was von KFC holen? Oder wir essen eine von den Pasteten aus der Kühltruhe?«

»Klar. Super.«

Und das meine ich wirklich. Wenn jemand wegen der Sache eben anruft und Ken da ist, wird Mom mich nicht anbrüllen. Bis er geht, kann sie sich erst mal beruhigen, und ich werde ihr dann eine plausible Erklärung präsentieren. Also, dass ich mit zu Benjies Grandpa gegangen bin, weil ich nett sein wollte, und dann versehentlich in Mrs Murphys Zimmer gelandet bin.

Schieb nicht solche Panik. Es wird niemand anrufen. Unsere Telefonnummern sind wegen Dad geheim, und so wie ich meinen Namen gekritzelt habe, kann das keiner lesen. Selbst wenn Benjie mich verpetzt, ist das morgen schon Schnee von gestern.

Trotzdem ist mir mulmig. Ich will das Ganze vergessen und bilde mir einfach ein, dass es nur ein Traum war.

Ken ist um fünf, zum Büroschluss, zurück. Essen bei uns? »Großartig«, sagt er, als würde er schon ewig darauf warten. »Ich bring eine Flasche Wein mit.«

Um halb sieben sitzen wir zum Essen am Tisch. Es wird halb acht, dann acht. Je mehr Zeit verstreicht, umso ruhiger werde ich. Okay, ich hatte in Mrs Murphys Zimmer nichts zu suchen, aber was hab ich denn schon getan? Nichts. Nur mit ihr geredet. Seit wann ist es denn ein Verbrechen, sich mit jemandem zu unterhalten? Ich meine, ich war es doch nicht, der ihr Zimmer verwüstet hat.

Die Geschichten, die Ken uns erzählt, gefallen mir. Er klopft keine Sprüche und spielt nicht den Coolen wie am Anfang. Sondern ist eher so wie in seinem Büro, als wir die Bilder seiner Kinder angesehen haben.

Er erzählt von einem Campingausflug mit seinen Kindern vor ein paar Jahren. Es war das erste Mal seit seiner Pfadfinderzeit, dass er wieder Zelten war. Er selbst ist nicht so der Natur-Freak, aber die Kinder wollten es so gerne. Jedenfalls kriegte er das Feuer nicht an, also haben sie kalte Würstchen und kalte Marshmallows gegessen und sind schlafen gegangen. Allerdings hatte er vergessen, die Essensreste wegzupacken, auch das Fleisch für die Hamburger, sodass mitten in der Nacht ein paar Kojoten aufkreuzten. Als er sie hörte, fürchtete er, dass die Viecher ins Zelt kommen und ihn und die Kinder auffressen könnten. Und zur Verteidigung hatte er nur den Teddybären seiner Tochter.

»Wie groß war deine Angst?« Ich grinse.

»Sagen wir mal so: Zum Glück hatte ich ein zweites Paar Unterhosen mit«, scherzt Ken. »Unglaublich, was für ein Idiot ich war. Nicht nur, dass ich das Essen draußen gelassen habe, sondern auch, dass ich Angst vor ein paar Kojoten hatte. Denn wie gesagt, Kojoten haben Angst vor Menschen. Ich kannte die Gegend seit fünfzehn Jahren und hatte nur ein paarmal einen gesehen. Aber echt, in der Nacht hab ich schon die Überschrift in der *Wochenpost* gesehen: *Familie aus Wolf Hollow von Kojoten verspeist.*«

Wir brüllen vor Lachen. Ich denke: *Weißt du, Mom hätte sich bestimmt noch blöder angestellt.*

Plötzlich kommt ein Auto angefahren. Mit Abblendlicht.

»Erwartest du jemanden?«, fragt Ken.

Mom wird blass. Sie schüttelt den Kopf. »Vielleicht ist es Mr Sinclair?« Aber ich weiß, was sie denkt. Dad.

Es klopft an der Tür.

»Lass mich gehen«, sagt Ken. Er ballt die Faust, nicht sehr fest, aber doch energisch genug – falls es Stress gibt.

Mom nickt. Ken macht die Tür auf. Draußen stehen zwei Polizisten. Einer ist bullig, der andere dünn. Ken kennt sie. »Brian, George, was gibt's?«

»Dürfen wir reinkommen?«

»Natürlich«, sagt Mom, ängstlich und überrascht. »Ich bin Katherine Weaver.« Sie gibt ihnen die Hand. »Geht's um meinen Ex-Mann. Um Mike?«

»Nein«, sagt der bullige Polizist. »Tut mir leid, aber es geht um Ihren Sohn.«

Ich habe das Gefühl, ich muss mich übergeben.

»Cameron? Cameron, was hast du getan?«

»Nichts. Ich kann es erklären.«

»Was soll das heißen, du kannst es erklären?«

»Dürfen wir uns setzen?«, fragt der andere Polizist.

Mom geht uns voran ins Wohnzimmer. Sie setzt sich zwischen Ken und mich auf die Couch; Ken hält ihre Hand. Die beiden Polizisten haben uns gegenüber auf den beiden Ledersesseln Platz genommen. Reden tut der Bullige.

»Wir haben gehört, dass Ihr Sohn in der letzten Woche vom Unterricht suspendiert wurde, weil er sich mit Cody Murphy geschlagen hat«, sagt er zu Mom.

»Ich habe mich nicht geschlagen. Cody hat mich verprügelt.«

»Cameron!« Moms Blick bringt mich zum Schweigen.

»Heute Nachmittag war Cameron in der Wolf Hollow Seniorenresidenz. Er wurde gesehen, wie er aus dem Zimmer von Mrs Hannah Murphy kam, der Urgroßmutter von Cody. Mrs Murphy war sichtbar aufgewühlt und musste beruhigt werden, was dazu führte, dass sie ein paar blaue Flecken bekam. Mehrere Fotorahmen sind zu Bruch gegangen. Als eine Krankenschwester Cameron aufhalten wollte, hat er sie zu Boden gestoßen, sie hat sich den Knöchel verstaucht.«

»Cameron?« Mom hat vor Schreck die Augen weit aufgerissen.

»So war das nicht.«

»Braucht Cameron einen Anwalt?«, mischt sich Ken ein.

»Das müssen Sie entscheiden«, sagt der dünne Polizist. »Wir sind nur hier, um Sie zu informieren. Wir glauben nicht, dass es zu einer Anzeige kommen wird.«

»Das war so«, sage ich. »Ich war mit meinem Freund Benjie im Pflegeheim, seinen Großvater besuchen. Als ich gehen wollte, bin ich aus Versehen im Zimmer von Mrs Murpy gelandet. Sie ist total durchgedreht, hat mit ihrem Stock gefuchtelt und ihre Bilder runtergeschmissen. Als die Krankenschwester mich festhalten wollte, bin ich vor Schreck weggelaufen. Ich wollte nicht, dass sie hinfällt.«

Stille.

Der bullige Polizist blickt direkt durch mich hindurch. »Benjie hat gesagt, du wolltest sehen, ob das Heim was für deinen Großvater ist.«

»Was?«, sagt Mom. »Dad geht's bestens.«

»Benjie sagt, du hättest das Zimmer seines Großvaters fünf oder zehn Minuten vor dem Zwischenfall verlassen«, fährt der Polizist fort. »Ganz schön lange, um versehentlich in einem fremden Zimmer zu landen. Und dann ausgerechnet im Zimmer von Mrs Murphy, der Urgroßmutter von Cody Murphy, dem Jungen, mit dem du dich geprügelt hast. Nach unserer Kenntnis kam es zu der Schlägerei, weil du dich über Codys Familie lustig gemacht hast.«

»Nein. So war das nicht.«

Der bullige Polizist wendet sich Mom zu. »Es ist kein Geheimnis, dass Cody es seit dem Tod seines Vaters schwer hat. In den letzten Jahren hat er bei seinen Großeltern väterlicherseits und bei seiner Urgroßmutter gewohnt; er steht der alten Frau sehr nahe. Seit dem vergangenen Jahr ist sie im Heim. Das nimmt ihn sehr mit.«

»Der arme Junge«, sagt Mom.

»Cody? Der arme Junge?«, rufe ich. »Der terrorisiert alle und wir sollen Mitleid mit ihm haben? Das ist ungerecht!«

»Die Polizisten sind nicht hier, weil Cody irgendwas getan hätte«, faucht Mom. »Sie sind deinetwegen hier.«

Der dünne Polizist holt einen Notizblock raus und zeigt mit seinem Stift auf mich. »Die Krankenschwester, die sich den Fuß verstaucht hat, könnte dich wegen Körperverletzung anzeigen. Codys Familie könnte dich wegen diverser Delikte anzeigen. Du könntest im Jugendarrest landen. Aber du hast Glück, keiner will das. Sie wollen aber die Wahrheit. Warum warst du in dem Zimmer?«

Was soll ich sagen? Als ich den Mund aufmache, kommen

merkwürdige Laute raus, ich keuche und schnappe gleichzeitig nach Luft. »Ich wollte wissen, wie ihr Cousin aussieht – Matthew Fraser. Der, von dem sie sagt, dass Mr McTavish ihn ermordet hat. Dem der Hof hier in den Sechzigern gehört hat.«

»Oh nein«, sagt Mom leise. »Hat das was mit deinem Geschichtsprojekt zu tun?« Sie wendet sich an die Polizisten. »Er arbeitet an einem Aufsatz über den Hof hier.«

»In der *Wochenpost*«, sage ich. »In der *Wochenpost*, da steht alles. Es gibt aber kein Foto von Matthew Fraser.«

Die Polizisten blicken sich an. »Das ist eine alte Geschichte«, sagt der Dünne zu Mom. »Damals hat Mrs Murphy behauptet, Frank McTavish hätte seine Frau, seinen Sohn und Mrs Murphys Cousin ermordet, hier auf dem Hof. Es stellte sich allerdings heraus, dass seine Frau mit ihrem Sohn und ihrem Freund abgehauen war.«

»Das stimmt nicht«, platze ich heraus. »Mrs Murphy hat recht.«

»Was soll das heißen?«

»Mr McTavish hat die drei getötet. Ihre Leichen sind hier auf dem Dachboden.«

EINUNDDREIßIG

Allen bleibt der Mund offen stehen.

»Tut mir leid«, sagt Mom entschuldigend. »Cameron hatte schon immer eine blühende Fantasie. Aber das … das …«

»Das ist aber keine Fantasie, Mom. Die Leichen sind in Plastik eingewickelt und hängen an einem Balken.«

»Das kannst du überhaupt nicht wissen«, sagt Mom. »Die Falltür zum Dachboden war schon versiegelt, als wir hier eingezogen sind.«

»Geh doch gucken, wenn du mir nicht glaubst.«

»Cameron hat recht«, sagt Ken. »Wir sollten auf den Dachboden gehen.«

Ja! Ich hätte Ken umarmen können.

»Du bestärkst ihn noch?«, schnauft Mom.

»Nein. Ich sage nur, Cameron glaubt, dass das, was er uns gesagt hat, stimmt. Und solange er nicht mit eigenen Augen sieht, dass es nicht so ist, wird er das nicht los.«

»Aber die Tür ist vernagelt«, sagt Mom, »und die Nägel sind mit so vielen Schichten Farbe überstrichen, dass wir da nur mit Hammer und Brecheisen rankommen. Denk mal an den Schaden!«

»Tue ich«, sagt Ken und nickt in meine Richtung.

Manno, danke, Ken. Von wegen mein Freund.

Ken holt sein Handy raus und wählt eine Nummer. Er hebt

die Hand, damit wir still sind. »Art. Ich bin's, Ken Armstrong. Ich bin nebenan und Brian und George vom Revier sind auch hier. Ich weiß, dass das jetzt etwas merkwürdig klingt, aber wir müssen uns den Dachboden ansehen. Katherine fürchtet, dass wir was kaputt machen, wenn wir die Falltür öffnen. Ich werde für den Schaden aufkommen, aber ich möchte trotzdem dein Einverständnis.« Er hält das Telefon ein Stück weg von seinem Ohr, ich vermute, Mr Sinclair gibt das Einverständnis nicht. »Art, tut mir leid, das kann ich jetzt am Telefon nicht sagen. Aber es ist wichtig, vertrau mir einfach ... Danke.« Er legt auf. »Art kommt her.«

Mr Sinclair kommt in seinem Pick-up und bringt eine Leiter und einen Werkzeugkasten mit.

»Ich fürchte, Cameron ist diese Geschichtsaufgabe zu Kopf gestiegen«, erklärt ihm Mom. »Er denkt, Frank McTavish hätte seine Frau, seinen Sohn und den Freund der Frau getötet und die Leichen auf dem Dachboden versteckt.«

Mr Sinclair wirft mir einen Blick zu. »So, das denkst du.«

»Nein, Sir, ich denke das nicht, ich weiß es.« Ich weiß nur nicht, was *Sie wissen.*

Mr Sinclair schnaubt bloß, nimmt seine Sachen und geht die Treppe rauf.

Wir folgen ihm bis in das große Zimmer und schauen zu, wie er die Leiter unter die Falltür stellt. Ich hab ein bisschen Angst, aber wenigstens redet jetzt keiner mehr über Mrs Murphy.

Ken bietet sich an, die Drecksarbeit zu machen, aber Mr Sinclair lässt ihn nicht. Er klettert die Leiter hoch, stemmt die Nägel mit Hammer und Meißel raus und stößt die Falltür mit dem Brecheisen auf. Ich wusste, dass er stark ist, aber ... echt!

Mr Sinclair kommt runter. »Wenn dort ein Verbrechen stattgefunden haben soll, dann geht ihr Jungs mal lieber zuerst rauf«, sagt er zu den Polizisten und wischt sich den Schweiß von der Stirn.

Die Polizisten machen ihre Taschenlampen an und steigen hoch. Die Lichter tanzen in der Dunkelheit. Stille. Mom legt ihren Arm um mich. Ken hält ihre Hand. Wir halten alle drei die Luft an. Die beiden Polizisten kommen runter, ganz ernst, und flüstern Mom, Ken und Mr Sinclair etwas zu. Als könnte ich nicht verkraften, das zu sehen, was ich gerade selbst beschrieben habe.

Ich starre hinauf ins Dunkle. *Tut mir leid, Jacky, dein Versteck ist jetzt nicht mehr geheim. Aber ich musste es sagen. Ich musste das tun.*

Das Flüstern hört auf. Mom macht einen Schritt auf mich zu. »Cameron«, sagt sie, als wären wir auf einem Begräbnis. »Möchtest du mit uns da hochgehen?«

Ich nicke. Mit pochendem Herzen. Ich klettere hinter den beiden Polizisten die Leiter hoch; Mom, Ken und Mr Sinclair folgen uns.

»Sieh dich gut um«, sagt der bullige Polizist, als wir alle auf dem Dachboden sind, und leuchtet mit seiner Lampe alle Ecken aus.

Der Dachboden ist leer.

»Nein. Das kann nicht sein.«

Mom packt mich an den Schultern. »Siehst du, Cameron? Siehst du? Das war alles nur in deinem Kopf.«

»Nein!« Ich entziehe mich ihr. »Die Leichen, die waren hier. Jemand hat sie weggeräumt.«

Der bullige Polizist hat die Schnauze voll. »Wer? Wann? Wohin?«

»Das weiß ich nicht.«

Moment mal. In der Scheune hat Jacky gesagt, Art hat gewusst, dass er nicht mit seiner Mutter mitgegangen ist. Auf dem Friedhof sagte er, Art kennt den Ort, wo er sich versteckt hat.

Ich wirbele herum, zu Mr Sinclair. »Aber *Sie* wissen es. Sie wissen, dass Jacky auch hier war.«

Mom fällt der Unterkiefer runter. »Jacky?« Ken hält sie. »Wer? Was?«

»Jacky war der Sohn der McTavishs«, sagt Mr Sinclair. »Ich habe Cameron Fotos von uns beiden gezeigt, als wir Kinder waren. Jacky ist mit seiner Mutter mitgegangen. Hab ihn nie wieder gesehen.«

»Das stimmt nicht.«

»Woher willst du das wissen?«, fragt der dünne Polizist.

»Ich weiß es einfach. Mr McTavish muss sich gedacht haben, dass er die Leichen hier oben nicht lange aufbewahren kann. Er musste sie loswerden.«

»Wenn du schon so schlau bist, dann sag uns, wie das gehen soll«, sagt der bullige Polizist. »Solange wie ich lebe, sind hier nirgendwo irgendwelche menschlichen Überreste aufgetaucht.«

»Ich weiß. Er hat sie nicht vergraben.«

»Was hat er dann mit ihnen gemacht, Mr Superdetektiv?«

Was mir dann einfällt, ist das Schrecklichste, was ich je gedacht habe, aber es ist die einzig logische Erklärung. Ich wende mich an Mr Sinclair. »Ihr Vater war der beste Freund von McTavish. Er hatte einen Fleischwolf. Das wäre total einfach gewesen. *Sie* wissen es. Sagen Sie es.«

»Oh mein Gott, Mr Sinclair, das tut mir unendlich leid.« Mom atmet so hastig, dass ich fürchte, sie fällt gleich in Ohnmacht. Sie schreit so laut, dass es alle hören können. »Camerons Vater hat versucht, mich umzubringen, wir waren auf der Flucht, Cameron hatte fürchterliche Albträume, er ist völlig durcheinander, er braucht Hilfe, es geht ihm nicht gut, er …«

»Hör auf damit, Mom! Hier geht's nicht um Dad. Immer schiebst du alles auf Dad. Immer. Alles. Es ist nicht seine Schuld.«

»Schluss damit!«

»Nein! Nein, nicht Schluss damit. Es ist nie Schluss. Egal, was ich mache, du denkst, ich bin verrückt. Immer schon. Aber ich bin nicht verrückt. Wenn hier jemand verrückt ist, bist du das!« Ich lasse mich auf die Knie fallen, trommele mit den Fäusten auf den Boden, dann mit dem Kopf. Ken zieht mich hoch. Ich schlage um mich.

Der bullige Polizist nimmt mich in den Schwitzkasten. Mir wird schwarz vor Augen.

ZWEIUNDDREIßIG

Als ich wieder zu mir komme, sind Ken und Mr Sinclair weg. Ich frage nicht, warum oder wohin. Ich entschuldige mich auch nicht. Ich sage gar nichts. Warum bin ich hier? Warum bin ich überhaupt da? Ich wünschte, ich könnte für immer verschwinden.

Die Polizisten führen mich die Leiter runter bis ins Wohnzimmer und legen mich aufs Sofa. Ich blicke auf die Fußbodenleiste gegenüber. Mom hat geweint; sie geht mit dem dünnen Polizisten in die Küche. Die beiden unterhalten sich leise, der andere Polizist bleibt im Durchgang stehen und behält mich im Auge. Nach einer Weile kommt Ken mit einer Tasche zurück und die Polizisten gehen.

»Ich stelle für Ken eine Liege in das große Zimmer oben«, sagt Mom. »Er bleibt über Nacht hier.«

»Warum? Hast du Angst vor mir?«

»Nein, Cameron. Ich habe Angst *um* dich.« Sie setzt sich neben mich und schiebt ihre Hand in meine. Ich ziehe sie nicht weg, aber ansehen tue ich Mom nicht, ich starre bloß weiter auf die Fußbodenleiste. »Ich bin nicht stark genug, um dich aufzufangen, falls du noch mal so einen Ausbruch hast wie vorhin.«

»Also«, sage ich zu Ken, »bist du jetzt mein Bodyguard oder was?«

»Ich will nur helfen«, sagt Ken. »Weiter nichts. Du bist mir wichtig. Uns allen bist du wichtig.«

»Klar.«

»Ken wird für dich einen Termin bei seinem Arzt machen«, sagt Mom. »Der Arzt kann dir was zur Beruhigung geben, bis wir jemanden finden, mit dem du reden kannst.«

»Einen Seelenklempner oder wie?«

Mom bleibt ruhig. »Das habe ich zu verantworten, Cameron, nicht du. Ich hätte das längst sehen müssen. Die letzten Jahre müssen für dich sehr schwer gewesen sein. Ich habe gedacht, du bräuchtest vor allem mich. Aber das war falsch. Es tut mir leid.«

Ich höre, was sie sagt. Aber es sind nur Worte.

»Die Polizisten haben gesagt, es wird keine Anzeige geben, solange es keinen weiteren Vorfall gibt. Sie glauben, es wäre sinnvoll, wenn du ein paar Tage lang zu Hause bleibst. Ist Cody in einem deiner Kurse? Ist dein Schließfach in der Nähe von seinem?«

Ich schüttele den Kopf.

»Gut. Sie haben gesagt, du sollst dich möglichst von ihm fernhalten.«

Na klar. Ich bin wieder mal der Freak. Als könnte ich einen Typen wie Cody zusammenschlagen. Schwachsinn.

»Ken sagt alle Termine für morgen ab. Er wird bei dir bleiben, während ich ein paar Sachen mit der Schule kläre. Ich rede mit deinen Lehrern und lasse mir die Hausaufgaben geben, damit du nichts versäumst. Ich werde auch mit deinem Geschichtslehrer reden und ihn bitten, dich von dem Aufsatz zu befreien.«

»Ich muss gar keinen Aufsatz schreiben.«

Mom atmet tief durch. Sie will was sagen, aber Kens Blick hält sie wohl davon ab, denn sie flüstert nur: »Wir schaffen das.«

Ich gehe ins Bett und Mom kommt, um mir Gute Nacht zu sagen. Sie macht eine Nachtleuchte an, erinnert mich noch mal daran, dass Ken nebenan ist, falls ich irgendwas brauche, und gibt mir einen Kuss auf die Stirn. »Ich hab dich lieb.«

Ich starre an die Decke. »Hmm.«

Sie geht raus. Ich höre, wie Ken und sie die Liege aufstellen. Die ist nicht sehr bequem, Ken muss Mom wirklich gernhaben. Ich höre die Stufen knarren, als sie runter in ihr Zimmer geht, und dann höre ich, wie Ken sich hinlegt. Alles ist still. Ich rühre mich nicht. Ganz lange.

Jacky, warum warst du nicht da? Wo warst du?

Stille.

Vielleicht hat Mom recht. Vielleicht *bin* ich verrückt.

Am nächsten Morgen kommt Mom zu mir ins Zimmer, aber ich stelle mich schlafend. Mir tut alles weh. Auf meiner Stirn ist eine fiese Beule und meine Arme sind voller blauer Flecken. War echt eine Supernummer gestern Abend.

Ich höre Mom und Ken in der Küche reden und bin mir ziemlich sicher, dass es um mich geht. Noch vor acht verlässt Mom das Haus. Als ich schließlich in die Küche runterkomme, stellt Ken mir Cornflakes und Toast hin und redet dabei die ganze Zeit übers Wetter, als wäre letzte Nacht nichts passiert und als wäre es nicht total schräg, dass er hier ist.

»Du trinkst Kaffee mit Milch, oder? Und jede Menge Zucker?« Er zwinkert mir zu.

Ach ja, die Cappuccino-Maschine. Ich will eigentlich nicht lächeln, aber ich tu's. »Nein, nicht wirklich.«

Er schaut mir beim Essen zu. »Möchtest du noch was? Ich lebe alleine, da weiß ich, wie man Eier und Speck brät. Und ich kann ziemlich gut Essen von außerhalb bestellen.«

Ich schüttele den Kopf. Es fällt mir schwer, aber ich muss es sagen. »Tut mir leid, das mit dem Dachboden.«

»Schon gut.«

»Ich hoffe, Mom sieht das auch so.«

»Bestimmt. Sie hat dich lieb.«

Ich konzentriere mich auf meinen Toast, damit ich nicht anfange zu heulen. »Ich war mir so sicher.«

»Ich war mir schon sehr oft wirklich sicher und dann war's doch ganz anders. Das ist nicht so schlimm.«

Ich überlege eine ganze Weile. »Es gibt einen Grund, warum ich gedacht habe, was ich gedacht habe.«

Ken lächelt. »Es gibt immer einen Grund.«

Er wird nicht fragen, er will, dass ich es von allein sage.

»Versprochen, dass du es nicht Mom sagst?«

»Das kann ich nicht versprechen. Was immer es ist, sie wird Verständnis haben.«

»Wird sie nicht.«

»Aber ich schon.«

Ich blicke ihm in die Augen, er weicht nicht aus. Na gut. »Ein paar Tage nachdem wir hier eingezogen sind, habe ich gedacht, aus dem Loch oben in der Scheune guckt ein Junge raus. Ich wusste, dass hier ein Junge gelebt hat, wegen der Sachen im Keller. Im Kohlenverschlag habe ich Zeichnungen von ihm gefunden. Er hieß Jacky. Willst du die Bilder sehen?«

»Klar.«

Ich gehe mit Ken in mein Zimmer rauf und zeige ihm Jackys Zeichnungen.

Ken runzelt die Stirn. »Ich bin zwar kein Experte, aber der Junge scheint mir kein richtig glücklicher Zeitgenosse gewesen zu sein.«

»Genau. In der Schule hab ich die Geschichte von Mr McTavish und den Hunden gehört. Und siehst du, dass die Mutter auf einmal von den Bildern verschwindet? Und guck mal hier. Guck ganz genau hin! Siehst du die Hunde? Ihre Zähne? Ihre Schwänze?«

Ich halte inne. Ken nickt, aber nicht, als wollte er ein Urteil abgeben, sondern als würde er einfach zuhören und darauf warten, dass ich weiterrede. Also tue ich das. »Jedenfalls hab ich dann überlegt, vielleicht hat Mr McTavish die beiden umgebracht, und der Junge, den ich gesehen habe, war vielleicht Jackys Geist oder so was. Vor allem, als ich gehört habe, dass Codys Urgroßmutter meinte, Mr McTavish hat nicht nur Jackys Mutter getötet, sondern auch ihren Cousin. Also habe ich nachgeforscht. Und dann hab ich die Sachen von dir gekriegt und einige Artikel in der *Wochenpost* gefunden.«

»Und dann wurde das in deinem Kopf immer größer und größer?«

»Genau. Aber noch davor, ich meine, viel früher, habe ich Jackys Stimme gehört, manchmal nur in meinem Kopf, aber manchmal, als würde er direkt neben mir sitzen.«

Habe ich das wirklich gesagt? Ken nickt immer wieder, als ergäbe das, was ich gesagt habe, wirklich einen Sinn. »Ich kann verstehen, warum du so aufgebracht warst.«

»Echt?«

»Genau das gefällt mir an dir, Cameron. Du interessierst dich für andere. Du versuchst dir vorzustellen, wie das wäre, wenn du an ihrer Stelle wärst. Also überrascht es mich nicht, dass du Mitgefühl für den Jungen empfindest, der diese Bilder gezeichnet hat, dass du dir vorstellst, wie er ausgesehen haben mag, wie seine Stimme war.«

»Aber dabei bleibt es doch nicht! Ich rede mit ihm, Ken. Andauernd. Mom sagt, meine Lippen bewegen sich. Sie hat recht. Manchmal ertappe ich mich selber dabei.«

Das ist für Ken schwieriger zu verstehen, aber er lacht nicht.

»Ich glaube, alle Menschen reden mit sich selbst. Vielleicht nicht laut und ohne die Lippen zu bewegen, aber ich glaube, die meisten Leute spielen bei wichtigen Sachen gerne im Kopf durch, was sie sagen würden oder was sie lieber gesagt hätten.«

»Aber die reden doch nicht mit einem Geist.«

»Nein, vermutlich nicht. Aber ich bin nicht Gott. Es gibt eine Menge Dinge, die ich nicht weiß oder verstehe. Vielleicht liegt es einfach daran, dass ich es nicht erlebt habe.« Er klopft mir väterlich auf die Schulter. »Du bist ein guter Junge.«

»Danke.« Bevor wir aufstehen, muss ich noch was sagen. »Ich find es schön, dass ihr Freunde seid, du und Mom.«

Als Mom zurückkommt, bin ich oben und spiele am Computer. Sie unterhält sich mit Ken, dann ruft sie mich ins Wohnzimmer. Ihr Gesicht verkündet nichts Gutes.

»Bis zum Ende dieser Woche kommst du mit in die Stadt und machst deine Aufgaben bei uns im Büro. Ich kann dich hier nicht alleine lassen. Ken bleibt über Nacht bei uns, bis wir sicher sind, dass alles in Ordnung ist. In der nächsten Woche darfst du wieder in die Schule, zur Bewährung. Die Murphys sind sehr aufgebracht, aber wenn du versprichst, dich von Cody fernzuhalten, haben sie nichts dagegen, dass du wieder am Unterricht teilnimmst. Mittags wirst du nicht in der Cafeteria, sondern im Sozialarbeiterbüro essen, und mit dem Schulbus wirst du auch nicht fahren. Ich bringe dich morgens zur Schule, und am Ende des Schultags wirst du im Sekretariat warten, bis ich dich abhole. Außerdem: Schluss mit den Computerspielen.«

»Was?«

»Cameron, das hier ist keine Diskussion, sondern eine Ansage. Heute Nachmittag hast du einen Termin bei Kens Arzt.

Ich werde ihn bitten, dich an einen Therapeuten zu überweisen, der Grund dafür liegt ja wohl auf der Hand. Cameron, du sprichst mit imaginären Freunden. Mit Geistern.

Ich starre Ken an. »Du hast es ihr gesagt.«

»Das musste ich.«

DREIUNDDREISSIG

Ich bin so einsam wie noch nie in meinem Leben. Ich gehe zu Kens Arzt, der mir Schlaftabletten verschreibt, die er Muskelentspannungsmittel nennt, dazu ein Antidepressivum, das nach etwa zehn Tagen wirken soll. Wolf Hollow ist so klein, dass es im Ort keinen Therapeuten gibt – geschweige denn jemanden, der gesehen werden möchte, wenn er zu einem hingeht –, aber der Arzt vermittelt mir eine Therapeutin in Ramsay. Sie hat im Moment keine Zeit für mich, aber falls es noch ein »Vorkommnis« geben sollte, wird sie mich irgendwie dazwischenquetschen.

Abgesehen vom Arztbesuch verbringe ich die Tage in der Abstellkammer des Maklerbüros und mache meine Aufgaben. Die Kammer hat kein Fenster, sodass ich das Gefühl habe, ich sitze in Einzelhaft. Mom hat gesagt, ich könne vorn bei ihr arbeiten, aber das wäre noch schlimmer. Alle Kunden würden fragen, warum ich nicht in der Schule bin, in der Kammer bin ich wenigstens versteckt, und wir können so tun, als wäre ich krank. Was ich für Mom ja auch bin, bloß, dass sie meint, ich bin krank im Kopf.

Das ist der zweite Grund, warum ich mich im Büro sofort in die Abstellkammer und zu Hause gleich in mein Zimmer verziehe. Jedes Mal wenn Mom mich ansieht, macht sie ein Gesicht, als wollte sie gleich anfangen zu weinen.

Meist liege ich im Bett und starre auf das gerahmte Familienfoto auf meinem Nachttisch. Ich denke an das Foto von Dad, das darunter versteckt ist. Sieht er noch so aus wie in meiner Erinnerung? Ich möchte es unbedingt wissen, aber was, wenn ich das Foto anschaue und mich plötzlich der Wunsch überwältigt, ihn anzurufen? Und wenn dieser Wunsch so stark ist, dass ich mich nicht dagegen wehren kann? Denn seine Handynummer steht ja hintendrauf, griffbereit.

Ich denke oft an Dad. Es gibt ja nicht viel, worüber ich nachdenken könnte, außer darüber, warum ich keine Freunde habe, warum ich niemanden habe, dem ich vertrauen kann, oder ob ich tatsächlich verrückt bin, wie Mom denkt.

Und Jacky? Was war mit dem? Vor ein paar Tagen habe ich damit aufgehört, ihn zu fragen, warum er mich angelogen und mir diesen Mist eingebrockt hat. Ich habe es aufgegeben, weil ich ja doch nur mit mir selbst gesprochen habe. Er hat nie wirklich was gesagt. Ich meine, es war, als hätte es ihn nicht gegeben. Hat es vielleicht auch nicht. Niemals. Denn was habe ich schon von ihm gewusst, außer dem, was ich mir zusammengereimt habe, nachdem ich die Sachen im Keller, seine Zeichnungen, Mr Sinclairs Fotos und die Artikel in der *Wochenpost* gesehen hatte? Oder mir ausgedacht habe, wegen dem, was zwischen Mom und Dad passiert ist oder wegen meiner so wirklich scheinenden Träume?!

Wenn ich mir Jacky eingebildet habe, was dann vielleicht noch? Was ist mit Dad: Wenn nun der Dad in meinem Kopf – der, vor dem mich Mom warnt – ganz anders ist als mein wirklicher Dad? Was, wenn Moms Angst daher kommt, dass sie alles, was er gemacht hat, so aufbauscht wie ich die Dinge, die ich über Mr McTavish gehört habe?

Zum Beispiel damals, als Dad mich mitten in der Pampa allein gelassen hatte. Vielleicht habe ich ja nur gedacht, es wäre mitten in der Pampa, weil ich noch so klein war. Vielleicht war es ja ein Park und Dad wollte einfach nur Verstecken spielen? Oder als er mich einmal unter Wasser gedrückt hat – vielleicht gehörte das tatsächlich zum Unterricht? Immerhin kann ich jetzt eine ganze Schwimmbadlänge durchtauchen. Oder die Sache mit Facebook. Wenn er einfach nur Sehnsucht nach mir hatte und mich nur auf diese Weise finden konnte? Mom hatte ihn ja jahrelang von mir ferngehalten. Was hätte er sonst tun können? Vielleicht hat *sie* ihn dazu gezwungen? Vielleicht ist das alles *ihre* Schuld. Und das auf dem Balkon – er hätte mich nie fallen gelassen, er hat bloß Flugzeug gespielt, das machen viele Väter. Vielleicht erinnere ich mich nur falsch.

Bei dem Gedanken hasse ich mich, denn das bedeutet, dass ich ihm Sachen vorwerfe, für die er nichts kann. Und dann hasse ich mich, weil ich an Mom zweifle. Ich bin Mom ein schlechter Sohn, ich bin Dad ein schlechter Sohn. Was ist bloß los mit mir?

VIERUNDDREIẞIG

Was ist bloß los mit mir? Auch am Sonntagabend denke ich immer noch darüber nach. Morgen muss ich zurück in die Schule, zu Cody, der mich am liebsten tot sähe, und zu Benjie, der mich verpfiffen hat – zurück in eine Welt, in der mich alle anstarren und hinter meinem Rücken über mich herziehen. Und bestimmt auch twittern, jede Wette.

Es ist schon spät, ich sollte längst schlafen, aber ich kann nicht. Ich sitze am Schreibtisch und blicke aus dem Fenster. Ziemlich trostlos da draußen. Die Felder sind abgeerntet, die Blätter abgefallen und der Himmel besteht aus lauter Wolken. Nach Einbruch der Dunkelheit bleibt nur das Licht, das vom Haus bis an den Rand der Felder reicht. Heute Abend ist alles noch trostloser. Die Luft gefriert zu feinstem Raureif, der vom Wind gegen meine Fensterscheibe gedroschen wird. Bei dem Geräusch ziehe ich mir meine Decke fester um die Schultern.

Dad. Mr McTavish. Die Hunde. Wenn ich wollte, könnte ich mir vorstellen, dass die Hunde mich vom Feld her ansehen. Ich mache die Vorhänge zu und höre hinter mir eine leise Stimme: »Cameron?«

Ich wette, Jacky sitzt auf meiner Bettkante, aber ich drehe mich nicht um. Ich fürchte mich davor, ihn zu sehen.

»Cameron? Bist du böse auf mich? Warum guckst du mich nicht an?«

Was soll ich sagen? Ich fürchte, er ist gar nicht da.

»Ich weiß, ich hab mich nicht blicken lassen. Tut mir leid, aber ich war verletzt. Du hast Sachen von mir weitererzählt.«

Ich beiße mir auf die Lippen und schließe die Augen. Ich sehe Jacky auf der Innenseite meiner Augenlider. »Bevor ich wieder mit dir rede«, flüstere ich. »Musst du mir ein paar Fragen beantworten.«

»In Ordnung.« Er wirkt nervös.

»Wo bist du, wenn du nicht bei mir bist?«

Jacky überlegt. »Ich weiß es nicht.«

»Was hast du gemacht, bevor ich gekommen bin?«

»Warum fragst du mich das?«

»Weil die Leute denken, dass ich verrückt bin. Manchmal denke ich selber, dass ich verrückt bin.«

»Bist du nicht«, sagt Jacky. »Sonst würde ich es dir sagen.«

»Aber wenn doch, dann bist du bloß ...«

»Ich bin ich, Cameron. Ich bin einfach ich. Jacky.«

»Nein, du bist was anderes«, sage ich. »Du tust so, als wärst du mein Freund, aber du sagst Sachen, die nicht stimmen, und dann kriege ich Ärger.«

»Was denn zum Beispiel?«

»Das weißt du doch: dass dein Vater deine Mutter und ihren Freund getötet hat, dass er ihre Leichen auf den Dachboden gehängt hat, dass er dich da hochgerufen und dich dann auch umgebracht hat und dass das dein dunkles, geheimes Versteck ist.«

»Das habe ich nie gesagt. Siehst du, deswegen habe ich mich von dir ferngehalten. Du hast Lügen über mich und über Vater verbreitet. Ich habe keine Leichen gesehen. Nirgends, niemals. Und ich habe auch nie gesagt, ich hätte sie gesehen. Das war einfach nur schrecklich von dir.«

»Jetzt hör mal auf, Jacky. Das war alles in dem Traum, den du mir geschickt hast.«

»Siehst du, du lügst schon wieder. Ich habe dir nie einen Traum geschickt.«

»Was?« Ich habe das Gefühl, jemand hätte mir in den Bauch getreten. Aber es ist richtig, ich habe nur gedacht, er hätte mir den Traum geschickt. Wirklich gewusst habe ich es nicht.

Halt. Habe ich schon wieder laut geredet? Ich stehe auf und gehe in den Flur, um nachzusehen, ob Mom oder Ken mich belauschen, aber der Flur ist leer, Ken schnarcht leise in seinem Zimmer. Ich mache meine Tür von innen zu, lehne mich an meine Kissen und schließe die Augen. Jacky sitzt im Schneidersitz an meinem Fußende und dreht den Waschbärenschwanz seiner Mütze um seinen Finger.

»Du hast recht. Tut mir leid«, sage ich leise. »Was ist denn nun wirklich passiert, nachdem deine Mutter weg war?«

Er verzieht sein Gesicht. »Das will ich nicht sagen, das ist zu schlimm.«

»Bitte? Ich bin dein Freund.«

»Na gut. Aber sag's nicht weiter.« Er blickt nach unten. »Vater wollte, dass Mutter und ich immer alles richtig machen. Aber ich habe nicht immer auf ihn gehört, und deswegen musste ich manchmal, nachdem er mir den Gürtel verpasst hat, für einen Tag oder so runter in den Kohlenverschlag, bis ich meine Lektion gelernt hatte.«

»Hast du die Striche in die Wand geritzt?«

Jacky nickt. »Jedes Mal, wenn ich drin war, einen.«

»Das ist ja schrecklich.«

»Das hat Mutter auch gesagt, aber sie hat sich geirrt, ich habe das verdient. Mutter hat mir eine Taschenlampe, Papier und Stifte mitgegeben, damit ich mich da unten nicht langweile. Es war schön, zu zeichnen und die Farben im Dunklen zu sehen. Und meine Bilder habe ich immer da unten aufbewahrt, obwohl ich das gar nicht musste.«

»Und dein Vater hat gesagt, dass er dir eine Lektion erteilt?« Ich kann immer noch nicht glauben, was ich da höre …

»Hm hm.« Jacky nickt. »Mutter hat er auch Lektionen erteilt. Aber sie hat nie was gelernt. Eines Tages ist Vater zu einer Auktion gegangen. Ich habe gesehen, wie Mutter einen Koffer gepackt hat. Ich habe sie gefragt, was sie da macht. Sie sagte, das würde ich noch früh genug erfahren.«

Ich erinnere mich daran, wie Mom unsere Sachen gepackt hat.

»Vater kam früher zurück. Er sagte, er weiß, was sie vorhat, und zu mir sagte er, ich soll hoch auf den Dachboden gehen und erst wieder runterkommen, wenn er mich ruft. Ich war immer gerne auf dem Dachboden. Da war ich weit weg und konnte nicht hören, wie sie gestritten haben.«

»Wenn Mom und Dad sich gestritten haben, habe ich mir die Finger in die Ohren gesteckt«, sage ich.

»Das hilft ganz gut, was?« Jacky wirft mir ein schüchternes Lächeln zu, dann wird er wieder ganz ernst. »Nach einer Weile habe ich Mutter nicht mehr schreien gehört und ich dachte, jetzt könnte ich runtergehen. Aber dann fuhr ein Auto vor und es klopfte an der Tür. Dann hörte ich, wie ein Mann Vater anbrüllte.«

Matthew Fraser, denke ich, der Mrs McTavish und Jacky abholen wollte.

»Mutters alte Aussteuertruhe war auf dem Dachboden«, fährt Jacky fort. »Da bin ich reingekrochen und habe den Deckel zugezogen und die Finger in die Ohren gesteckt und alles war weg.«

»Für immer?«

»Nein. Bis Vater kam und mich nach unten geholt hat. Er hat mich auf seinen Schoß gesetzt und mir über die Haare gestrichen und gesagt, er müsse mir was Schlimmes erzählen.

Mutter wollte nicht mehr bei uns bleiben. Vater hat gesagt, er hat versucht, sie umzustimmen, aber sie ist mit ihrem Freund fortgegangen und wollte nicht mehr zurückkommen. Vater sagte, ich soll mir keine Sorgen machen, er hat mich lieb und wir würden glücklich sein, nur wir beide, aber ich müsste jetzt wirklich besonders brav sein und immer im Haus bleiben. Er sagte, wenn die Behörden wüssten, ich würde ohne Mutter auf dem Hof leben, dann würden sie mich abholen und in ein Waisenheim stecken.«

»Das stimmt doch gar nicht. Das tun die nicht.«

Jacky wird rot. »Soll das heißen, Vater hat gelogen? Du lügst doch selber.«

»Stimmt. Tut mir leid.« Ich warte, bis Jacky sich beruhigt hat. »Und was ist dann passiert?«

»Vater hat aus dem Schuppen eine Schaufel geholt und hat gesagt, er wird den ganzen Tag in der Scheune arbeiten und ich darf ihn nicht stören. »Du bleibst im Haus«, hat er gesagt.

»Und?«

Jacky blickt zur Seite. »Ich sollte drinbleiben.«

»Und bist du dringeblieben?«

Er schüttelt den Kopf. »Eine Stunde später habe ich aus dem Küchenfenster geguckt und gesehen, wie Arty übers Feld zum Wald gelaufen ist. Es war Frühling, alle Saat war schon im Boden. Ich wollte ihm sagen, er soll sich keine Sorgen machen, wenn er mich nicht mehr sieht, dass bei mir alles in Ordnung ist.«

»Also bist du zur Lichtung gegangen?«

»Er musste mir schwören, dass er mein Geheimnis für sich behält, damit ich keinen Ärger kriege. Und daran hat Arty sich auch gehalten. Auf Arty konnte ich mich immer verlassen.«

»Ist an dem Tag noch was Seltsames passiert?«

»Spät am Abend hat Vater in mein Zimmer geguckt. Ich hab

so getan, als würde ich schlafen. Ein paar Minuten später ist er rausgegangen. Dann habe ich ein Auto gehört. Ich habe aus dem Fenster geschaut und gesehen, wie aus der Scheune ein Auto kam. Ich weiß nicht, wem es gehört hat. Es fuhr weg. Vater war weg. Ich habe das nicht verstanden. Ich hatte Angst. Aber am Morgen war er wieder da.«

Ich überlege. »Kannst du dich daran erinnern, ob euch danach noch Leute besucht haben?«

Jacky zittert. »Ein paar Wochen nachdem Mutter weg war, ist die Polizei gekommen. Vater hat mir zugerufen, ich soll mich in der Scheune auf dem Heuboden verstecken, bis die Polizisten wieder weg sind. Ich habe mich im Heu vergraben. Das hat gejuckt. Ich dachte, ich muss niesen. Aber sie kamen nur ganz kurz in die Scheune und alles war gut.«

»Aber es war nicht wirklich gut, oder, Jacky?«

Ihm steigen Tränen in die Augen. »Vater hat sich Hunde angeschafft, damit niemand mehr auf den Hof konnte. Damit wir sicher waren. Aber die Hunde ... die Hunde ...« Er schluchzt. »Es war meine Schuld. Alles meine Schuld.«

»Was war deine Schuld?«

An meiner Tür klopft es. »Cameron?« Es ist Ken.

Jacky verschwindet.

»Alles gut.« Ich stehe auf und öffne die Tür. »Ich wollte gerade aufs Klo.«

»Na dann.« Ich sehe, dass Ken mir nicht glaubt, aber er geht zurück ins Bett und ich gehe ins Bad.

Jetzt weiß ich wieder so viel mehr. Jacky ist sicher nicht mit seiner Mutter mitgegangen. Das beweist, dass der Brief, in dem sie schreibt, er wäre bei ihr, eine Fälschung war. Damit hat Mr McTavish kein Alibi mehr. Er hat seine Frau und Matthew Fraser umgebracht, während Jacky sich in der Truhe auf dem Dachboden versteckt hat.

Aber was hat Mr McTavish mit den Leichen gemacht?

Hm. Jacky hat gesagt, sein Vater ist mit der Schaufel in die Scheune gegangen. Er muss sie im Kuhstall vergraben haben, nur dort war der Boden nicht gefroren. Und danach haben die Kühe den Boden festgetrampelt, sodass kein Leichengeruch austreten konnte – außerdem war das Stroh ja sowieso voller Kuhpisse und -kacke. Und da die Polizisten ohnehin nicht an ein Verbrechen geglaubt haben, wären Mr McTavishs Gräber theoretisch ewig unentdeckt geblieben.

Aber was war mit Jacky? Was ist mit ihm passiert? Warum sagt er, dass er das mit seinem Vater und den Hunden auf dem Gewissen hat?

Bis ich nicht weiß, wie das mit Jacky und den Hunden war, darf ich zu niemandem was sagen. Aber selbst wenn ich es täte, wer wird mir nach der Szene auf dem Dachboden noch glauben? Ich wünschte, ich könnte selber graben, aber im Stall gibt es mehr als ein Dutzend Kuhstände und Mom und Ken würden mich erwischen, bevor ich irgendwas rausgefunden hätte. Super Aussicht.

Also, was soll ich tun?

FÜNFUNDDREIßIG

Erst mal bleibe ich die ganze Nacht wach. Am Morgen fährt Mom mich zur Schule und wir sind noch vor dem Bus da, sodass ich niemandem begegnen muss. Der Schulleiter sagt, ich gelte offiziell als »gefährdeter« Schüler, was aber nicht heißt, dass ich gefährdet bin, weil mich jemand zusammenschlagen könnte oder so, sondern dass die Gefahr von mir ausgeht, weil ich »gestört« bin. Und er sagt, dass ich mich außerhalb der Unterrichtszeiten im Büro der Sozialarbeiter aufzuhalten habe. Nach diesen Ansagen schickt er mich in meinen Englischkurs.

Als ich die Klasse betrete, kichern einige. Mr Bradley bittet um Ruhe. Ich nehme an, er weiß, was los ist. Wahrscheinlich hat der Schulleiter ein Rundschreiben an das ganze Kollegium geschickt, und wenn nicht, wird Mr Bradley es am Wochenende erfahren haben. Schließlich bleibt in diesem Ort nichts geheim, wenn man mal von den Morden absieht.

Mr Bradley setzt mich in die erste Reihe, damit er mich im Auge behalten kann. Dann lässt er uns Kapitel sechs von »Wer die Nachtigall stört« aufschlagen und stellt ein paar Fragen zu Scouts Persönlichkeit, und alles ist wie immer.

Von wegen. Alle starren auf meinen Hinterkopf. Sie schieben sich Zettel zu, auf denen es um mich geht. Das spüre ich, genau wie die Spuckekügelchen, die mich treffen, sobald Mr Bradley der Klasse den Rücken zukehrt.

So geht das den ganzen Tag. Mittags werde ich durch das Fenster des Sozialarbeiterbüros angestarrt, als wäre ich ein Tier im Zoo. Cody sehe ich nicht, aber seine Jungs kommen für ihn spionieren. Einer deutet erst auf seine Augen, dann auf mich und formt mit den Lippen: »Du bist tot.« Benjie sehe ich auch. Er ist der Einzige, der nicht guckt, er geht den Flur entlang, als gäbe es mich nicht.

Nach dem Unterricht wird das Sozialarbeiterbüro zugemacht, also muss ich im Sekretariat auf der Bank sitzen und warten, bis Mom mich abholen kommt. Das, was Jacky mir erzählt hat, also das mit den Leichen in der Scheune, macht mich schon verrückt genug, aber noch verrückter machen mich die Gedanken an Cody und seine Jungs. Sie werden mich kriegen. Aber wann? Und wo?

Und so ist es seitdem. Seit zwei Wochen bin ich der Spinner, mit dem niemand spricht, aber über den alle sprechen. Zwei Wochen lang sind Codys Jungs mir auf der Treppe in die Hacken getreten, haben mich an die Schließfächer geschubst und mir ins Ohr gemurmelt, was ich eines Tages zu erwarten hätte, wenn niemand sonst da wäre. Ach ja, einer hat mit Edding »Cameron Weaver ist ein Arschloch« an mein Fach geschrieben. Der Hausmeister kann zwar einiges davon abwischen, aber trotzdem bleibt so viel dran, dass es alle lesen und darüber lachen können.

Zwei Veränderungen hat es gegeben: Zum einen hat keiner mehr Lust, mir irgendwelche Plem plem-Zeichen zu machen; es drücken sich allerdings immer noch alle rechts und links an die Schließfächer, wenn ich ihnen auf dem Flur entgegenkomme. Ich bin wie Moses aus der Bibel und sie sind das Wasser, das sich teilt. Zum anderen lässt mich Mrs Adams, die Sozialarbeiterin, mein Mittagsbrot in ihrem Konferenzraum essen. Gesagt hat sie, sie fände es nicht gut, dass ich durch das Bürofenster so öffentlich ausgestellt bin. In Wirklichkeit will sie mich nur leichter wegsperren können, falls ich mal ausflippen sollte.

Nach dem Unterricht auf Mom zu warten ist ein bisschen besser. Da so viele mit dem Bus nach Hause fahren, ist dann außer ein paar Sportlern, die in die Turnhalle gehen, kaum noch jemand in der Schule. Aber es ist langweilig, und wenn Mom zu spät kommt, wird die Schule zugemacht und ich muss draußen warten und mir den Arsch abfrieren. Ich habe Mom gesagt, dass Codys Jungs mir gedroht haben, aber sie sagt, sie werden nicht so blöd sein, mir auf dem Schulgelände was zu tun. »Außerdem kannst du mich mit einem Tastendruck erreichen«, sagt sie.

»Als ob das was nützt, wenn Cody mit dem Auto kommt und die mich reinziehen und mit mir wegfahren.«

»Sei doch nicht albern«, sagt sie seufzend. »Cody ist zu jung zum Autofahren.«

»Das ist dem doch egal.«

»Er wird nicht riskieren, dass er geschnappt wird. Das ist doch dummes Zeug.«

Dass sie denkt, Dad will uns umbringen, ist normal, aber wenn ich denke, Cody könnte Auto fahren, ist das dummes Zeug?

Egal. Vor der nächsten Geschichtsstunde spreche ich Benjie an.

»Hau ab. Ich will nicht mit dir reden. Du hast mich angelogen. Du hast mich benutzt. Wegen dir hatte ich Stress.« Er geht so schnell weg, dass man denken könnte, wir machen einen Wettlauf.

»Bitte. Es tut mir leid«, sage ich und bleibe an ihm dran.

»Dein Problem. Lass mich in Ruhe. Ich will nicht, dass jemand sieht, wie ich mit dir rede. Schon schlimm genug, dass ich im Bus neben dir gesessen habe.«

Zu Hause ist es auch nicht besser. Jacky versteckt sich wieder, wahrscheinlich noch ganz aufgewühlt von dem, was er mir erzählt hat. Ich wünschte, ich könnte sein Versteck finden. Mom und Ken sind also die Einzigen, die mit mir reden – ach ja, und Grandma und Grandpa bei unseren »fröhlichen« Telefongesprächen einmal in der Woche. Aber die sind so bizarr, die zählen nicht.

Ken bleibt ziemlich locker, aber Mom beobachtet mich wie ein Habicht. Erstaunlich, dass sie mich nicht mit Plastikmesser und Plastikgabel essen lässt, damit ich sie nicht erstechen kann, oder dass sie mich nicht in einen gepolsterten Anzug steckt, für den Fall, dass ich aus dem Fenster springen wollte.

Ken war nur einmal nicht da, und das war das Wochenende, an dem er zweihundert Meilen gefahren ist, um seine Kinder zu sehen. Hat Mom tatsächlich solche Angst, mit mir allein zu sein?

»Kimberley hat wirklich toll vorgetanzt. Ich zeig dir den Film«, sagte Ken, als er zurück war. »Patrick ist gerade bei den Pfadfindern eingetreten und hat schon Abzeichen fürs Knotenknüpfen und fürs Balancieren auf dem Balken bekommen.« Echt mal, als wären die beiden Kandidaten fürs *Guinness-Buch der Rekorde* oder für die Olympiade. Dann wurde Ken still und traurig und Mom machte auf total mitfühlend.

Ich frage mich, ob Mom sich wünscht, ich wäre Patrick oder Kimberly. Ich meine, die sind ja ganz offensichtlich übermenschliche Wunderkinder und ich bin nur ein abgedrehter Spinner, der einen selbst ernannten Aufpasser braucht. Denn Mom kann offenbar nicht alleine mit mir fertigwerden, falls ich plötzlich auf die Idee kommen sollte, die Scheune niederzubrennen oder im Keller den Teufel anzubeten.

Jetzt mal im Ernst, wie lange will Ken hierbleiben? Ich meine, er ist ein netter Typ und so, aber ich kann ihm nicht wirklich trauen. Und je länger er bleibt, desto mehr habe ich das Gefühl, dass Mom wirklich Angst vor mir hat.

»Ich fürchte, dass er so wird wie sein Vater.« Das hat sie eines Abends zu Ken gesagt. Das werde ich nie vergessen. Ich weiß, dass sie das immer mal wieder gedacht hat, aber es wirklich auszusprechen, und noch dazu gegenüber einem anderen als mir …

Und wenn ich nun so werde wie Dad? Wäre das so schlimm? Wirklich? Früher hat Mom ihn so geliebt, dass sie ihn geheiratet hat. Wie kann er dann so schlimm sein? Gut, vielleicht hat er Mist gebaut, und ich weiß vielleicht nicht alles, was passiert ist. Aber jeder baut doch mal Mist, oder? Ich bestimmt. Mom auch, jede Wette. Oder vielleicht ist Mom der liebe Gott. Benehmen tut sie sich jedenfalls so.

Abgesehen davon weiß Mom ja gar nicht, wie Dad jetzt ist. Leute ändern sich. Das sagt sie jedenfalls immer: »Es ist nie zu spät, sich zu ändern.« Damals, bei dem Treffen auf dem Jugendamt, hat Dad gesagt, er hat aufgehört zu trinken. Und die Probleme gab's immer, wenn er getrunken hat. Okay, nicht nur dann, aber meistens, und dann sind die schlimmsten Sachen passiert. Jedenfalls habe ich das so in Erinnerung.

Ken ist auch nicht perfekt. Wenn er das wäre, warum hat sich seine Frau dann von ihm getrennt? Oder die beiden haben einfach nicht zusammengepasst – so kann es ja auch bei Mom und Dad gewesen sein. Immerhin dürfen Patrick und Kimberley ihren Vater sehen. Ihre Mutter versteckt sie nicht vor ihm und sie müssen ihn nicht für ein übles Monster halten.

Dad. Ich liege im Bett und starre auf das gerahmte Bild auf meinem Nachttisch, hinter dem Dads Foto versteckt ist. *Dad, was würdest du zu alldem sagen? Würdest du auch denken, ich habe einen an der Waffel? Wahrscheinlich würdest du mich auch nicht schlechter behandeln als alle anderen.*

Plötzlich packt es mich. Ich schnappe mir den Rahmen und drücke die Klemmen auf der Rückseite auf. Die hintere Pappe gleitet heraus – und danach das Foto von mir und Dad am Strand. Wir hatten eine Sandburg gebaut – eine richtig gute, mit einem Graben und einer Mauer – und er hatte seinen Arm um mich gelegt.

Mein Herz rast. Ich erinnere mich genau. Das war einer unserer schönsten Tage. Mom saß auf einer Stranddecke und las, Dad und ich buddelten uns gegenseitig im Sand ein. Dann aßen wir alle drei Softeis mit Schokoglasur und ich durfte üben, mit Flossen und Schnorchel zu schwimmen.

Dad. Er lacht. Ich auch. Wir sind glücklich. Ich drehe das Bild um. Da steht die Nummer. Er ist nur einen Anruf von mir entfernt.

Nein. Das geht nicht.

Warum nicht? Ich verstehe, dass ich ihn nicht treffen darf. Und ich verstehe, dass er nicht wissen darf, wo ich bin. Aber einmal seine Stimme hören. Wissen, dass ich ihm was bedeute. Einfach wissen, dass er noch lebt. Und ihm sagen, dass ich ihn nicht vergessen habe. Was soll denn daran verkehrt sein?

Ich meine, es muss doch jemanden geben, mit dem ich reden kann. Mit wem sonst? Mit Mom nicht. Mit Ken auch nicht. Mit keinem in der Schule. Nicht mal mit meinen Großeltern kann ich reden, jedenfalls nicht richtig. Und mit Freunden von früher? Habe ich welche? Die kenne ich ja gar nicht mehr. Also bleibt nur noch die Seelenklempnerin, zu der ich soll. Aber ich werde doch einer Fremden nicht Dinge erzählen, die ich nicht mal laut vor mir selber aussprechen kann. Nein. Und abgesehen von Mom ist Dad der einzige Mensch auf der ganzen Welt, der mich *wirklich* kennt.

Dad. Ich muss mit Dad reden. Ich meine, wenn ich nicht mit meinem eigenen Vater reden kann ... Ich schnappe nach Luft. Meine Haut prickelt. Ich ziehe mein Telefon aus der Tasche.

Nein. Halt. Du kannst nicht einfach so mit Dad reden.

Warum nicht? Die Nummer von meinem Handy wird unterdrückt. Mom hat dafür gesorgt, dass niemand meine Nummer zu sehen bekommt.

Aber sie bezahlt die Telefonrechnung. Die Ortsgespräche wird sie nicht weiter beachten, aber Ferngespräche? Dads Nummer?

Wenn die Rechnung erst mal da ist, ist es zu spät. Dann haben wir schon geredet.

Und? Sie wird es erfahren. Und was glaubst du, wie sie dann drauf sein wird? Ist doch jetzt schon schlimm genug.

Okay. Was soll ich tun? Mir ein Handy borgen?

Von wem? Niemand leiht mir sein Handy für ein Ferngespräch. Eine Telefonzelle kann ich auch nicht benutzen. Dad würde die Vorwahl sehen. Und abgesehen davon, haben Mom und die Schule mich rund um die Uhr unter Beobachtung.

Moment mal. Ich weiß einen Weg.

Am nächsten Tag sehe ich Benjie auf dem Flur. »Du musst mir einen Gefallen tun.«

»Ich doch nicht!«

»Doch, und du wirst es tun.«

»Kommt nicht infrage.« Er dreht ab.

Ich bleibe ihm auf den Fersen. »Du hast mich verpetzt, im Heim. Aber ich hab dich bei Cody nicht verpetzt.«

»Was soll das heißen?«

»Er hat mich verprügelt, weil ich ihm nicht gesagt habe, von wem ich das mit seiner Urgroßmutter weiß.«

Benjie verzieht sich aufs Jungsklo. Ich hinterher. Wir sind allein.

»Hör mal«, sagt er, ganz blass. »Ich hab doch gar nichts weiter gesagt.«

»Dass sie in die Kirche gerast ist und ihr Auto auf der Landstraße stehen gelassen hat und fast das Haus in Brand gesetzt hat? Du hast dich kaputtgelacht. Wie hast du sie genannt? Hirntot. Total daneben.«

»So hab ich das nicht gemeint.«

»Glaubst du, das interessiert Cody?« Ich gebe Benjie zehn Dollar. »In der Mittagspause gehst du in die Stadt, in die Drogerie. Da kaufst du mir eine Telefonkarte, die für ganz Nordamerika gilt. Die gibst du mir in der Mathestunde, sodass es keiner merkt. Tust du das nicht, dann wundere dich nicht, wenn Cody dich von der Seite anquatscht.«

SECHSUNDDREIßIG

Nach dem Essen gucken Mom und Ken irgendeine blöde Fernsehshow und ich gehe nach oben. Ich lege mir mein Handy, das Foto von Dad und mir und die Telefonkarte zurecht, die Benjie mir besorgt hat. Das Gespräch kostet pro Minute so viel wie ein Ortsgespräch. Wenn Mom die Rechnung bekommt und ihr was auffällt, kann ich sagen, ich hätte die Karte benutzt, um einen Freund von früher anzurufen.

Mein Finger schwebt über den Tasten. Hält inne. Was ist los mit mir? Dad ist kaum mehr als einen Tastendruck entfernt. Wovor habe ich Angst?

Ich tippe die Nummer. Das Freizeichen erklingt. Nicht irgendeines. Sondern das von Dads Telefon. Nach fünfmal Läuten denke ich, dass er vielleicht nicht da ist oder eine neue Nummer hat, aber beim sechsten Mal nimmt er ab. »Hallo?« Es ist seine Stimme, genau so, wie ich sie noch im Kopf habe.

»Hallo?«, sagt Dad noch mal, als würde er denken, jemand hätte sich verwählt und schon wieder aufgelegt.

Sag was.

Was denn?

Egal. »Hey, Dad« oder »Hallo, Dad« – was ganz Einfaches.

»Wer ist da?«, fragt Dad.

Ich stelle mir vor, dass er die Stirn runzelt. Ich möchte Hallo sagen, aber das Wort bleibt mir im Hals stecken.

Ich lege auf.

Super. Richtig super.

Ist doch nicht schlimm. Ich versuch's noch mal. Ich war einfach nur sprachlos. Ich hab Dads Stimme vor fünf Jahren zuletzt gehört.

Ich wähle. Nach vier Tönen geht er ran.

»Ja bitte?« Nicht mehr so freundlich, aber auch nicht wirklich stinkig.

»Äh ... äh ...« *Sag was. Sag was.* »Hallo.«

»Wer ist da?« Das hört sich an, als müsste er es wissen, ist sich aber nicht sicher. Warum auch? Als er meine Stimme das letzte Mal gehört hat, war sie hoch und piepsig.

»Ich ...«

»Cameron?« Mom ruft vom Fuß der Treppe zu mir hoch.

»Ich muss Schluss machen«, sage ich zu Dad und schiebe mir das Telefon in die Hosentasche, als wäre ich bei einem Verbrechen erwischt worden. Ich gehe zur Zimmertür. »Was ist?«

»Ken hat ein Dominospiel mitgebracht. Hast du Lust zu spielen?«

»Nein, danke. Ich gehe ins Bett.«

»So früh schon?«

»Ja, bin echt müde. Von den Tabletten.«

»Wie du willst.« Ich höre, wie sie weggeht und was zu Ken sagt.

Ich mache meine Tür zu und ziehe das Telefon aus der Tasche. Soll ich noch mal anrufen? Dad hält mich vielleicht für einen Spinner. Oder Mom erwischt mich.

Langsam. Mom und Ken spielen Domino. Wahrscheinlich am Küchentisch, am anderen Ende des Hauses. Und wenn Dad jetzt nicht rangeht, kann ich es ja morgen noch mal versuchen.

Ich tue es. Diesmal ist er beim ersten Klingeln dran.

»Kumpel?«

Hat er gehört, wie Mom mich gerufen hat? Hat er es erraten? Was auch immer, er weiß, wer ich bin. Ich hab das Gefühl, er kann mich sehen, mein Zimmer, alles. Ich fange an zu schwitzen. Es ist so weit.

»Kumpel, bist du das?« Dad klingt, als würde er sich das wünschen, aber nicht wagen, es zu glauben. »Kumpel. Leg nicht auf. Bitte. Ich bin hier. Du bist es doch, oder?«

Ich schlucke. Kann er mich atmen hören? »Ja. Ich bin's.«

»Cameron! Kumpel!« Plötzlich ist seine Stimme hell und klar.

Eine Erinnerung blitzt auf. Ich war vielleicht zwei, wir haben Kuckuck gespielt. Ich hatte die Decke über dem Kopf und Dad hat gesagt: »Wo ist Cameron? Wo ist mein Kumpel Cameron?« Und ich habe mir die Decke vom Kopf gezogen, er hat in die Hände geklatscht und gerufen: »Cameron! Kumpel!«, als wäre ich durch Zauberei wieder da. Was im Moment ja irgendwie stimmt.

»Ich wusste immer, dass du anrufen würdest, Kumpel.« Seine Stimme klingt gepresst. »Ich wusste nicht wann, nur dass. Du und ich, wir waren doch immer Kumpels. Beste Kumpels. Du warst das tollste Kind der Welt. Bist du immer noch. Ich hab dich lieb, Kumpel.«

»Dad ... Tut mir leid, dass es so lange gedauert hat.«

»Das ist schon okay. Jetzt rufst du ja an. Wo bist du denn?« Er bremst sich. »Nein, sag's mir nicht. Du kriegst bloß Ärger.«

»Ich weiß, ich ...«

»Schon gut. Ich liebe deine Mutter. Ich werde kein Wort gegen sie sagen. Aber sie hat wirklich sehr merkwürdige Vorstellungen. Was die sich alles ausdenkt. Aber egal. Nicht deine Schuld. Keiner hat schuld. Wie geht's dir? Alles gut?«

»Puh, ja, schon.«

»*Schon*? Schon klingt nicht richtig gut.«

»Stimmt. Also, es ist ... na ja.« Meine Stimme zittert. »Du weißt schon.«

»Klar«, sagt er sanft. »Ich weiß das. Manchmal kann das Leben ganz schön blöd sein, oder?«

»Ja.«

»Und warum rufst du jetzt an? Ist was passiert?«

»Kann sein.« Soll ich ihm das sagen? »Du wirst mich für verrückt halten.«

»Sag das nicht. So was würde ich nie denken.«

»Die anderen aber doch.«

»Wen interessiert denn das?«

Und dann rutscht es mir raus: »Ich brauche dich. Ich habe sonst niemanden, mit dem ich reden kann.«

»Was soll denn das heißen? Du hast doch deine Mom?«

»Nein. Ich habe niemanden.«

»Junge, Junge!« Er klingt so besorgt, dass ich fast auflegen möchte. »Was ist denn los, Kumpel? Na los. Sag's schon.«

»Okay.« Wird schon schiefgehen. »Glaubst du an Geister?«

»Klar, warum nicht? Ich meine, ich hab zwar noch nie einen Geist gesehen, noch nie mit einem gesprochen, war nicht mal auch nur in der Nähe von einem. Aber es gibt so viele Leute, Leute, die viel schlauer sind als ich, und die schwören, sie hätten Geister gesehen, mit ihnen gesprochen. Na ja – du kennst doch das Sprichwort, Kumpel: Wo Rauch ist, ist auch Feuer.«

»Ja, das kenne ich.« Zum ersten Mal seit Ewigkeiten kann ich atmen. Richtig atmen. »Ich sehe das auch so.«

Plötzlich kommt Mom die Treppe hoch. »Cameron?« Ich höre, dass Ken ihr auf den Fersen ist. »Cameron?«

»Das ist Mom, ich muss aufhören«, flüstere ich. »Ich rufe morgen von der Schule aus an.«

Ich lege auf und schiebe das Foto und das Telefon unter mein Kissen. Mom und Ken stürmen in mein Zimmer.

Ich springe auf. »Hallo? Schon mal was von Privatsphäre gehört?«

Mom hat die Augen weit aufgerissen. »Cameron, mit wem hast du gesprochen? War es dieser Geist?«

»Nein«, brülle ich. »Es war nicht ›dieser Geist‹. Sondern seine Kumpels. Der ganze Scheißfriedhof. Wir hatten eine Party.«

»Hör auf damit.«

Ken legt seinen Arm um sie. »Wir haben uns Sorgen um dich gemacht.«

»Nicht nötig. Mir geht's gut.«

»Nein, Cameron«, sagt Mom. »Dir geht's nicht gut.« Sie starrt mich an, als würde sich mein Kopf gleich vom Hals lösen und an die Decke springen.

»Wenn du dir solche Sorgen machst«, tobe ich. »Warum schläfst du nicht auch hier oben, bei Ken? Dann kannst du mich so viel belauschen, wie du willst. Und dann muss Ken nicht mitten in der Nacht heimlich zu dir runterschleichen. Glaubt ihr, ich hör die Treppe nicht?«

Moms Augen flackern. Ken blickt zur Seite. Sie gehen auseinander.

Oh mein Gott. Das stimmt sogar.

»Dafür wirst du dich bei Ken entschuldigen«, sagt Mom. »Und bei mir auch.« Sie macht auf dem Absatz kehrt und geht zurück nach unten. Ken wirft mir einen beschämten Blick zu und folgt ihr.

Also ... Mom schläft mit Ken. Erst hab ich geraten, aber jetzt weiß ich es genau. Und nach meinem Anruf weiß ich noch was, was sogar viel wichtiger ist.

Ich bin nicht verrückt. Und Dad ist es auch nicht.

SIEBENUNDDREIẞIG

Es gibt Dinge, die möchte man wissen, und andere, die möchte man nicht wissen. Mein Kopf ist so voll mit Dingen, die ich nicht wissen möchte, dass ich es kaum aushalte. Ich schaukele auf der Bettkante hin und her. Und sofort ist Jacky da, als wüsste er, dass ich ihn brauche.

»Ganz schön schwer, was?« sagt er. »Ich wollte auch nichts von Mutters Freund wissen.«

»Ich weiß nicht, was ich will. Es ist seltsam. Ich meine, ich mag Ken.«

»Aber er ist nicht dein Vater.«

»Nein, er ist nicht Dad. Jacky, was mache ich mit Dad?«

»Mach dir keinen Kopf«, sagt er. »Das wird schon.« Seine Stimme ist so ernst, als wäre er der weiseste Mensch der Welt. Wir sitzen einen Moment still da, dann sagt er: »Ich weiß, dass es schwer für dich war, ohne mich. Ich war in meinem Geheimversteck. Ich wollte nicht an den Tag mit Vater und den Hunden denken.«

»Schon gut«, sage ich, weil ich ihn nicht verscheuchen will. »Du musst mir das nicht erzählen.«

»Doch, ich muss«, sagt er leise. »Ich schleppe dieses Geheimnis schon ewig mit mir rum. Geheimnisse sind schwer zu ertragen, erst recht so eins. Das lässt dir keine Ruhe. Ich verstecke mich, damit es verschwindet, aber das tut es nicht, das tut es nie. Ich muss es jemandem erzählen, Cameron. Du bist der Einzige, dem ich vertrauen kann. Kann ich doch, oder?«

»Willst du das wirklich?«

»Bitte. Du musst nur weggucken. Es ist leichter zu erzählen, wenn du wegguckst.«

»Okay.« Ich blicke auf die Stelle am Fenster, wo sich die Tapete löst. Bald sehe ich doppelt, dreifach, alles verschwimmt und verschwindet, und ich nehme nur noch den Klang von Jackys Stimme wahr.

»Nachdem Mutter verschwunden ist und die Polizei da war, hat Vater das Telefon abgeschafft. Es hat zu merkwürdigen Zeiten geklingelt, und er hatte Angst, ich würde rangehen. Etwa eine Woche später hat er die Hunde gekauft. Sie wurden in Stahlkäfigen gebracht. Er fütterte sie in der Scheune, ließ sie aber frei rumlaufen. Er sagte, sie sollten die Leute fernhalten, die mich abholen und mir wehtun wollten. Aber die Hunde haben auch dafür gesorgt, dass ich im Haus geblieben bin. Ich hab mich nicht getraut rauszugehen. Ich hab durchs Fenster gesehen, wie sie Kaninchen gejagt haben. Die Kaninchen wussten nie, wohin sie rennen sollten, als hätten sie das vergessen, und dann haben die Hunde sie zerfleischt.

Nachts, im Traum, war ich ein Kaninchen.

Vater wusste, dass ich Angst hatte. Er sagte, das ist gut, dann würde ich in der Spur bleiben. Wenn ich nicht brav war oder wenn ich zu Arty wollte, hat er mich nicht mehr in die Kohlenkammer gesteckt, sondern hat mich gepackt und an die Tür gezerrt. ›Na los‹, hat er gebrüllt. ›Geh zu Arty. Lass dich ins Waisenheim stecken, zu den Ratten. Mir doch egal.‹ Und ich hörte die Hunde bellen und ich hab mich irgendwo festgekrallt, am Küchentisch, am Türrahmen, egal wo, damit er mich nicht nach draußen schmeißen konnte. Damit ich nicht in die Nähe der Hunde kam.

Aber irgendwie wusste ich, dass er mich ihnen nie zum Fraß vorwerfen würde. Es hat mir sogar gefallen, wenn er wütend wurde und mich an die Tür gezerrt hat. Denn jedes Mal hat er mich danach in den Arm genommen und mir gesagt, dass er mich lieb hat.«

Jacky hört auf zu reden. Aber ich höre seinen Atem, er geht schnell und hastig, genau im selben Tempo wie meiner. Ich möchte fragen, was an dem Tag geschehen ist. Aber ich weiß, wie schwer es wird, wenn man zu dem kommt, was man nicht sagen möchte, woran man sich nicht erinnern möchte, also verhalte ich mich ganz ruhig. Ich blicke nur zur Wand und warte, bis er bereit ist, mir zu erzählen, was er noch nie erzählt hat.

»Es war an einem Sonntagmorgen«, sagt Jacky schließlich. »Ich weiß es so genau, weil wir im Radio den Gottesdienst gehört haben. Vater hatte getrunken. Seit Mutter weg war, hat er andauernd getrunken. Er sah ganz grau aus und hatte Albträume und schrie den Namen von Mutter und von ihrem Freund und dass es nicht seine Schuld war, sondern ihre.

Jedenfalls, es war mitten in der Predigt, wir waren in der Küche, Vater ist auf und ab gelaufen und hat vor sich hin gesprochen. Plötzlich hat er gekrampft, hat sich am Arm gepackt und ist ganz steif geworden. Dann fiel er um, schlug mit dem Kopf auf den Boden und blieb liegen.

Zuerst habe ich gedacht, er wäre ohnmächtig. Also schüttelte ich ihn. »Vater? Vater?« Nichts. Ich drehte ihn um. Er starrte mich an. Ich schlug ihm ins Gesicht. »Wach auf, wach auf.« Tat er aber nicht, er lag nur da und starrte. Ich sagte mir, dass alles in Ordnung war. War's aber nicht. Ich wusste es. Er war tot.

Ich wusste nicht, was ich tun sollte. Ich konnte niemanden anrufen, weil es kein Telefon gab. Und wegen der Hunde konnte ich nicht zu Arty rübergehen. Sie bellten und kratzten an der Tür. Vater hatte sie nicht gefüttert. Ich wusste, dass sie hungrig waren, also holte ich ein paar Hamburger, etwas Huhn und Gemüse aus dem Kühlschrank. Ich warf alles aus dem Fenster von meinem Zimmer. Die sind durchgedreht, haben um jeden Bissen gekämpft.

In der Nacht blieb ich bei Vater, damit ich nicht allein sein musste. Denn außer mir und ihm war ja keiner da, nur die Hunde draußen. Ich brauchte Vater. Er wusste immer, was zu tun war. Aber jetzt war er ganz steif und starrte mich an. Ich wollte seine Augen schließen. Aber die Lider gingen nicht zu. Also habe ich seinen Kopf in ein Handtuch gewickelt, seinen Körper mit einer Decke zugedeckt und habe mich daruntergekuschelt, weil ich ganz nah bei ihm sein wollte.

Drei Tage blieb ich bei Vater. Den Hunden warf ich alles Essbare zu, was ich finden konnte. Es war nie genug. Dann fing Vater an zu riechen, wie eine Pfanne, die nicht ausgewaschen wurde. Der Gestank wurde so schlimm, dass ich ihn nicht mehr aushielt. Ich rollte Vater zur Tür, damit frische Luft an ihn rankommen konnte. Ich wartete, bis ich die Hunde nicht mehr hörte. Dann machte ich die Tür auf.

Aber einige Hunde waren doch in der Nähe. Sie sprangen auf Vaters Leiche zu. Ich raste nach oben. Sie folgten mir. Ich kletterte zum Dachboden rauf und zog die Leiter hoch. Die Hunde waren jetzt überall, im ganzen Haus. Ich zog die Falltür hinter mir zu, damit ich sie nicht sehen musste. Aber ich konnte noch hören, wie sie Vater zerfleischten. Es war meine Schuld. Alles war meine Schuld. Ich habe geschrien und geschrien und bin zu Mutters Truhe gerannt, bin reingeklettert, hab den Deckel zugemacht, die Finger in die Ohren gesteckt und Lieder gesungen, damit ich nichts hören musste. Und dann bin ich eingeschlafen.«

Oh nein. Jetzt verstehe ich. »Und als du aufgewacht bist, was war dann?«, flüstere ich. Aber ich kenne die Antwort.

»Es war dunkel«, schnieft er. »Ich bin einfach dageblieben.«

»In der Truhe deiner Mutter. Das war dein Geheimversteck?«

»Ja.«

Ich denke: Wo ist die Truhe jetzt? Aber ich sage nur. »Das war richtig.«

»Nein.«

»Doch. So mutig wie du war ich noch nie. Bin ich auch jetzt nicht. Ich könnte niemals so viele Jahre allein bleiben wie du.«

»Ich war nicht immer allein. Arty ist für eine Weile hierhergezogen. Aber da sah er älter aus. Und er hat nicht mit mir geredet. Er wollte nicht mehr mit mir spielen. Dann bist du gekommen.« Seine Stimme wird schüchtern. »Ich bin froh, dass wir Freunde sind.«

»Ich auch.«

»Und die Hunde. Die sind auch hier gewesen. Wie ich dir gesagt habe. Sie sind überall. Sie sehen alles.«

Ich verkrampfe.

»Nein, schon gut. Hab keine Angst. Die tun dir nichts. Ich passe auf.«

»Aber was sie mit deinem Vater gemacht haben ...«

»Das war meine Schuld. Sie hatten Hunger. Aber das ist vorbei. Als ich eingeschlafen bin, habe ich geträumt, dass wir spielen. Seitdem spielen wir.«

»Trotzdem, wenn ich sie im Wind heulen höre ... so wie die heulen ...«

»Das sind eben ihre Laute. Die Dinge sind nicht immer so, wie sie scheinen. Man stellt sich alles Mögliche vor, obwohl es das gar nicht geben kann. Das weißt du doch, oder?«

Ich nicke.

»Vater sagte, er hat die Hunde zu meinem Schutz geholt.

Damit mich keine bösen Leute wegholen können. Und sie haben mich ja beschützt. Und sie werden dich auch beschützen, wenn du willst.« Ich spüre, wie er mich umarmt, wie ein kleiner Bruder. »Ich muss jetzt gehen.«

Und weg ist er.

ACHTUNDDREIßIG

Beim Frühstück sind alle ziemlich still. Ken lächelt, als würde er dafür bezahlt werden, und ein paarmal versucht er, alles ein wenig aufzulockern. Er überlegt, ob es vielleicht schneien könnte, und will eine lustige Geschichte erzählen, aber da sagt Mom: »Nicht jetzt, Ken«, und er hält den Mund.

Wenn die Atmosphäre schon beim Frühstück angespannt war, so ist sie es erst recht, als Mom mich zur Schule fährt. Und morgen ist Sonnabend. Selbst Unterricht wäre besser als zwei Tage in dieser Stimmung.

Schließlich bricht Mom ihr Schweigen. »Möchtest du mir etwas sagen?«

»Was denn?«

»Soll ich es dir tatsächlich vorbeten?«

»Ach so, so was wie: Tut mir leid, was ich über dich und Ken gesagt habe?«

»Was in der Richtung.«

»Warum sollte mir das leidtun? Es stimmt doch. Möchtest *du* mir vielleicht was sagen?«

Mom wirft mir einen scharfen Blick zu. »Zum Beispiel?«

»Bist du vor Ken mit anderen Männern zusammen gewesen?«

»Das geht dich gar nichts an.«

»Also ja.«

Mom atmet einmal kräftig ein. »Wenn du es unbedingt wissen willst, ich bin gelegentlich zum Essen eingeladen worden. Zum letzten Mal vor einem Jahr.«

»Warum hast du mir nichts davon gesagt?«

»Ich wollte warten, bis ich sicher war, den Richtigen gefunden zu haben.«

Ich starre aus dem Fenster. »Hast du dich mal ›zum Essen einladen‹ lassen, als du noch mit Dad zusammen warst?«

»Cameron!«

»Ja oder nein? Ist er deswegen so wütend geworden?«

»Natürlich nicht. Ich nehme an, du hast gehört, dass er so was geschrien hat. Er hatte eine wilde Fantasie. Er hat sich Geschichten ausgedacht, an denen nichts dran war.«

»Mit anderen Worten, er war wie ich.«

»Das habe ich nicht gesagt.«

Mom umklammert das Steuerrad. »Das Gespräch ist beendet.« Den restlichen Weg zur Schule schweigen wir.

Ich steige aus dem Auto. »Danke.«

Ohne ein Wort zu sagen, fährt Mom weiter. Mit ihrem Schweigen will sie mich bestrafen. Tja, funktioniert aber nicht … Ich kann mit Dad reden. Bis zur Mittagspause denke ich nur an ihn. Es macht mir nicht mal was aus, als mich Codys Freund Brandon mit einem Kugelschreiber pikst und sagt: »Pass bloß auf, Arschloch. Wir haben dich nicht vergessen. Wir wissen, wo du wohnst.«

In der Mittagspause winke ich Ms Adams in ihrem Sozialarbeiterbüro zu und gehe in den Konferenzraum. Ich nehme mein Essen, mein Telefon und die Telefonkarte aus der Tasche und rufe Dad an.

»Hey, Kumpel, lange nichts von dir gehört«, sagt er lachend.

»Gestern Abend hat Mom gedacht, ich rede mit einem Geist.« Ich lache auch.

»Wahrscheinlich bin ich ja eine Art Geist, seit sie mit dir abgehauen ist. Im Geiste anwesend, selbst wenn du mich nicht sehen kannst.«

»Ja.« Ich zögere. »Dad, tut mir leid, dass ich dich das fragen muss, aber hast du versucht, uns zu finden? Hast du uns verfolgt?«

»Behauptet deine Mutter das?«

»Ich frag nicht nur wegen ihr. Sondern wegen der Facebook-Sache.«

»Das tut mir leid«, sagt Dad leise. »Das war … Cameron, ich liebe dich. Welcher Vater würde seinen Sohn nicht suchen?«

»Keine Ahnung.«

»Eben. Du bist für mich das Kostbarste auf dieser Welt, Kumpel. Jede Nacht träume ich von dir, mache mir Sorgen um dich. Ich wäre kein Vater, wenn ich das nicht täte.«

»Ja.«

»Ich wette, sie behauptet, ich verfolge euch. Und hat mich bei der Polizei angezeigt.« Ich sage nichts, er liest meine Gedanken. »Ich dachte es mir. Deine Großeltern – nein, ich werde nichts über sie sagen. Ich bin sicher, dass sie dich sehr lieb haben. Aber sie … tut mir leid, es gibt einfach Dinge, die sollte ich dir besser nicht sagen.«

»Doch, sag schon.«

»Ich wünschte, ich könnte es. Aber Eltern sollten nicht schlecht übereinander reden, und über Großeltern auch nicht. Das gehört sich nicht. Du würdest doch nicht schlecht über jemanden reden, wenn der nicht dabei ist, um sich zu verteidigen, oder?«

»Nein.«

»Guter Junge. Es kann einem Kind sehr schaden, wenn Eltern oder Großeltern Lügen übereinander verbreiten.« Er hält inne. »Wie dem auch sei, ich hatte tatsächlich einen Privatdetektiv engagiert. Ich weiß nicht, was er alles getan hat. Ich weiß nur, dass er mich einen Haufen Geld gekostet hat. Aber du warst es wert. Ohne dich war die Welt nicht mehr, wie sie sein sollte.«

Mein Herz klopft ein bisschen schneller. »Also weißt du, wo wir gewohnt haben?«

»Nicht wirklich. Er war nicht sehr gut. Ich glaube, ihr seid zweimal umgezogen?«

»Viermal.«

»Viermal. Das ist viel!«

»Ja. Mom hat gesagt, sie weiß immer, wenn du in der Nähe bist. Sie hat gesagt, sie kann es spüren. Also, wenn du in der Nähe von ihrer Arbeit warst oder nachts vor unserer Tür geparkt hast, solche Sachen.«

»Die Fantasie kann einem ganz schöne Streiche spielen, was? Ich nehme an, du weißt inzwischen, dass ich längst festgenommen worden wäre, wenn das stimmen würde, was sie sagt?«

»Ja, so was hab ich mir gedacht.«

»Aber ich wurde nicht festgenommen, oder?« Er seufzt. »Das dauernde Umziehen muss schrecklich gewesen sein. Freunde verlieren. Fürchten, dass dir dein durchgeknallter Vater auflauert!«

»Ja, das war ganz schön schlimm.«

»Verstehe, mein Junge. Denk dran, ich heiße Mike.«

»Hä?«

Dad kichert. »Mike. Das ist ein guter, anständiger Name, so wie Cameron. Ein Name, dem du trauen kannst. Nicht so ein Name wie Cody.«

»Was?« Ich kriege einen trockenen Mund.

»Oder Jason. Oder Colt. Oder Zach. Du weißt schon, coole Namen von knallharten Typen.«

Ich kann kaum atmen. »Warum hast du Cody gesagt?«

»Was soll das heißen? Kennst du einen Cody?«

»Vielleicht.«

»Magst du ihn?«

»Nein.«

»Na, was hab ich gesagt?« Dad lacht wieder. »Einen Moment lang habe ich geglaubt, du wärst so paranoid wie deine Mutter.«

»Dad, ich muss aufhören«, lüge ich. »Wir reden ein andermal.«

»Auf alle Fälle.«

Ich lege auf. Cody? Was hat denn das zu bedeuten?

NEUNUNDDREIßIG

Das mit Cody verfolgt mich den ganzen Tag. Ich hab das Gefühl, mein Hirn ist blockiert. Mitten in der Nacht wache ich schwitzend und mit weit aufgerissenen Augen auf. Was habe ich getan?

Nichts. Dad angerufen. Was soll schon sein.

Irgendwas stimmt nicht. Dad kennt Cody.

Das war Zufall. Er hat noch andere Namen genannt.

Nein, ich habe verraten, wo wir sind.

Wie?

Keine Ahnung, aber ich hab's getan. Dad wird uns kriegen. Meine Schuld. Ich muss es Mom sagen.

Geht's noch? Die dreht total durch. Wegen gar nichts.

Aber wenn Dad herkommt – er könnte uns wehtun, er könnte uns umbringen ...

Jetzt redest du wie Mom. Denk an Dads Stimme. Die klang doch nett.

Jede Stimme kann nett klingen.

Dad kommt nicht, weil er unmöglich wissen kann, wo wir sind: Du hast ihn mit einer Telefonkarte angerufen. Und außerdem, denk mal an das erste Gespräch. Da hat er gesagt, er will nicht wissen, wo wir sind, weil Mom sonst wütend wird. Das heißt, er weiß es nicht und er will keinen Stress machen.

Aber wenn er es nun *doch* weiß?

Wenn das Wörtchen wenn nicht wär ... Sei doch nicht blöd. Wenn Dad kommt, ist Ken hier. Ken ist ein kräftiger Mann. Solange der da ist, kann Dad überhaupt nichts machen. Uns passiert nichts.

Aber, aber, aber, aber, aber ...

Die ganze Nacht diskutiere ich mit mir selbst. Ich stopfe mir das Kissen in den Mund, damit ich nicht laut spreche.

Ich stehe früh auf und putze mir die Zähne. Ich kann nicht glauben, dass der Typ da im Spiegel ich sein soll. Mein Gesicht ist leichenblass, meine Augen sind puffig wie Turnbeutel. Sonnabend. Ein Wochenende mit Mom und Ken. Kann ich jetzt bitte sterben?

Beide sind schon in der Küche. Sie müssen mich gehört haben, denn jetzt sind sie still, als hätten sie auf Flüstern und Gestikulieren umgeschaltet. Ich gehe nach unten und denke an meine heimlichen Telefongespräche und überlege, worüber die beiden wohl geredet haben. Ich kann ihnen nicht in die Augen sehen, weil ich weiß, dass ich ihnen von Dad erzählen muss. Aber das kann ich nicht, ohne den dritten Weltkrieg auszulösen.

»Schlimme Nacht?« Moms Stimme ist freundlich, was dazu führt, dass ich mich gleich noch viel schlechter fühle.

»Ja.« Ich schiebe mich auf meinen Stuhl.

Sie bringt mir meine Cornflakes. »Wir haben auch nicht gut geschlafen.«

»Tut mir leid«, sage ich. »Wirklich.«

Mom drückt meine Schultern, glücklich und überrascht. Ich bin ziemlich sicher, sie denkt, ich meine das, was ich über sie und Ken gesagt habe. Wenn das heißt, dass ich nichts über Dad zu sagen brauche, umso besser. Sie bedeutet Ken, sich mir gegenüberzusetzen. »Uns tut es auch leid. Ken, willst du anfangen?«

»Gerne.« Ken beugt sich über den Tisch und will mir in die Augen gucken. Ich werfe ihm nur einen kurzen Blick zu. »Du und ich, wir haben uns vor ein paar Wochen verkracht. Du hast mir was anvertraut und ich habe es deiner Mutter erzählt. Ich hätte dir deutlicher sagen müssen, dass ich es ihr sagen werde, und auch, warum. Wir hätten darüber reden können, vielleicht sogar gemeinsam mit deiner Mom. Aber ich bin vorgeprescht und habe dich im Regen stehen lassen. Das war nicht in Ordnung. Meine Schuld. Ich möchte mich entschuldigen.«

Ich blicke langsam hoch. Ken hat wieder den Hundeblick, wie damals, als er über seine Kinder sprach.

»Ja, gut. Okay«, sage ich langsam. »Ich meine, ich glaub, ich versteh schon, warum du es ihr sagen musstest. Und ja, wenn du mir das gleich gesagt hättest, wäre ich nicht so wütend geworden. Jedenfalls danke.«

»Wollen wir uns wieder vertragen?«

»Glaub schon. Ja.«

»Ich möchte mich auch entschuldigen«, sagt Mom und nimmt meine Hand. »Ich hätte dir sagen sollen, dass Ken für mich mehr bedeutet als einfach nur irgendein Freund. Heimlichkeiten sind schrecklich, ganz egal, wie alt man ist. Wir haben uns gedacht – wenn du lieber möchtest, dass er in seiner Wohnung bleibt, dann wird er das tun.«

»Auf jeden Fall«, sagt Ken. »Das hier ist dein Zuhause. Ich bin nur ein Gast.«

»Na ja, bisschen mehr schon, oder?« Ich bringe ein Lächeln zustande.

»Jedenfalls ...« Mom lässt mir die Wahl.

Ich schaue auf meine Cornflakes. Ich weiß, dass Mom nie wieder zu Dad zurückgeht und dass sie das Recht hat, mit jemandem zusammen zu sein. Ken lässt mich in Ruhe und kommandiert mich nicht rum, und ich weiß, dass er uns mag. Und wenn Dad jemals auftaucht und irgendwas machen will – also, ich meine, das wird er nicht tun, aber gesetzt den Fall –, dann ist Ken da, und ich muss nicht das Gefühl haben, dass ich Mom in Gefahr bringe.

Ken räuspert sich. »Vielleicht sollte ich nach oben gehen, damit du mit deiner Mom allein darüber reden kannst.«

»Nein, ist okay.« Ich schaue ihn an. »Du kannst bleiben, wenn du willst. Nur – ich weiß, das klingt jetzt blöd, aber ich möchte auf keinen Fall was hören, wenn ihr ... ihr wisst schon, was ich meine.«

Mom wird rot. »Natürlich.«

»Ich meine, bis jetzt hab ich noch nichts gehört.«

Mom und Ken sehen erleichtert aus. Mom drückt meine Hand. Ken reicht über den Tisch und nimmt meine andere Hand, dann fassen beide einander an. »Ab jetzt gibt es keine Geheimnisse mehr«, sagt Mom. »Einverstanden?«

Ken und ich nicken. »Einverstanden.«

Als wenn das überhaupt möglich wäre.

VIERZIG

Normalerweise sind mir solche Gespräche peinlich. Heute war es das nicht. Stattdessen platzt meine Kummerblase und auf einmal fliege ich. Ich fühle mich sicher. Mom und Ken sind auf meiner Seite, warum habe ich bloß gedacht, Dad könnte Stress machen? Mir geht's sogar so gut, dass ich von alleine Geschirr spüle und mein Bett mache, und zwar so, dass die Decke nicht unter dem Überwurf rausguckt, was in Moms Augen ganz wichtig ist.

Auch Mom und Ken sind plötzlich anders. Mom sieht jünger aus und Ken ist wieder ganz entspannt. Als wohnten wir in Happyville. Am späten Vormittag fährt Ken mit uns nach Ramsay, wo es ein richtiges französisches Bistro gibt. Mom und Ken bestellen Pasta mit einem schicken Namen, mit Tintenfisch und Muscheln, und einen Salat mit Avocado und roten Blättern. Ich nehme einen Cheeseburger mit Pommes, pardon, einen *hamburger aux trois frommages et pommes frites.*

Trotzdem, wie immer, sobald sich ein Problem aus meinem Hirnzirkus verabschiedet hat, schlägt ein anderes auf. Das neue Problem erwischt mich auf dem Weg nach Hause. Was mache ich mit Dad? Ich meine, es ist toll zu wissen, dass es ihn noch gibt und dass er mich mag, aber unsere heimlichen Telefongespräche kann ich schlecht fortsetzen.

Warum nicht?

Ich kann nicht lügen. Zu viel Stress.

Lügen und ein Geheimnis haben ist nicht dasselbe.

Das glaube ich nicht. Mom wird das auch nicht so sehen. Früher oder später wird sie es rauskriegen, oder ich sage was zu Dad, was uns verrät.

Wenn du nicht mehr anrufst, ist Dad traurig.

Ich weiß. Was also soll ich ihm sagen?

Am späten Nachmittag sind wir wieder zu Hause. Mom und Ken wollen einen Mittagsschlaf machen, jedenfalls nennen sie das so. Ich gehe nach oben zum Hausaufgabenmachen. Ich setze meine Kopfhörer auf, drehe die Lautstärke hoch und versuche, Mathe zu machen. Die Zahlen verschwimmen vor meinen Augen.

Ich gucke hinüber zur Scheune. Wenn ich recht habe, sind dort zwei Leichen vergraben. Ich male mir aus, wie Mr McTavish die Gräber aushebt, dann stelle ich mir das Gesicht von der toten Mrs McTavish vor, die Augen vor Entsetzen aufgerissenen. Ich denke an Moms Gesicht. Wie würde sie tot aussehen? Oder Ken? Oder ich? Hör auf. Das ist krank.

Ich halte mich an den Kanten meines Schreibtisches fest und zähle bis zehn. Hilft nicht. Was anderes macht mir plötzlich Angst. Jemand oder etwas beobachtet mich.

Quatsch. Das bildest du dir genauso ein wie die Mutanten hinter dem Heizkessel, die Hunde im Maisfeld und die eingewickelten Leichen auf dem Dachboden.

Nein. Das ist echt.

Der Mais ist abgeerntet. Niemand könnte in die Scheune gehen, ohne gesehen zu werden.

Er könnte gestern Abend gekommen sein oder als wir beim Mittagessen waren.

Aber wer?

Mr Sinclair?

Der ist seltsam, aber doch nicht pervers.

Dad?

Der weiß nicht, wo wir wohnen.

Cody weiß es. »Pass bloß auf, du Arschloch. Wir haben dich nicht vergessen. Wir wissen, wo du wohnst.« Das hat sein Kumpel Brandon gesagt.

Was sollte Cody hier wollen?

Beweisen, dass er mich überall kriegt.

Das würde er nicht riskieren. Nach eurer Schlägerei wäre er der Hauptverdächtige.

Nicht, wenn er seine Jungs schickt und selber ein Alibi hat. Sie können warten, bis ich rauskomme, oder nachts einbrechen. Wenn sie sich verkleiden, wie soll ich das dann beweisen?

Hör auf, das sind doch bloß Hirngespinste.

Wirklich?

Während des Abendessens bin ich total nervös, aber ich halte den Mund. Wenn ich es Mom und Ken sage, denken die, ich hätte Halluzinationen, und dann ist alles im Eimer, wo sie sich doch gerade wieder so verhalten, als wäre ich normal. Mit der Gabel schiebe ich die Erbsen hin und her.

»Was ist los?«, fragt Mom.

Oh, oh. »Habe ich laut geredet?«

»Nein. Aber ich kann dir ansehen, dass dich was bedrückt. Und du hast kaum ein Wort gesagt, seit du dich an den Tisch gesetzt hast.«

Ich zwinge mir ein Lächeln ab. »Ist nur Mathe. Es gibt ein paar Formeln, die raffe ich nicht.«

»Sollen wir nach dem Geschirrspülen mal gucken?«, fragt Ken. »Deine Mom und ich, wir kriegen das vielleicht mit dir zusammen raus.«

»Gerne«, sage ich. Solange jemand bei mir ist, bin ich abgelenkt.

So war's dann auch. Aber sobald das Licht aus ist, liege ich wach und stelle mir das Schlimmste vor. Jedes kleine Geräusch klingt gewaltig: die Kojoten in der Ferne, die Hunde im Wind.

Sonntag beim Frühstück ertappen mich Mom und Ken, als ich die Lippen bewege.

»Cameron, rede mit uns«, sagt Mom. »Du hast was anderes im Kopf als ein paar Matheprobleme.«

»Nein, da ist nichts.«

»Wenn da nichts wäre, würdest du dich nicht so verhalten.«

Ich lege meinen Löffel zur Seite und blicke von Mom zu Ken und von Ken zu Mom. »Ich stelle mir was vor, okay. Weiter nichts. Es ist nicht wirklich. Nur in meinem Kopf.«

»Das ist wichtig zu wissen«, sagt Mom. »Ein erster großer Schritt.«

Ken runzelt die Stirn. »Aber das nimmt doch die Angst nicht weg, oder? Wenn wir wissen, woher das kommt, könnten wir vielleicht was dran ändern.«

Nett. Sobald ich behaupte, dass ich mir das, was mir durch den Kopf geht, nur einbilde, nehmen sie mich ernst.

»Mom ...« – Wie soll ich das sagen? – »Weißt du noch, wie du gedacht hast, dass Dad auf der anderen Straßenseite in einem Auto gesessen hat, unter den Bäumen?«

»Er saß da.«

»Stimmt. Aber du hast ihn nie wirklich gesehen.«

»Das brauchte ich auch nicht. Ich wusste es.«

»Also gut, so ungefähr ist das, wenn ich zur Scheune gucke. Ich habe niemanden gesehen, aber ich denke, mich beobachtet jemand.«

Mom wird nervös. »Dein Vater?«

»Ich weiß nicht, wer. Vielleicht Cody? Oder einer von seinen Jungs?«

»Das spielt sich aber alles in deinem Kopf ab, oder?«

»Ich nehme an. Ich weiß es nicht.«

»Es ist schwer, ohne Angst zu leben, nach all dem, was dein Vater getan hat«, sagt Mom. »Aber jetzt bist du in Sicherheit.«

»Trotzdem, dieser Cody ist hier in der Gegend«, sagt Ken. »Wir wissen, er würde nicht wirklich auf das Grundstück kommen. Aber auch das beruhigt dich ja nicht wirklich, oder?« Er lächelt mich aufmunternd an. »Wir können ja nach dem Frühstück in die Scheune gehen, damit du dich überzeugen kannst. Es ist immer besser, wenn man sich seinen Ängsten stellt.«

»Ich weiß, so mache ich das ja andauernd, wenn ich mir irgendwas einbilde, ich gucke hinter die Heizung, ob da Zombies sind und so. Aber …« Ich spreche nicht zu Ende.

»Ich kann auch alleine gehen, wenn du möchtest«, sagt Ken.

»Nein, ich möchte nicht, dass dir was passiert.«

»Wieso sollte Ken was passieren?«, fragt Mom. »Da ist doch nichts. Ich denke, wir sollten alle drei gehen. Ich war noch nie in der Scheune. Ist bestimmt interessant.«

»Nein. Ich geh mit Ken. Du bleibst im Haus, falls da doch was ist. Ich meine, da ist sicher nichts, aber nur so, für alle Fälle. Ich nehme mein Telefon mit.«

Mom und Ken gucken sich an. »Gut«, sagt Mom. »Ich erwarte einen ausführlichen Bericht und dann können wir hinterher gemeinsam darüber lachen.«

Ken und ich gehen hinten raus zur Scheune. Ich vermeide, hoch zu dem Loch am Heuboden zu gucken. Wir gehen in die Scheune hinein und machen unsere Taschenlampen an. Mit dem Lichtstrahl tasten wir alles ab, Schatten tanzen von einem Kuhstand zum nächsten.

»Du gehst von dieser Seite den Gang lang und ich von der anderen, bis wir uns in der Mitte treffen«, sagt Ken. »So kann dein eingebildeter Eindringling nicht entkommen. Wenn du irgendwas siehst, ruf mich, dann bin ich sofort da.«

Was bin ich für ein Baby. Kaum ist Ken dabei, habe ich das Gefühl, alles, was letzte Nacht passiert ist, war nur ein Traum, vor allem, da Ken jetzt auch noch Popsongs pfeift. Es ist gruselig im Dunkeln, aber das ist normal, ich meine, das ist eine alte Scheune ... in der Leichen begraben sind. Wo liegen Mrs McTavish und Matthew Fraser? Ich stelle mir vor, dass ihre Knochen in dem Kuhstand vor mir aus dem Boden ragen, und dann in dem nächsten und im nächsten, bis Ken und ich schließlich zusammentreffen.

»Hast du was gesehen?«, fragt er.

»Nein.«

»Gut. Jetzt werfen wir noch einen Blick auf den Heuboden und dann gehen wir schnell wieder rein. Es ist kalt.« Er grinst. »Deine Mom hat recht gehabt mit dem Warmanziehen.«

Wir klettern die Treppe rauf, Ken zuerst, und ich blicke mir dauernd über die Schulter, obwohl ich weiß, dass hinter mir niemand ist. Ich bete, dass oben alles leer ist. Dass da oben niemand ist.

Wir sind oben. Große Erleichterung. Nichts zu sehen außer den Vögeln auf den Balken.

»Geht's dir besser?«, fragt Ken.

Ich nicke. »Tut mir leid, na ja ... du weißt schon.«

»Schon okay. Angst haben ist nichts, wofür man sich schämen muss. Jeder hat irgendwann mal Angst.« Er lacht. »Eines Tages werde ich dir erzählen müssen, was für eine Angst ich vor dir hatte, als wir zum ersten Mal allein miteinander geredet haben, an dem Morgen, als du in mein Büro kamst.«

»Du hattest Angst vor mir?«

»Und wie! Ich dachte, wenn der Junge mich nicht leiden kann, dann war's das mit Katherine.«

Ich lächele. »Na ja, ich bin schon ein furchterregender Typ. Kannst du alle fragen.«

Ken gibt mir einen kleinen Klaps. »Okay, rein jetzt. Ich brauche einen Kaffee.« Er steigt abwärts.

Was war ich nur für ein Idiot. Ich schüttele den Kopf und will auch runter. Als ich auf der Treppe stehe, blicke ich mich noch einmal um.

Auf einmal wird mir übel. Als ich das letzte Mal hier war, lag mitten im Raum ein Eimer. Der steht aber jetzt neben dem Loch in der Wand, zu einem Hocker umgedreht. Wahrscheinlich hat Cody den benutzt, um mich in meinem Zimmer zu beobachten.

Das muss ich Ken sagen. Halt. Vielleicht habe ich den Eimer ja selber zum Sitzen benutzt, als ich Mr Sinclair nachspioniert habe. Das ist so lange her, dass ich mich nicht mehr erinnern kann. Ich könnte den Eimer benutzt und es einfach vergessen haben, so wird es gewesen sein. Eines aber ist sicher: Von jetzt an halte ich meine Vorhänge geschlossen. Und ich gehe nicht mehr allein raus.

EINUNDVIERZIG

Montagmorgen. Mom fährt mich zur Schule. Ich bin völlig fertig, weil ich denke, dass Cody mir hinterherspioniert, vor allem aber, weil ich nicht weiß, wie ich Dad beibringen soll, dass wir nicht mehr telefonieren können. Ich möchte ihn nicht verletzen, wo er sich doch so gefreut hat, aber meine Telefongespräche vor Mom zu verheimlichen ist auch nicht in Ordnung. Wie kann ich ihn freundlich abweisen?

Mittags nehme ich mein Handy und meine Telefonkarte mit in den Konferenzraum und tippe Dads Nummer.

Zweimal Klingeln und er ist dran. »Kumpel?«

»Ja.«

»Seit Freitag sitze ich praktisch auf dem Telefon. Wenn das ein Ei wäre, wäre jetzt was geschlüpft.«

Das Lachen bleibt mir in der Kehle stecken.

»Was ist los, Kumpel?«

»Na ja ... Dad ... es gibt da so ein paar Sachen ...«

»Was denn?«

»Also – Dad, du weißt, dass du mir gefehlt hast, ja?«

»Natürlich. Du mir auch.«

»Und es war wirklich wichtig, dass wir geredet haben. Du warst super. Und ich wünschte, wir könnten öfter reden. Wir werden ...«

Dads Stimme verdunkelt sich. »Ich höre da ein fettes ›Aber‹.«

»Genau. Also, das ist so, im Moment ist es gerade nicht so gut, dass wir beide telefonieren.«

»Wer sagt das?«

»Ich, also, ja. Wir müssen erst mal aufhören.«

Stille.

»Dad? Dad, bist du noch da?«

»Ich bin hier«, sagt er leise.

»Gut. Also, Dad, das liegt jetzt nicht an dir. Sondern an mir. Ich kann das nicht, so hinter Moms Rücken.«

»Also ist deine Mutter der Grund. Hab ich's mir doch gedacht. Lass nicht zu, dass sie über dich bestimmt, Kumpel. Das will sie nämlich. Sie bringt Leute dazu, Dinge zu tun, die sie später bereuen.«

»Nein. Mom ist nicht der Grund. Ich halte das nicht aus, das Heimlichtun. In ein paar Jahren, wenn ich erwachsen bin, dann wäre Telefonieren super. Noch besser, wenn wir uns treffen.«

»Aber im Moment«, sagt Dad, ganz kalt, »willst du deinen Dad einfach abservieren. Ist es das, was du mir sagen willst? Denn genau so hört sich das an. Du willst mich in die Tonne treten, weil du nicht die Eier hast zu tun, was du für richtig hältst. Zu sagen: ›Mom, ich habe einen Vater. Ich will ihn sehen.‹«

»Nein! So ist das nicht!«

»Genau so ist es, Kumpel. Sie hat dich um den kleinen Finger gewickelt.«

»Nein. Es gibt andere Gründe, jede Menge andere Gründe. Ich bin jetzt ganz durcheinander. Ich brauche Abstand.«

»Abstand von deinem Dad? Ich bin dein Freund. Wenn dich was bedrückt, sag's mir, Kumpel, kein Problem. Ich helfe dir.«

»Das kannst du nicht. Dieser Cody von meiner Schule, weißt du noch?«

»Was hat der schon wieder gemacht?«

»Der und seine Jungs – ich glaube, die spionieren mir nach. Ich bin mir nicht sicher, aber es fühlt sich so an.«

»Das ist schlimm«, sagt Dad langsam. »Hast du einen Hund? Vielleicht ein ganzes Rudel?«

»Ein Rudel Hunde?« Mein Magen brennt.

»Die bellen, wenn Fremde auftauchen.«

»Wie kommst du auf ein Rudel Hunde?«

»Beruhige dich, Kumpel. Das war ein Vorschlag, weiter nichts. Du weißt doch, was deine Mutter mir unterstellt. Ich wundere mich echt, dass sie sich nicht ein ganzes Rudel Hunde angeschafft hat, um mich fernzuhalten.«

Ich fange an zu schwitzen. Dad weiß was. Ich habe zwar keine Ahnung, wieso, aber er weiß was. Ich muss was tun. »Mom hat tatsächlich einen Hund angeschafft«, lüge ich. »Einen Wachhund. Er geht auf jeden Fremden los. Wenn einer was von uns will, zerreißt er den in Stücke.«

»Oh?« Dad klingt amüsiert. »Wie heißt er denn?«

»Rex. Er ist ein Rottweiler.«

»Und du bist dir sicher?«

»Klar. Ist doch mein Hund.«

»In eurem Haus sind Hunde erlaubt?«

»Ja.« Mein Herz rast. »Bis zu zwei. Mom sagt, wir sollten uns vielleicht noch einen anschaffen, damit Rex nicht so allein ist.«

»Also wohnst du in einem Mietshaus?«

»Ja…a«, stottere ich.

»Und warum bellt euer Hund nicht, wenn Cody in der Nähe ist? Das scheint mir ja kein richtiger Wachhund zu sein.«

»Wir haben ihm das Bellen abgewöhnt. Wir haben auch Nachbarn, die aufpassen.«

Dad kichert.

»Was ist daran so komisch?«

»Du bist komisch. Du klingst so ernst.«

»Das ist mein Ernst. Jedenfalls, ich kann dich nicht mehr anrufen.«

»Du meinst, du *willst* mich nicht mehr anrufen«, sagt Dad.

»Genau. Also, ich muss jetzt aufhören.«

»Tja, Kumpel, tu, was du nicht lassen kannst. Mach ich genauso.«

»Was soll das heißen?«

»Was ich gesagt habe.« Seine Stimme wird leise. »Ohne dich, Kumpel, hat mein Leben nicht viel Sinn.«

O Gott, will er sich umbringen? »Dad, sag nicht so was. Ich habe gesagt, ich melde mich wieder, wenn ich älter bin.«

»Genau.«

»Dad, versprichst du mir, dass du keinen Blödsinn machst?«

»Wir machen alle Blödsinn, Kumpel, tun Dinge, die sich nicht mehr ändern lassen. Weglaufen und eine Familie zerstören. Leute anlügen, die uns lieben.«

»Dad ...«

»Verabschiede dich, mein Sohn. Keine Sorge. Wir sprechen uns wieder. Ich bin nur einen Anruf entfernt.«

Die Verbindung ist unterbrochen.

FÜNFUNDVIERZIG

Ich verlasse das Sozialarbeiterbüro, ohne was gegessen zu haben. Die Flure sind voll, alle sind zu ihren Nachtmittagskursen unterwegs. Ich bleibe an einem Wasserspender stehen und trinke etwas. Als ich mich aufrichte, stoße ich fast mit Cody zusammen.

»Buh!«

Ich springe zurück.

»Hast du Schiss, Hundejunge? Aber alte Frauen belästigen, das kannst du!«

Ich blicke ihm in die Augen. »Ich weiß, was du tust, Cody.«

»Was denn?« Cody feixt.

»Versteckst dich in der Scheune. Spionierst mir nach.«

»Hast du sie nicht mehr alle?«

»Halt dich von unserem Grundstück fern. Ich warne dich. Wir kriegen Hunde. Wachhunde.«

»Wie der verrückte Bauer?« Cody spottet: »Ooooh, ich hab ja solche Angst.«

»Leck mich!«

Cody kneift die Augen zusammen. »Was hast du gesagt?«

»Jungs?« Ms Adams. »Geht weiter, ihr kommt zu spät zum Unterricht.«

Cody zeigt mir den Finger und latscht davon. Ich gehe in die entgegengesetzte Richtung.

Irgendwie schaffe ich es durch den Schultag, ohne zu kotzen. Im Sekretariat warte ich auf Mom. Warum sind die Bänke so hart? Damit wir uns ja nicht zu wohlfühlen, bevor wir zum Schulleiter müssen? Im Moment wäre mir das ziemlich egal. Es ist heute so kalt, dass ich meine Winterjacke anhabe.

»Fünf Uhr, Cameron«, sagt die Sekretärin. »Wir machen zu. Sagst du deiner Mutter Bescheid?«

»Klar.«

»Die Schule macht zu«, schreibe ich. »Kommst du?«

»Sofort«, schreibt sie zurück.

Der Hausmeister lässt mich in der Eingangshalle warten, aber dann muss er die Turnhalle am anderen Ende der Schule wischen und schließt mich aus. Schließlich kann man mich ja nicht allein im Flur stehen lassen.

Die Sonne ist schon untergegangen, es fängt an zu schneien, der Parkplatz ist leer, abgesehen von dem Corolla des Hausmeisters. Ich denke an Cody und seine Jungs. Wo bleibt Mom?

Der Wind peitscht. Der Schnee brennt auf meinen Wangen.

Ich habe genug von der Scheiße. Ich schicke Mom noch eine SMS. »Ich stehe draußen und erfriere. Wo bleibst du?«

»Sorry«, schreibt sie zurück. »Wurde aufgehalten. Ken ist auf dem Weg zu dir.«

Die nächsten fünf Minuten scheinen ewig zu dauern. Endlich sehe ich Kens Auto. Endlich. Es bleibt am Straßenrand stehen. Ich renne hin. Das Fenster geht auf. Aber am Steuer sitzt nicht Ken.

»Hallo, Kumpel.«

»Dad.«

DREIUNDVIERZIG

Dad lächelt. »Steig ein!

»Dad, was machst du denn hier?«

»Na, ich bin schon seit Sonnabendfrüh in dem Motel da drüben. Bin sofort nach deinem Anruf am Freitag losgefahren, in einem Ritt. Das Zimmer ist nicht schlecht, aber der Kaffee ist scheiße.«

Ich fange an zu zittern. »Und Ken – wieso hast du Kens Auto?«

»Ken? Willst du mir nicht erst mal richtig Hallo sagen? Das ist wirklich nicht nett.«

»Okay, hallo. Und – wo ist Ken?«

»Steig ein und ich sag's dir.«

Ich überlege, ob ich zurück zur Schule laufen soll. Wozu? Die Türen sind verschlossen. Alle sind weg, bis auf den Hausmeister, und der ist hinten in der Turnhalle.

Dad lächelt immer noch, aber seine Stimme ist eiskalt. »Ich habe gesagt, ›steig ein, Cameron‹.«

Ich trete einen Schritt zurück, stecke meine Hand in die Tasche und hole mein Handy raus.

Ich drücke auf die Mom-Taste.

In Dads Jackettasche klingelt es. Er zieht Moms Handy heraus und spricht hinein: »Hallo, Cameron? Bist du das? Ich fürchte, deine Mom kann im Moment nicht ans Telefon gehen. Ihr ist was dazwischengekommen, weißt du nicht mehr?«

Ich stehe da wie erstarrt.

Dad klappt das Telefon zu. »Wenn du deine Mutter wiedersehen willst, Kumpel, dann gib mir dein Handy und steig ins Auto.«

Mein Gehirn ist blockiert, ich kann nicht denken. Ich gebe Dad mein Telefon und steige ins Auto, als wäre er ein Zombie-Puppenspieler. Passiert das jetzt gerade wirklich? Atme ich noch?

»So ist's gut, mein Junge«, sagt Dad, wieder ganz freundlich. »Du solltest deine Jacke aufmachen. Ich hab die Heizung laufen.«

Ich ziehe den Reißverschluss auf. »Mom.« Ich krieg kaum ein Wort raus. »Wo ist Mom? Und Ken?«

»Was interessiert dich ihr Stecher?«

»Sag es mir!«

»Na gut.« Dad seufzt, enttäuscht. »Deine Mom ist auf dem Hof. Sie ist übel die Kellertreppe runtergestürzt, ist aber okay. Du kennst doch den Kohlenverschlag? Da ist sie eingesperrt, zu ihrem eigenen Schutz. Du weißt doch, wie gerne sie wegläuft. Nach so einem Sturz wäre das aber gar nicht gut.«

Stille. Dad fährt los. Richtung Hof. Mir wird übel.

Dad singt das Lied: »Ich hatte mal einen Hund, der hieß Rover.« Dad singt Rex. »Du hast mich angelogen, Kumpel. Der Hund, das Mietshaus. Glaubst du, ich hab nicht gemerkt, wenn du gelogen hast? Wenn deine Mutter gelogen hat?«

»Ken«, platze ich heraus. »Wo ist Ken? Was hast du mit Ken gemacht? Warum sagst du mir das nicht?«

Dad packt das Steuer, so wie er früher meinen Arm gepackt hat. »Um ehrlich zu sein, ihr Stecher liegt im Kofferraum«, sagt er, oberentspannt. »Kannst du dich denn an gar nichts erinnern? Ich habe geschrieben: ›Ken ist unterwegs.‹ Und das war er auch. Ich habe dich nie angelogen. Du und deine Mom, ihr habt mich angelogen, aber ich habe euch nie angelogen.«

Dad macht die Scheibenwischer an, um den Schnee wegzuschieben.

»Wie hast du uns gefunden?«

»Es gibt viele Möglichkeiten, Leute zu finden, Kumpel. Keiner kann sich ewig verstecken, nicht, wenn ihn jemand wirklich finden will. Du und deine Mom, ihr wart mein Hobby. Ich habe nur an euch gedacht. Deine Mom hat mir alles genommen. Ich habe meinen Job verloren, meine Ersparnisse, dich. Nur die Aussicht, dich zu finden, war mir geblieben.«

»Aber wie hast du uns diesmal gefunden?«

»Tja, das ist eine interessante Geschichte.« Er lehnt sich zurück. »Von Anfang an hatte ich deinen Namen bei Google Alerts laufen. Oft genug habe ich gedacht, das ist bloß Zeitverschwendung. Hast du eine Ahnung, wie viele Cameron Weavers es gibt? Wie viele davon in Lokalzeitungen auftauchen? In Heirats-, Geburts- oder Todesanzeigen oder bei Preisverleihungen? Kein Wunder, dass deine Mom nie deinen Namen geändert hat. Aber ich blieb dran. Zeit hatte ich ja. Und vor ein paar Wochen hat es sich bezahlt gemacht.«

»Hä? Ich war nicht in der Zeitung.«

»Das nicht, aber du hast ein paar Typen in deiner Schule auf die Palme gebracht. Stell dir vor, wie ich geguckt habe, als mein Google Alert den neuen Blog ausspuckt: ›Cameron Weaver ist ein Arschloch.‹ Mit Fotos und einer Spalte für Kommentare. Hast du wirklich der Urgroßmutter von diesem Cody Murphy nachgestellt? Wie der Vater, so der Sohn, hä?« Er kichert. »Jemand hat gesagt, du solltest von Hunden zerfleischt werden, so wie das dem Typen passiert ist, der früher auf eurem Hof gewohnt hat. Jungs können ganz schön grausam sein, was?«

Oh mein Gott. Wenn ich nicht in das Pflegeheim gegangen wäre, wäre das hier nicht passiert. Mom, Ken, tut mir leid.

»Ich habe nicht das Gefühl, dass dieser Cody besonders schlau ist, aber heutzutage ist es ja auch nicht wirklich schwer, einen Blog einzurichten. Dafür braucht man Energie oder Hass. Ich, ich habe Energie; hassen tue ich nicht, nie. Aber deine Mom – kein Wort gegen sie, aber Hass ist ihr zweiter Vorname.« Er streckt die Hand nach Kens iPod aus. »Bisschen Musik?«

»Nein«, flüstere ich.

»Wie du willst.« Dad stellt die Scheibenwischer schneller. »Anfangs, da war ich mir nicht sicher, ob du Cameron Weaver, das Arschloch, warst. Ich dachte, das Ganze ist womöglich ein völlig aussichtsloses Unterfangen, ich wäre fast nicht hergefahren, ich meine, dieser Ort hier liegt echt mitten in der Pampa. Aber dann hast du angerufen, das war wie ein Zeichen von Gott. Und dann hab ich's probiert, hab den Namen Cody erwähnt. Und so wie du reagiert hast – da wusste ich, ich hab das große Los gezogen.«

Meine Schuld. Alles ist meine Schuld. Ich kann nichts sehen, weil mich der Schnee blendet. Oder habe ich Tränen in den Augen? »Wie hast du Mom und Ken gekriegt? Mit Gewalt?«

»Ich fange nie mit der Gewalt an, Kumpel. Ich verteidige mich, das ist ein Riesenunterschied.« Er hält inne. »Zu deiner Frage: Ich habe vom Motelparkplatz aus gesehen, wie deine Mutter dich heute Morgen abgesetzt hat. Ich bin ihr bis zum Maklerbüro hinterhergefahren, hab ihren Stecher rein- und rausgehen sehen. Ich habe das Büro gegoogelt, ihm eine E-Mail geschickt, dass ich neu in der Stadt bin, im Motel wohne und mir gerne ein paar Immobilien ansehen würde. Und er ist tatsächlich gekommen und hat mich abgeholt. Ich bin in sein

Auto gestiegen, und, na ja, als ich ihm die Pistole gezeigt habe, hat er nicht mehr viel gesagt.«

Eine Pistole. Dad hat eine Pistole.

»Der Typ musste mich zu einer einsamen Straße fahren«, fährt Dad fort, »da habe ich ihn gefesselt und in den Kofferraum gesteckt. Er hat ein bisschen gestrampelt, aber ein Klaps auf den Kopf hat ihn zur Vernunft gebracht. Bin dann zurück in die Stadt, habe das Auto am Hintereingang des Büros geparkt. Im Büro war nur deine Mutter. Als ich sagte, ich habe dich, wurde sie lammfromm und tat, was ich wollte. Süß war sie. Hat mich dran erinnert, wie sie war, als wir uns kennengelernt haben.«

»Du hast gesagt, du hast mich? Also lügst du doch?«

»Warum so hart, Kumpel? Da hatte ich dich noch nicht, aber jetzt habe ich dich, oder? Ich habe mich nur um eine Stunde vertan.«

In der Ferne sehe ich unseren Hof.

»Du warst in der Scheune, stimmt's? Warum hast du uns nicht am Sonnabendabend überfallen?«

»Ich bin doch nicht blöd, Kumpel. Du bist oben, Mom und ihr Stecher sind unten, ihr alle habt Handys. Komm schon, trau mir doch auch was zu.«

»Und was willst du jetzt machen?«

»Deine Mom hat mich immer gezwungen, Dinge zu tun, die ich nicht tun wollte. Sie wird nicht mehr zu mir zurückkommen. Und sie wird nicht erlauben, dass du zu mir kommst. Das ist doch ungerecht, oder? Also, was soll ich tun? Ich habe doch keine Chance.«

Ich habe solche Angst, dass ich nicht mal zittere. »Du willst uns umbringen?«

»Eine Familie muss zusammenbleiben, Kumpel. Der Stecher muss bezahlen. Wenn das erledigt ist, gibt es nur noch uns drei.«

Unser Hof kommt näher. Ich sehe unseren Abzweig.

Dad setzt ein widerliches Grinsen auf. »Deine Mom wird weinen, betteln, keine Frage. Sie hat es immer drauf angelegt, dass ich der Böse bin. Immer hat sie alles auf mich abgewälzt.«

»Lass Mom aus dem Spiel. Ich will nicht, dass du Mom wehtust.«

»Keine Sorge. Ich glaube auch nicht, dass ein Sohn sehen sollte, wie seine Mutter stirbt. Das ist nicht recht. Also wirst du dich vor sie stellen, ihr werdet euch verabschieden und sie wird mitansehen müssen, wozu ihr Verhalten geführt hat. Dann wird es zwischen deiner Mutter und mir eine letzte Aussprache geben. Das könnte wehtun – sie hat immer dafür gesorgt, dass es wehtut –, aber wenn das erst mal vorbei ist, werden wir für immer vereint sein.«

ZWEIUNDVIERZIG

Dad biegt zu unserem Hof ab. Er gibt Gas, als könnte er es nicht abwarten.

»Das kannst du nicht machen, Dad.«

»Wer soll mich aufhalten?«

»ICH!«

Ich werfe mich auf ihn, packe das Steuer und reiße es herum. Das Auto rast vom Weg ab aufs Feld. »Mr Sinclair!« Der hört mich im Leben nicht. Mit einer Hand drücke ich auf die Hupe und bleibe drauf.

Dad versucht, sich freizukämpfen. »Beruhige dich, Kumpel.«

Ich nehme die Knie hoch und ziehe mich über den Ganghebel auf seine Seite. Dad schlägt mir aufs Ohr. Ich sehe Sterne. Egal. Ich halte das Lenkrad fest, die Hupe dröhnt.

Das Auto fährt auf den Wald zu. Dad versucht zu bremsen, aber ich stemme meinen Fuß aufs Gaspedal. Jetzt ist alles nur noch ein einziges Chaos aus Schnee, Scheibenwischer, Hupe, Scheinwerfer, Schreien.

Plötzlich tauchen vor uns die Büsche am Waldrand auf. Gleich wird es krachen. Ich werfe mich auf die Beifahrerseite.

Das Auto donnert in die Büsche. Wir fliegen nach vorne. Meine Schulter stößt ans Handschuhfach, Dad knallt mit dem Kopf an die Windschutzscheibe, fällt zurück, blutet.

Ich stoße meine Tür auf. Dad packt mich an der Jacke. Will

mich ins Auto ziehen, aber mein Reißverschluss ist offen, meine Arme rutschen aus den Ärmeln. Ich rase zu den Büschen.

»Bleib stehen!«, schreit Dad. »Mach's nicht schlimmer, Kumpel.«

Ich drehe mich um. Dad ist aus dem Auto. Ich bin allein. Niemand da, der mir helfen könnte.

»Jacky!«, schreie ich. »Jacky.«

Ich bin hier, Cameron.

»Dad bringt mich um.«

Nein. Erinnerst du dich an die Lichtung? Da musst du hin.

Ich schaffe es durch die Büsche, rein in den Wald. Ich stolpere über tote Äste. Schnee peitscht mir ins Gesicht. Wo bin ich?

»Ich sehe deine Spuren, Kumpel«, trällert Dad. Seine Stimme verweht im Wind.

Was muss ich tun? Wo soll ich hin?

Nicht aufgeben, Cameron.

Ich lege die Hände schützend vor die Augen. Vor mir liegen umgestürzte Bäume, von einer dünnen Schicht Schnee bedeckt. Ich erkenne den Stamm, dessen Wurzeln gen Himmel zeigen. Vor mir ist die Lichtung.

»Du kannst wegrennen, aber du kannst dich nicht verstecken.« Dads Stimme ist lauter, näher. »Ich habe dich schon einmal gefunden. Ich finde dich auch jetzt.«

Ich bin tot. Ich bin tot.

Geh weiter.

Ich haste voran. Bin auf der Lichtung. »Und jetzt?«

Die Steine. Arty und ich, wir haben zwischen den Steinen gespielt.

Also zu den Steinen.

Schneller. Schneller.

Noch einige Schritte, dann bin ich da. Ich hocke mich hinter die Steine, blicke zurück zum Wald. Ich sehe nur Schnee.

Meine Augen füllen sich mit Tränen und mit Schneeflocken. Ich suche ein Versteck.

Nach rechts. Da ist eine Öffnung zwischen den Steinen.

Stimmt, hier. Ich krieche so weit rein wie möglich. Ich höre nur den Wind und meinen Herzschlag. Plötzlich Stille. Nur eine kleine Brise weht leise durch die Steine.

Wo ist Dad? Hat der Schnee meine Spuren verdeckt? Habe ich ihn abgehängt? Vielleicht ist er vorbeigegangen. Vielleicht ist er weg. So wird es sein. Ich stelle mir vor, dass er durch den Wald irrt. Oder wegrennt. Er wird wegwollen. Er weiß, dass ich jemanden finden werde, der die Polizei ruft. Vielleicht denkt er, sie ist schon unterwegs.

Der Wind nimmt wieder Fahrt auf. Erst jetzt merke ich, wie kalt mir ist, dass mir mein Bein und meine Schulter wehtun. Egal. Ich bin in Sicherheit. Ich schließe die Augen. Meine Finger und meine Zehen hören auf zu kribbeln. Mir wird eigenartig warm. Ich dämmere vor mich hin.

Nicht, Cameron. Du darfst nicht aufgeben. Es ist dunkel, es schneit. Du wirst erfrieren. Und deine Mutter und Ken, die sind immer noch eingesperrt. Dein Vater könnte sie umbringen, bevor er abhaut. Du musst ihn aufhalten.

Mom. Ken. Ich schüttele den Kopf. Ich muss sie retten. Ich will aus meinem Versteck kriechen. Genau in dem Moment packt Dad meine Beine.

»Komm raus, komm raus, egal, wo du bist.«

Ich habe Angst, mich umzudrehen. Ist auch nicht nötig. Ich stelle mir vor, dass Dad auf allen vieren vor der Öffnung hockt. Auf seiner Stirn eine blutige Schramme von der Windschutzscheibe. Blut und Schnee laufen von seinem Gesicht den Hals hinunter.

»Das hat dir immer Spaß gemacht.« Dad zieht an meinen Beinen.

Ich spreize die Arme und klemme mich mit den Ellbogen fest. Der Wind bläst stärker. Peitscht den Schnee zwischen den Steinen durch.

»Komm raus, Kumpel, hab ich gesagt. Du kannst nicht gewinnen. Das Spiel ist aus. Ich bin stärker als du. Ich habe eine Pistole.«

»Dann erschieß mich doch! Los! Dann hören es die Nachbarn. Und rufen die Polizei. Und die Polizei kriegt dich, du krankes Arschloch!«

Dad brüllt auf und zerrt so heftig an meinem Bein, dass ich das Gefühl habe, meine Arme kugeln aus. Er zerrt weiter. In dem Moment, in dem meine Arme nachgeben, höre ich ein Pfeifen, hoch, durchdringend. Ist das Jacky? Der Wind? Ich weiß es nicht. Ich weiß aber, dass aus dem Pfeifen ein Heulen wird. Es ist so laut, dass ich mich nicht mehr denken höre.

Ich spüre, wie Dad mich rauszieht. Ich schließe die Augen und warte darauf, dass es vorbei ist. Aber der Wind – es ist gar nicht der Wind. Es sind die Hunde.

Ich sehe sie durch den Wald jagen. Die Schnauzen am Boden. Das Fell gesträubt. Die Augen glühend wie Kohlen.

Dad hört sie auch. Er ist immer noch auf allen vieren. Er wendet den Kopf. Er sieht die Hunde auf sich zurasen, die Ohren angelegt, die Zähne gebleckt.

Dad lässt meine Beine los. Wird starr vor Entsetzen. Die Hunde springen.

Dad schreit.

FÜNFUNDVIERZIG

Ich sitze zwischen Mom und Ken auf dem Sofa im Wohnzimmer. Auch Mr Sinclair ist hier, dazu Polizisten und Sanitäter. Vor dem Haus stehen drei Polizeiwagen und ein Krankenwagen.

Mr Sinclair hat die Polizei gerufen. Er hatte die Hupe gehört, aus dem Fenster geguckt, die Scheinwerfer, das außer Kontrolle geratene Auto und den Aufprall gesehen. Hat sein Gewehr und seine Taschenlampe gegriffen und ist rausgegangen. Als er im Auto niemanden gesehen hat, ist er in den Wald gelaufen. Er hat jemanden schreien gehört und mich bei den Steinen gefunden.

Da war Dad schon tot.

Dad ist tot. Ich sage es immer wieder. Ich kann es nicht glauben. *Dad ist tot.*

Ich habe Mr Sinclair von Mom und Ken erzählt. Wir sind zum Auto gegangen. Der Schlüssel steckte noch im Zündschloss. Kaum hatten wir Ken aus dem Kofferraum befreit, da kam schon ein Polizeiauto angerast, mit Blaulicht.

Die Polizisten riefen Verstärkung und brachten uns zum Haus. Bevor sie mich aufhalten konnten, bin ich die Treppe runtergerast und habe Mom aus der Kohlenkammer befreit. Mom und Ken haben mich wie verrückt umarmt und mich erst wieder losgelassen, als die Sanitäter kamen.

Die Sanitäter haben uns untersucht. Mom hat einen verstauchten Knöchel, Kens Gesicht sieht übel aus und ich habe eine Schulterprellung. »Ansonsten scheinst du weiter nichts zu haben«, sagt ein Sanitäter. »Aber wir möchten dich doch lieber ins Krankenhaus bringen, um sicher zu sein. Könnte sein, die wollen dich über Nacht dabehalten. Du stehst bestimmt unter Schock.«

»Gut«, sagt Mom. »Aber erst, wenn Sie und die Polizei da draußen Ihre Arbeit gemacht haben.« Sie meint, draußen im Wald, die Arbeit mit Dad. Sie wird erst Ruhe finden, wenn sie weiß, dass er im Leichensack steckt. Geht mir nicht anders.

Die Polizisten gehen mit den Sanitätern los. Nur die beiden, die neulich nach meinem Besuch im Pflegeheim hier waren, bleiben bei uns. Der Bullige fragt uns einzeln, was geschehen ist, der Dünne sitzt auf dem Klavierhocker und schreibt mit. Wir erzählen, warten dann wie betäubt auf die Rückkehr der anderen. Ich höre, wie die Tür aufgeht und die Leute sich den Schnee von den Füßen trampeln.

Dad ist tot. Dad ist tot. Warum fühle ich nichts?

Unsere Polizisten gehen zu einer Besprechung raus, dann kommen alle zusammen zurück ins Wohnzimmer.

»Also stimmt es?«, fragt Mom.

Der Bullige nickt. »Es sieht so aus, als hätte ihm ein Tier die Kehle durchgebissen. Kann eigentlich nur ein Kojote gewesen sein. So was hat es noch nicht gegeben. Aber der Mann war auf allen vieren, hat geblutet und wohl ausgesehen und gerochen wie ein verletztes Beutetier. Ein kräftiger Biss in den Kehlkopf, und das war's.«

Sein Partner nickt. »Was auch immer für ein Tier es war, es gibt keine Spuren, der Schnee hat alles zugedeckt. Wir lassen einen Spürhund aus Hamilton kommen, aber hier gibt es so viele Viecher, so viele Schluchten, wer weiß, ob wir das Tier finden werden, das es getan hat.«

Ich möchte ihnen sagen, dass es keine Kojoten waren, sondern Hunde, aber ich bin nicht blöd.

»Du hast Glück, dass du am Leben bist«, sagt der Bullige.

Einen Moment lang ist es ganz still. Mr Sinclair sitzt mit gebeugtem Kopf in dem ledernen Sessel in der Ecke. »Darf ich was sagen?«, flüstert er und schaut zu Mom rüber. »Etwas Persönliches?«

»Sicherlich.«

Mr Sinclair rutscht im Sessel herum. Noch nie ist er mir so alt vorgekommen. Auch seine Stimme und seine Augen sind anders als sonst.

»Ist das nur für die Familie bestimmt?«, sagt der bullige Polizist.

»Nein, bleibt nur«, sagt Mr Sinclair leise. »Was ich sagen will, ist hauptsächlich für Cameron, aber es kann jeder hören.« Er blickt mir in die Augen. »Nachdem was heute Abend mit dir, mit deiner Mutter, mit deinem Vater passiert ist ... also, da gibt es etwas, über das ich nie reden wollte, aber ich denke, du solltest es wissen.«

Ich fürchte mich fast vor dem, was kommt. »Was denn?«

»Der Junge, der hier gelebt hat, als ich in deinem Alter war, Jacky McTavish, der spukt doch in deinem Kopf herum, seit wir uns zum ersten Mal gesehen haben, stimmt's?«

Ich nicke.

»Sein Vater war so wie deiner. Ich habe die blauen Flecken an Jacky gesehen. McTavish hat gesagt, die hat Jacky sich beim Spielen geholt. Aber ich war ja der Einzige, mit dem er gespielt hat, und wenn ich dabei war, hat er sich nie irgendwo gestoßen.« Mr Sinclair schließt die Augen, senkt den Kopf. »Als ich Jacky das letzte Mal lebendig gesehen habe, waren wir auf der Lichtung. Er weinte und erzählte, dass seine Mutter mit jemandem weggegangen ist, dass sie ihn nicht mehr wollte und dass er von jetzt an immer im Haus bleiben müsse. Ich musste ihm versprechen, dass ich das niemandem sage. Er sagte, wenn ich ihn verrate, passiert etwas Schreckliches. Ich kannte seinen Vater. Also habe ich es ihm versprochen.

Später hörte ich meine Eltern flüstern, dass Jackys Mutter mit Jacky und Matthew Fraser abgehauen ist. Vater sagte: ›Das gehört sich nicht‹, aber Mutter sagte: ›Kann ja sein, trotzdem ist es gut. Gott allein weiß, wie Evelyn es so lange mit Frank aushalten konnte.‹ Ich hörte, was die Kinder in der Schule erzählten. Sie sagten, Jackys Mutter ist eine Hure, kein Wunder, dass Jacky so komisch war. Aber sie kannten Frank McTavish nicht. Und sie wussten nicht, wie Jacky außerhalb der Schule war, wenn er nicht gehänselt wurde.«

Mr Sinclair atmet einmal aus und ein. »Ich hätte was sagen müssen. Habe ich aber nicht. Ich habe mich an das blöde Versprechen gehalten, weil ich Angst um Jacky hatte, Angst hatte, dass ihm was passieren könnte. Dann holte McTavish die Hunde und nach ein paar Monaten war er tot. Weil Jacky danach nicht mehr gesehen wurde, dachte ich, seine Mutter hätte ihn geholt.

Mein Vater war McTavishs Testamentsvollstrecker. Er zahlte die Steuern für den Hof und ackerte das Land. Er sagte, er würde alles für Mrs McTavish oder Jacky erhalten, falls sie zurückkämen. Und anfangs dachten wir auch, sie würden kommen. Wenn man sich dann endlich fragt, ob sie überhaupt jemals wiederkommen werden, sind die Dinge schließlich, wie sie sind, und das Leben geht weiter. McTavish hatte keine anderen Verwandten, wir konnten den Hof nutzen, warum sich also das Schlimmste vorstellen, selbst wenn es wahr war? Sich ein Happy End vorzustellen ist immer schöner.

Als ich Mitte zwanzig war, zog ich bei meinen Eltern aus und hier ein. Ich räumte alle Sachen in den Keller. Inzwischen war das schon Sperrmüll, aber ich dachte immer noch, ich hebe es für Jacky auf, und außerdem kann ich nichts wegschmeißen.« Mr Sinclair wirft mir einen Blick zu. »Ich glaube nicht an Geister. Habe ich nie getan, werde ich auch nie. Aber ich kann schon sagen, dass auch ich von Jacky geträumt habe. Er wollte, dass ich mit ihm spiele, und ich bin aufgewacht und habe daran gedacht, wie wir auf der Lichtung gespielt haben und ich ihm diese verdammte Narrenkappe geschenkt habe.

Als ich etwa zehn Jahre in dem Haus wohnte, gab es einen Sturm. Ein paar Schindeln sind vom Dach geflogen, und ich wusste, ich muss das Dach reparieren oder es würde noch löchriger werden, als es ohnehin schon war. Also bin ich zum ersten Mal hoch auf den Dachboden, um mir den Schaden von innen anzugucken. Ganz hinten stand eine Truhe – von Jackys Mutter, nahm ich an. Ich wollte nachsehen, was drin war – vielleicht ein paar Decken, dachte ich – und machte sie auf. Aber es war Jacky: Er trug die Sachen, die er immer anhatte, und seine Davy-Crockett-Mütze. Der arme kleine Kerl. Ich vermute, dass er aus Furcht vor den Hunden da reingekrochen ist. Und dann ist das Schloss zugeschnappt und er ist nicht mehr rausgekommen.

Ich wusste nicht, was ich tun sollte. In den ersten Wochen, nachdem ich ihn gefunden hatte, ging ich jeden Abend auf den Dachboden und starrte den kleinen Jacky in seiner Truhe an. Ich wusste, wenn ich nicht bald was tue, werde ich verrückt. Eines Morgens dann habe ich mich entschieden. Ich brachte die Truhe mit ihm nach unten und versiegelte den Dachboden.« Mr Sinclair atmet aus. »Es ist meine Schuld. Wenn ich mich nicht an dieses blöde Versprechen gehalten hätte, wenn ich gesagt hätte, dass Jacky gar nicht mit seiner Mutter mitgegangen ist, dass ihr Brief eine Fälschung war, könnte er heute noch leben.«

Danach ist es lange still.

»Was haben Sie mit der Leiche gemacht?«, frage ich leise. »Ich meine, Sie hätten den Hof ja trotzdem weiter bewirtschaften können, was hätte denn passieren können, wenn Sie das angezeigt hätten?«

Mr Sinclair wischt sich mit dem Ärmel über die Augen.

»Ich hatte Angst, er würde auf der Grabstelle seiner Familie beerdigt werden. Ich wusste ja nun, dass Evelyns Brief eine Fälschung war und dass McTavish sie getötet hatte. Ich hätte es nicht ertragen, wenn Jacky für immer bei dem Monster hätte liegen müssen, das seine Mutter ermordet und den beiden das Leben zur Hölle gemacht hat.« Er hält inne. »Jacky war über zwanzig Jahre tot. Niemand vermisste ihn. Niemand interessierte sich für ihn. Abgesehen von mir. Ich habe ihn in der Truhe seiner Mutter auf der Lichtung bei den Steinen begraben, dem einzigen Ort, an dem er glücklich gewesen war.«

Meine Schultern zittern. Mom legt ihren Arm um mich.

»Du hast vielleicht nicht all das gewusst, von dem du dachtest, dass du es weißt«, erklärt mir Mr Sinclair freundlich, »aber du hast gut geraten.«

»Ich denke mal, dass wir nie erfahren werden, was Frank McTavish mit den Leichen gemacht hat«, sagt der dünne Polizist.

»Er hat sie in einem der Kuhstände begraben«, sage ich.

Die Polizisten werfen sich einen *Nicht schon wieder*-Blick zu. Aber ich lasse mich nicht beirren: »Mr McTavish wusste, dass er sie begraben musste. Wenn ihre Leichen oder ihre Knochen irgendwo aufgetaucht wären, hätten sie ihn als Ersten verdächtigt. Aber es war März. Der Boden war noch gefroren. Den hätte er nur mit einem Bagger aufbrechen können – und das wäre bemerkt worden und hätte verraten, wo die Gräber sind. Es gab nur einen warmen Ort, an dem er heimlich graben konnte, wo die Leichen niemals zufällig gefunden werden würden, und das war die Scheune.«

Als die Polizisten das letzte Mal hier waren, hatten sie mich einschüchtern wollen. Vorhin wollten sie mich beruhigen. Jetzt nehmen sie mich zum ersten Mal ernst.

»Das liegt im Bereich des Möglichen«, sagt der dünne Polizist und klopft mit seinem Kuli auf sein Bein. »Brian, was meinst du, schicken wir ein paar Leute hin?«

SECHSUNDVIERZIG

Mom, Ken und ich werden im Krankenhaus untersucht. Sie finden zwar nichts, behalten uns aber trotzdem zur Beobachtung über Nacht da. Als wir am nächsten Tag nach Hause kommen, sind schon Arbeiter dabei, in der Scheune zu graben, andere sind mit einem Bagger auf der Lichtung zugange. Mr Sinclair zeigt ihnen, wo sie graben sollen. Am späten Nachmittag haben sie alle Leichen gefunden und bringen sie zur Gerichtsmedizin, um die Todesursache festzustellen.

»Was wird jetzt mit Jacky?«, frage ich Ken.

»Das müssen wir abwarten«, sagt er.

Beim Essen ist Mom wie abwesend. Sie wartet, bis wir fertig sind, dann sagt sie ruhig. »Ich habe deine Tante Lorraine angerufen.«

Ich habe schon von Tante Lorraine gehört, sie aber nie kennengelernt. Sie ist Dads jüngste Schwester, seine einzige Angehörige. Die beiden haben schon nicht mehr miteinander gesprochen, als ich geboren wurde.

Dad hat immer gesagt, sie ist komplett verrückt. Was er von Mom auch behauptet hat.

»Lorraine kümmert sich um die Beerdigung deines Vaters. Seine Leiche wird hier zurechtgemacht und übermorgen zu einem Bestattungsinstitut in Lorraines Nähe gebracht. Es wird keine Feier geben. Ich möchte dich nicht unnötig aufregen, aber ich muss dich das fragen. Möchtest du deinen Vater noch einmal sehen?«

»Ich weiß nicht.«

»Denk drüber nach. Wie auch immer du dich entscheidest, es ist in jedem Fall gut.«

Wir räumen den Tisch ab, als hätte Mom nichts gesagt. Dann gehe ich in mein Zimmer und zermartere mir den Kopf.

Ich kann ihn nicht ansehen.

Ich muss.

Warum?

Er war mein Vater.

Hinter meiner Stirn kribbelt es, als würde er mich anstarren. Ich wende den Kopf, da fällt mein Blick auf das gerahmte Foto von Mom und mir und meinen Großeltern, hinter dem der Schnappschuss von Dad und mir liegt. Ich mache den Rahmen auf, nehme das Foto von Dad raus und gucke es an.

Dad und ich sitzen im Schneidersitz am Strand. Wir haben gerade eine Sandburg gebaut. Er hat seinen Arm um meine Schulter gelegt und ich halte die Plastikschaufel, als wäre ich ein Ritter. Wir sehen glücklich aus. Waren wir das?

Ich blicke Dad tief in die Augen. Was hat er gedacht? Wer war er? Ich stelle mir vor, wie er aus dem Bild heraus mit mir spricht. »Kumpel, ich bin's, Dad. Du hast ein ganz falsches Bild von mir.«

Ich zerreiße das Foto in kleine Schnipsel. Mein Herz klopft wie verrückt. Es war mein einziges Foto von Dad. Wenn ich ihn nun wieder sehen will? Will ich nicht. Ich sollte die Fetzen im Klo runterspülen, sie in der Herdflamme verbrennen, aber da würde ich ein schlechtes Gewissen bekommen. Stattdessen packe ich die Schnipsel in einen Umschlag. Ich klebe ihn zu, bringe ihn in den Keller und sperre ihn in die Kohlenkammer. Was anderes fällt mir nicht ein.

Am nächsten Morgen beim Frühstück sage ich zu Mom: »Ich möchte ihn nicht sehen.« Mein Gesicht zuckt. Ich kann kaum atmen. »Ich bin nicht wie er. Bitte sag mir, dass ich nicht wie er bin.«

»Cameron, du wirst nie so ein Mensch sein. Du hast Gefühle, dir sind andere Menschen wichtig.«

Ich weine.

Mom sagt, ich kann zu Hause bleiben, bis ich das Gefühl habe, wieder in die Schule gehen zu können. Sie lässt sich von den Lehrern Aufgaben für mich geben. Gut. Ich möchte auf keinen Fall Leuten begegnen müssen, die Fragen stellen.

Am Vormittag kommen Grandma und Grandpa. Sie sind die ganze Nacht durchgefahren. Seltsam, sie auf einmal wieder in Wirklichkeit zu sehen. All das Glück von früher ist zurück. Wenn Grandpa mir mit seinem Kinn über die Stirn rubbelt – was jetzt eigentlich ein bisschen peinlich ist –, kitzelt sein Schnurrbart wie früher, und Grandma riecht wie früher nach Äpfeln und Zimt.

Sie werden ein paar Tage hierbleiben. Mom hat sie oben bei mir in dem großen Raum untergebracht. Ken schläft bei Mom. Meine Großeltern mögen Ken sehr. Er hatte schon an unseren letzten Skype-Gesprächen teilgenommen. Sie necken ihn mit Scherzen, die alte Leute komisch finden.

In den nächsten Tagen sitzen Grandma und Grandpa mit mir am großen Tisch und wir legen Puzzles, sie haben jede Menge mitgebracht. Ich hatte immer gedacht, Puzzles wären blöd, aber es ist schön, mit Grandpa und Grandma zusammen zu sein und nur daran zu denken, die Ecken und Randstücke zu finden, und zu überlegen, welches Teil wohin muss.

Am Freitag bringt Ken die neue *Wochenpost* mit. Der Aufmacher lautet: »Jugendlicher klärt Morde auf«. Dazu ein Bild von mir und ein Artikel mit einem Zitat der Polizei, in dem von einem »brillanten jungen Detektiv« die Rede ist und noch mehr Sachen stehen, die Mom ganz stolz machen.

Weiter unten wird berichtet, dass Dad uns umbringen wollte, dass ich ihm in den Arm gefallen bin und dass er vermutlich von Kojoten getötet wurde. »Unsere Hunde haben keine Spur gefunden«, sagt der Hundeführer. »Sie sind im Kreis gerannt, als würden sie Geister jagen.« Der Chef der Tierschutzbehörde sagt, dass Kojoten sehr selten angriffen, »aber trotzdem sollten Jogger in der nächsten Zeit nur Hauptwege benutzen«.

Auf den Innenseiten steht ein Artikel mit der Überschrift: »Nach fünfzig Jahren – Hannah Murphys Verdacht bestätigt«. Dazu ein Foto von Cody und seiner Familie bei der Urgroßmutter im Pflegeheim, Cody hält ihre Hand. Codys Großvater sagt, wie dankbar sie mir seien, dass ich ihren guten Ruf wiederhergestellt habe. Sobald der Gerichtsmediziner Matthew Frasers Leiche freigebe, werde er im Familiengrab beigesetzt.

Die andere Neuigkeit des Tages kommt von Mr Sinclair.

»Ich war beim Rechtsanwalt, wegen des Hofes«, sagt er. »Da meine Familie sich um den Hof gekümmert und fünfzig Jahre lang die Steuern dafür bezahlt hat, wird es wohl kein Problem mit dem Anspruch darauf geben. Ich wusste das, trotzdem fällt mir eine Last von der Seele. Endlich ist alles geklärt.«

Als das Wochenende zu Ende geht, werde ich unruhig und sage Mom, dass ich wieder zur Schule gehen möchte. Es ist merkwürdig, durch den Eingang zu gehen. Ich habe zwar keine Freunde, freue mich aber trotzdem einfach, Leute zu sehen.

Und es stellt sich heraus, dass die sich auch freuen, mich zu sehen. Alle kennen den Artikel aus der *Wochenpost*, außerdem war die Geschichte auch im lokalen Fernsehen und im Radio. Das und die öffentliche Danksagung von Codys Familie erleichtern mir die Rückkehr. In der Cafeteria gucken mich Leute, die ich gar nicht kenne, bewundernd an. Vor meinem Fach tummeln sich ein paar Mädchen. Eine möchte ein Autogramm: »Du bist ja so was wie ein Held.« Von wegen. Trotzdem, es fühlt sich ziemlich cool an, als ich meinen Namen schreibe, mal abgesehen davon, dass ich rot werde.

Benjie kommt auf mich zu. »Tut mir leid, dass ich gemein zu dir war.«

»Quatsch. Ich war gemein. Ich habe gelogen und dir Stress gemacht. So was machen Freunde nicht.«

»Freunde?« Benjie zwinkert zweimal. »Du meinst, wir sind Freunde?«

»Klar.«

Benjie stinkt und ist irgendwie nervig. Trotzdem – er war nett zu mir, als mich alle anderen wie Dreck behandelt haben. Das ist viel wert. Und wenn ein paar Mädchen, die vor meinem Fach abhängen, mit ihm reden, weil er ein Freund von mir ist, na, dann hat er das verdient. Außerdem putzt er sich dann vielleicht endlich mal die Zähne.

Ich weiß, dass Cody mir wegen seiner Urgroßmutter dankbar ist, er sagt aber nicht viel. Erwarte ich auch nicht. Immerhin, er und seine Jungs gönnen mir auf dem Flur ein kumpelhaftes *Du bist okay*-Nicken. Ehrlich gesagt bin ich froh, dass er nicht die ganze Kumpelnummer mit mir abzieht. Wer braucht schon so einen Arsch als Freund? Reicht doch, dass ich keine Spuckekügelchen mehr abkriege.

Der andere, der nicht viel sagt, ist Jacky. Werde ich ihn je wiedersehen? Ich weiß es nicht. Er kommt und geht, wie er will. Da jetzt sein Geheimnis gelüftet wurde, bleibt er vielleicht gerne bei den Hunden auf der Lichtung.

Geheimnisse sind so was von schwer. Hat man sich erst mal von ihnen befreit, fühlt man sich leichter als Luft. Vielleicht ist das so. Vielleicht ist Jacky in der Luft frei.

SIEBENUNDVIERZIG

Heute war ich in Ramsay bei Dr Harrison, der Psychiaterin. Zuerst wollte ich nicht hin, aber neuerdings spuken mir dauernd Bilder von Dad im Kopf herum, sogar wenn ich wach bin. Zum Beispiel: Auf dem Weg zu Dr Harrison kommen wir am Busbahnhof vorbei und ich sehe das Schild »Elm Street« und einen Typen, der aus seinem Auto steigt. Für einen winzigen Moment stelle ich mir vor, dass es Dad ist, der aus Matthew Frasers Pontiac steigt.

Dr Harrison hat ein gemütliches Büro in der Ramsay Klinik. Sie ist älter als Mom, hat ein knochiges Gesicht und lange Fingernägel. Ich dachte, ich müsste auf einer Couch liegen, aber sie bietet mir einen Ledersessel an. Sie setzt sich in den Sessel mir gegenüber und nimmt sich von einem kleinen Tisch neben sich einen Stift und einen Block.

»Worüber möchtest du gerne reden?« Sie lächelt und wartet auf meine Antwort.

Ich zucke die Achseln und hoffe, dass sie noch was sagt. Macht sie aber nicht. Nach einer Weile ist das Schweigen so unangenehm, dass ich sage: »Sie haben bestimmt gehört, was mit meinem Dad war, oder?«

Ich weiß, dass es so ist, aber sie lässt sich nichts anmerken. »Möchtest du mir das erzählen?«

»Eigentlich nicht.«

Wieder Schweigen. Ich betrachte ihre Schreibtischlampe, die Schachtel mit Taschentüchern neben meinem Sessel und die Urkunden ihrer Universitätsabschlüsse an der Wand.

»Also … er hat meine Mutter und mich verfolgt, seit wir weg sind von ihm«, sage ich schließlich. Mein Finger folgt den winzigen Ritzen im Leder der Armlehne. Dann fange ich an zu erzählen, eins nach dem anderen, auch Sachen, die ich schon vergessen hatte, bis ich mich darüber reden höre. Bevor ich mich versehe, sprudeln die Worte nur so aus mir heraus, ich kann nicht aufhören, ich muss aber: Die Stunde ist vorbei.

Ich werde morgen und übermorgen wieder zu ihr gehen und danach zweimal in der Woche, so lange, wie es nötig ist.

»Wie war's?«, fragt Mom, als ich in ihr Auto steige.

»Gut.«

»Was hast du gesagt?«

»Nicht viel.« Ich lächele. »Jedenfalls nichts über dich, falls du das wissen wolltest.«

Mom wird rot. »Tut mir leid. Ich hätte nicht fragen sollen.«

Auf dem Weg nach Hause blicke ich über die Felder und denke an die Sitzung. Heute habe ich nur über Dad geredet. Aber ziemlich bald möchte ich über Jacky sprechen. Der Bericht des Gerichtsmediziners ist inzwischen da. Jacky ist erstickt, wie wir gedacht haben. Der Gerichtsmediziner hat außerdem gesagt, dass Jacky vier verheilte Knochenbrüche hatte.

Jacky.

Ich habe Mom wirklich lieb, aber es gibt Dinge, die ich Dr Harrison sagen könnte, aber Mom auf keinen Fall. Jedenfalls jetzt noch nicht.

Am Abend kommt Mr Sinclair vorbei. Seit er das mit dem Hof geklärt hat, geht es ihm gut. Aber heute Abend schnalzt er häufiger mit der Zunge als sonst. »Ich komme gerade von der Ratsversammlung im Ort. Sie haben erlaubt, dass Jacky wieder auf der Lichtung begraben wird.«

»Das ist ja großartig.«

»Ein paar der Ratsleute haben gemault, Begräbnisse auf privatem Land mögen sie gar nicht, aber ich habe auf die Gesetze der Stadt verwiesen, die so etwas nicht verbieten. Außerdem hat Jacky ja schon dreißig Jahre lang dort gelegen und die Lichtung ist wirklich weit vom Schuss. Also wurde am Ende beschlossen, dass Jacky dort bleiben darf.«

»Das hätte Jacky gefreut.«

Mr Sinclair nickt: »Er hätte sich über noch etwas anderes freuen können. Der Rat hat erlaubt, dass seine Mutter neben ihm begraben wird. Unter den gegebenen Umständen ist das richtig so: Die beiden sollen gemeinsam in Frieden ruhen.«

Mom bittet Mr Sinlcair, sich zu setzen, und stellt was zu essen auf den Tisch. »Wir haben auch eine Neuigkeit für Sie. Möchtest du ihm das erzählen, Cameron?«

»Auf alle Fälle.« Und ich tue es.

Meine Neuigkeit ist die allerbeste, obwohl es nicht wirklich eine Überraschung ist.

Ich meine, ich habe immer irgendwie gemerkt, dass Mom mich beobachtet, wenn ich Ken anlächle. Ein paarmal hat sie gesagt: »Du und Ken, ihr scheint inzwischen besser miteinander klarzukommen als am Anfang.«

Wenn sie solche Sprüche klopft, verdrehe ich die Augen und sage: »Mom« oder »Na klar, warum denn nicht?«, denn, also echt mal, wer redet denn schon über solche Sachen? Aber es stimmt, und sie weiß es. Ich habe auch Sprüche darüber geklopft, wie gut Mom und Ken miteinander auskommen: »Wollt ihr eigentlich heiraten?« Woraufhin Ken grinsen muss und Mom mir ihre Serviette an den Kopf wirft. »Ich sollte eigentlich genug vom Heiraten haben, meinst du nicht?«

Trotzdem – wir alle wissen, Ken würde nicht immer noch hier sein oder überhaupt in ihrem Zimmer schlafen, wenn es den beiden nicht ernst wäre. Als sie mich also heute Morgen beim Frühstück gefragt haben, ob es mir was ausmachen würde, wenn wir zu Ken ziehen würden, war ich mehr als bereit dazu.

»Was ausmachen? Ich habe schon seit Wochen gepackt.«

Ich weiß immer noch nicht, ob Ken und Mom heiraten werden. Aber was sie auch entscheiden werden, eines weiß ich sicher: Von jetzt an sind wir eine Familie. Ich höre die beiden andauernd über die Zukunft reden. Das macht mich glücklicher, als ich mir das je hätte vorstellen können.

Ken ist ein toller Typ. Bis dahin habe ich nicht gewusst, was ein richtiger Dad ist. Ein richtiger Dad ist einer, der deine Mutter liebt und nett zu ihr ist und für den du wichtiger bist als sonst was.

Meine Taschen sind gepackt und fertig zur Abfahrt. Ich bin auf der Lichtung. Meine Stiefel sind bis zum Knöchel mit frischem, glitzerndem Schnee bedeckt.

»Ich ziehe weg«, erkläre ich Jacky. »Ich wollte mich von dir verabschieden.«

Wenn das hier eine Geschichte wäre, würde ich erzählen, dass in diesem Moment die Sonne hinter einer Wolke hervorkommt – Jackys Art zu sagen, wie sehr er sich für mich freut. Aber ich weiß auch so, dass Jacky glücklich ist. Ich spüre ihn in mir lächeln. Wenn der Wind das nächste Mal auffrischt und ich die Hunde höre, werde ich keine Angst haben. Sie werden mir nichts tun. Jacky passt auf.

DANKSAGUNG

Mein besonderer Dank gilt Graham Mahood und Roger Gallibois für ihre Auskunft über Testamente und Immobilien, meinem Lektor Charlie Sheppard und meiner Lektorin Diane Kerner für die besten Anmerkungen, die ich je bekommen habe, sowie Daniel Legault, Louise und Christine Baldacchino, Vickie Stewart, Alan King, Susan Izumi und Elva Mai Hoover, die mir als Erste ihre Augen und Ohren für *The Dogs* geliehen haben.

INTERVIEW MIT ALLAN STRATTON

Was hat Sie auf die Idee gebracht, *The Dogs* zu schreiben?
Meine eigene Familie. Mein Vater hat meine Mutter geschlagen. Als ich ein Baby war, ist sie mit mir zu meinen Großeltern auf deren Bauernhof gezogen und später in die nächste Stadt. Da sah's so ähnlich aus wie in Wolf Hollow.

Wenn Ihre Geschichte so einen persönlichen Hintergrund hat, gibt es dann auch Ähnlichkeiten zwischen Ihnen und Cameron?
Sicher. Vor allem ist da die überwältigende Liebe zu meiner Mutter. Sie ist die mutigste Person, die ich je kennengelernt habe. Und ihre Liebe zu mir war absolut. Ich denke jeden Tag an sie. Wenn ich nicht weiterweiß, überlege ich immer: »Was würde Mom tun?«

Und auch ich habe sehr gemischte Gefühle meinem Dad gegenüber. Ich kann ihm nicht vergeben, was er meiner Mom angetan hat, und es fällt mir sehr schwer, andere Dinge über ihn zu glauben, von denen ich weiß, dass sie stimmen. Trotzdem, er war mein Vater.

Oh, und ich rede mit mir selbst, fast ununterbrochen. Ich bin dabei nicht laut oder so, aber meine Lippen bewegen sich. Ich habe versucht, einfach still zu denken, aber das gelingt mir nicht. Ich hoffe, dass die Leute meinen, ich telefoniere.

In *The Dogs* scheuen Sie sich nicht, so wichtige Themen wie Mobbing, auseinanderbrechende Familien und Gewalt aufzugreifen. Haben Sie diese Themen bewusst gewählt?
Ich habe immer nur die Personen und die Geschichte im Kopf. Und daraus entwickeln sich dann Themen und Ideen.

Ich betrachte meine LeserInnen als FreundInnen und meine Bücher als ein Gespräch zwischen uns. Die Erfahrungen der LeserInnen bestimmen, wie sie das Gespräch wahrnehmen und wie sie darauf reagieren.

Ich glaube, das trifft auf *The Dogs* in ganz besonderem Maße zu. Manche LeserInnen werden denken, es gibt den Geist von Jacky. Andere werden denken, Cameron hat sich Jacky wegen seiner Ängste und seiner inneren Konflikte nur eingebildet.

Diese Spannung wollte ich. Wenn Leute mich fragen, ob es wirklich einen Geist gibt, lächele ich nur und antworte: »Für Cameron, ja.«

Was ist zuerst da, die Person oder die Geschichte?
Das ist untrennbar. Im wirklichen Leben beurteilen wir Leute nach dem, was sie tun. In einem Roman ist das, was sie tun, die Handlung.

Sie haben zuerst Theaterstücke geschrieben. Was hat Sie dazu gebracht, Romane zu schreiben, und wie war das für Sie?
Als Stückeschreiber war ich durch die Größe eines Ensembles eingeschränkt. Romanschreiber brauchen ihre Figuren glücklicherweise nicht zu ernähren.

Der Übergang war sanft. Ich habe mir immer jedes Detail einer Szene vorgestellt. Wenn ich erst mal weiß, wo ich bin, versetze ich mich in jede einzelne meiner Figuren und überlege: »Was will ich? Was würde ich tun, um es zu bekommen?«

Wenn wir offen und ehrlich sind, können wir uns selbst in den Himmel oder in die Hölle hineinbegeben.

Was war Ihr Lieblingsbuch, als Sie jung waren?
Als ich jünger war »Cue for Treason« (»Stichwort Verrat«, nicht auf Deutsch erschienen) von Geoffrey Trease. Das ist eine großartige Abenteuergeschichte, die an Shakespeares *Globe Theatre* spielt. Seit ich fünf war, ist Mom mit mir in Stücke von Shakespeare gegangen. Ich war total gefesselt. Ab dreizehn war meine Lieblingslektüre daher »Die gesammelten Werke von Shakespeare«. Ich weiß, ich bin seltsam. Ist so.